KB253431

차례

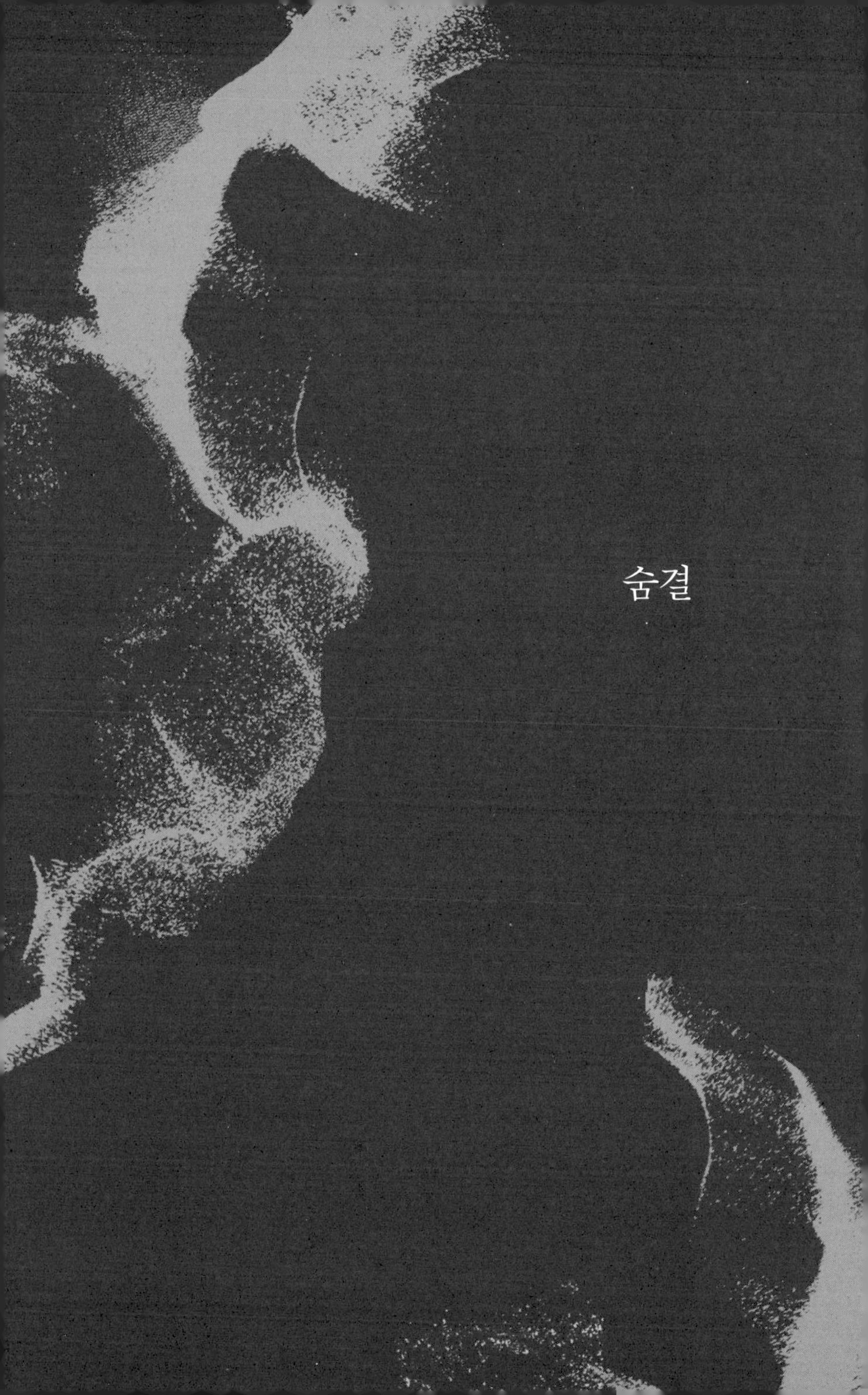
숨결

1

수면은 뇌에서 이루어지는 것이기 때문에 뇌의 여러 가지 기능 장애로 인해 불면증이 생기는 수가 있습니다. 그러니까 우선 그 원인을 없애고 수면 환경을 정비할 필요가 있어요. 직업이……? 무슨 일을 하시죠? 아, 치과…… 동업자시군요. 이 놈의 의사라는 직업이 그래요. 하루 종일 환자의 우울한 속내를 들여다보아야 하는 나나, 종일 치육이 발갛게 부어오른 환자의 구강을 들여다보아야 하는 선생이나…… 남의 고통을 들여다보는 게 즐겁다면 그건 인간이 아니죠. 우울증으로 인한 불면은 우울증 자체를 고쳐야 낫습니다. 여러 가지 걱정거리가 있어서 노이로제 상태에 있다든가, 일이 과중해서 스트레스가 쌓여 정신적 부담이 커져 있는 경우도 마찬가지예요. 이럴 때는 마음의 부담을 덜어주고, 노이로제를 고쳐야 합니다. 멜라토닌요? 아,

그거…… 불면증 특효약으로 알려져 있지만, 사실은 알 수가 없어요. 아직까지 멜라토닌의 부작용에 대해서 충분히 연구도 되지 않았고, 저도 그래서 5밀리그램 이상은 처방 안 합니다. 최소한의 용량을 쓰는 것이 좋아요. 항간에는 멜라토닌이 수명을 연장시키고 성기능을 활성화시킨다는 얘기에다가 얼마 전부터는 암까지 치료할 수 있다는 소문도 있던데, 아직 의학적으로 증명된 바가 없어요. 혹시 드셔보시고, 그런 효과가 있으면 제게도 좀 일러주세요. 비아그라 대신 처방 좀 해보게요. 잠을 자는 대신 섹스를 할 수 있다면 그보다 행복한 일이 어디 있겠습니까.

2

　밤이 깊었다. 그러나 잠은 저 멀리에 있다. 그것은 아지랑이처럼 깊고 허전하다. 내가 가 닿을 수 없을 만큼 저만치서 감미로운 유혹으로만 존재한다. 의식은 혼돈 속에서 그 유혹을 향해 허우적거리고, 숨이 가빠온다. 이럴 때는 '내가 살아 있음'에 집착하게 된다. 놓치면 안 될 것 같은 강박이 짓누른다. 순간 몸이 깃털처럼 가벼워진다. 그것은 해방이 아니라 소멸의 전조다. 소멸이며 상상할 수 없었던 저주다. 숨이 더욱 가빠진다. 숨골이 경련을 일으킨다.

전화벨이 울린다. 수화기를 집어 들면서 시계를 올려다보았다. 새벽 2시. 세상의 모든 것이 잠들어 있을 시간이지만, 이 시간에도 전화를 걸어올 인간들을 나는 몇 알고 있다. 술 마시고 운전하다 음주 단속에 걸렸거나, 술집 문지방을 넘어 나오다가 문득 외로워진 인간일 것이라고 생각했다. 후배 K와 친구 J가 얼핏 떠올랐다. 수화기를 귀에 가져다 대고 "여보세요" 하면서, 만약 K이면 어떻게 하고 J이면 어떻게 하지, 생각했다. K는 아마 내가 집에 있는 걸 확인하면 다짜고짜 쳐들어올 것이고, J는 징징 짜면서 오늘 누군가에게 당한 일을 주절댈 것이다.

그런데 내 쪽에서 "여보세요" 하고 한참을 기다려도 말없이 숨소리만 들려주던 저쪽에서 불쑥 여자 목소리가 불거졌다.

"경수 씨…… 저예요."

나는 경수가 아니며, 그를 모른다. 그렇다면 내 이름은 뭐지? 밑도 끝도 없이 그런 의문이 든다. 나는 황정현이다. 의문에 저항하듯 중얼거려본다. 문득 그 이름이 낯설다. 무슨 거대한 음모가 나를 에워싸고 있는 느낌을 받는다.

"저라구요, 미연이."

밤이 깊어지면 소리는 절로 투명해진다. 투명해진 소리가 거대한 어둠의 아가리 속으로 쑥 미끄러져 사라진다. 소멸한다. 순간 터널을 빠져나갈 때 울리는 공명 소리 같은 것을 듣는다. 여자는 터무니없이 차분하다. 고른 숨소리가 그걸 말해준다. 당황해하는 쪽은 오히려 나다.

"잘못…… 거신 거 같은데요."

"……"

다시 말하지만 이 집에는 경수라고 불리는 인간이 없다. 그러므로 이미 용건은 끝난 셈이다. 잘못 걸려온 사실을 통보해줬으니까. 그런데도 나는 아직 수화기를 들고 있다. 숨소리 때문이었다. 아무 소리도 들리지 않았다면 나는 전화를 끊어버렸을 것이다. 선연하게 날 선 느낌 하나가 가슴으로 날아왔다. 그 숨소리는 새벽 2시에 내가 누군가와 연결되어 있다는 사실을 상기시켜주고 있었다. 숨이 다시 가빠졌다. 나는 가빠진 호흡을 가다듬기 위해 숨을 깊이 들이쉬었다. 그러고는 겨우 말했다.

"몇 번에 거셨죠?"

여자는 잠시 뜸을 들이다가 되묻는다.

"거기 서교동 아니에요?"

"서교동 맞아요. 하지만 경수란 사람은 여기 없어요. 전화번호가 바뀌있나 봐요."

부드럽게 말하려 노력했다. 부드러워야 한다고 생각했다. 그녀는 새벽 2시에 나를 방문한 손님이었다. 길을 잃은 나그네였으며, 더구나 여자였고, 게다가 숨결은 솜털처럼 부드러웠다.

"경수 씨…… 경수 씨 맞죠?"

여자의 목소리에 어리광 같은 것이 묻어 있다. 놀리지 말아요, 나 다 알고 있어요, 하는 투다. 그런 어리광에는 어떤 믿음 같은 것이 어려 있다. 그런 믿음과 만나면 실망하게 하고 싶지 않아진다. 이번엔 대답하지 않았다.

"오늘 나 용인 다녀왔어요. 어머님 뵈었어요. 건강하시데요. 그러니 걱정 말아요. …… 듣고 있는 거예요?"

"듣고 있어요. 그런데…… 전활 잘못 걸었어요. 여긴……"

나는 최대한 조심스럽게 다시 말했다. 하지만 여자는 그걸 못 들었다는 듯 계속했다.

"텃밭에 심었던 고추를 따 말리고 계시더라구요. 그걸로 김장하실 거래요. 올해 고추 농사가 제법 잘 되었대요. 작년엔 고추를 따 말리다가 가을장마를 만나 못 쓰게 되었는데, 올해는 햇볕이 어찌나 좋은지, 아주 잘 말랐대요."

여자의 목소리는 여전히 차분했다. 차분했으며 정갈했고 보송보송 부드러웠다. 목소리는 몇 가지 정보를 가지고 있었다. 나이는 이십대 후반에서 삼십대 초반 정도, 억양으로 봐서 서울, 성격은 차분하다 못해 저 깊은 물속에 갈앉아 있다.

이쯤 되면 고백하지 않을 수 없는 것이 있다. 그 전화는 잘못 걸린 전화였고, 그 사실이 명백했으므로 저쪽에서 무슨 얘긴가를 하기 전에 끊었어야 했다. 무슨 말인가를 시작하기 전에 전화를 잘못 건 사실을 명백하게 깨우쳐주든지, 미처 그러지 못했다면 수화기를 내려놨어야 했다. 그것이 잘못 걸린 전화를 받는 사람으로서의 도리다. 전화를 잘못 건 쪽은 저쪽이니 나는 책임 질 것이 없다고 생각하는 건 무책임한 일이다. 만약 그 얘기가 '용인 어머니의 고추 얘기'가 아니고, 보호받아 마땅할 프라이

버시와 관련한 얘기였다면, 이를테면 누군가를 미워하는데 그 것이 그를 죽이고 싶을 정도라거나, 당신과 이번 주말에 만나기 로 했는데 지금 나는 생리 중이라거나, 엉덩이에 난 종기 같은 것이었으면 어쩔 뻔했는가? 공개하고 싶지는 않지만, 누군가 한 사람에게만은 하고 싶은 얘기가 있는 것이다.

그런데도 불구하고 나는 여전히 수화기를 들고 있었다. 들고 있었을 뿐만이 아니고, 내가 무슨 말인가를 해서 저쪽이 화들짝 놀라 끊어버리기라도 하면 어쩌나, 하는 마음까지 생겼다.

"어머님 집에 있는 누렁이가 새끼를 낳았어요. 세 마리씩이나…… 그래서 미역국을 끓여 먹이셨대요."

"미역국을요?"

나는 웃었다. 미역국 때문만은 아니었다.

"새끼를 낳았으니까…… 우스워요?"

"아니, 아니요."

"게다가 고등어구이까지……"

"개가 고등어를 먹어요?"

나는 좀더 큰 소리로 웃었다. 이번엔 고등어 때문이었다.

"그래요. 이상해요?"

"아니, '고등어와 냉장고'라는 노래가 생각나서요."

이번엔 여자가 웃었다.

"'어머니와 고등어'예요, 산울림이 부른…… 그 노래와 같은 시디에 있는 '초야'라는 노래 아세요?"

“아뇨. 몰라요.”

그러고는 한동안 침묵. 어둠 속을 흘러가는 시간을 그녀도 나도 그냥 내버려두고 있었다. 잘못 걸린 전화를 저쪽은 제대로 건 거라고 우겼지만, 그 사실을 알고 있는 나로서는 객쩍은 일이었다. 게다가 대화마저 끊기고 어둠의 적막 속에 잠겨 있자니 더욱 그런 생각이 들었다. 무슨 덫에 걸린 것처럼 수화기를 내려놓지 못하고 엉거주춤 있는 꼴이었다. 그러다가 돌연 그녀의 목소리가 흘러나왔다.

“오늘은 좀 우울하네요. 아무 이유도 없이요. 날씨 때문인가? 그것도 아니고…… 생리 때가 되었나? 그것도 아니고…… 누구와 마음 상해가며 다툰 일도 없는데……”

다시 침묵. 점액질의 침묵이 길게 이어졌다. 이어지면서 그녀의 호흡이 느려진다. 그러다가 한숨 소리가 들린다. 마치 그것이 신호라는 듯 여자가 말한다.

“이제 주무세요.”

철커덕.

젠장. 전화는 철커덕 끊겼다. 곡이 끝날 때는 리타르단도로 끝난다. 점점 느리게, 혹은 안개가 사라지듯이…… 그래야 듣는 사람이 여운을 느낄 준비를 하며 고조되었던 감정을 정리할 시간을 갖게 된다. 그러지 않고 철커덕 끝내버리는 것은 그 고조된 감정을 정리할 기회를 박탈하는 폭력이다. 스무 살이 되던 해 여름, 나는 이발관에서 동정을 잃었다. 스무 살까지 간직하고 있었으니, 그건 당연히 잃어버렸다고 해야 옳다. 무슨 보물처럼 간직한 것은 아니었지만, 그렇게 사기당하듯 빼앗기고 싶지는 않았다. 컴컴한 이발관 지하 계단을 내려가 칸막이 안에 수용되어 머리를 깎고 난 뒤 면도를 했었는데, 면도를 하던 중에 아가씨의 유혹에 넘어가 단돈 5천 원에 동정을 실어 보냈다. 그때도 리타르단도는 생략되어 있었다. 고조된 감정을 추스르지 못해 나는 얼굴이 벌겋게 달아올라 있었다. 그녀가 칸막이에서 사라져버린 뒤, 비로소 나는 그녀가 조금 전에 내게 한 짓이 무엇인지를 깨달았다. 그녀는 나를 기만했다. 잔뜩 부풀어 오른 내 성기는 여자의 성기와 사타구니 사이를 구별하지 못했다. 여자의 성기 안에는 들어가보지도 못하고 사타구니 사이에서 길을 잃은 것이다. 정액으로 더럽혀진 아랫도리를 내려다보자 벼랑 끝에 선 느낌이었다. 황당했다. 전화는 철커덕 끊겨버렸고, 나를 벼랑 아래로 걷어차버린 그녀는 칸막이 뒤로 사라져버렸다. 젠장, 끊기 전에 무슨 말이든 했어야 하는 것 아닌가? 이발소 여자처럼 얼굴은 디밀지도 않고 손만 들어와 마구 헤집어놓고는 홀연히 사라져버린 것이다. 그녀의 목소리가 사라져버린 수화기를 들고 멍하니 천장을 올려다보았다. 새벽 2시, 부드러운 목소리의 방문, 그리고 설렘, 약간의 흥분과 긴장…… 미처 이완될 준비를 하지도 못한 채 맞이한 돌연한 끊김, 허공으로 내처 기어오르다 턱을 차인, 정액으로 더럽혀진 찜찜함…… 수화기를 다시 귀에 가져다 대고 조금 전 그 부드러운 목소리를 떠올려본다. 만약 전화기 열 개의 버튼 중 한 개쯤 잘못 눌러 그 목소리가 길을 잃었던 것이라면, 그 목소리가 다시 길을 잃어 나를 찾아올 수 있는 확률은 어느 정도일까? 왜 갑자기 서글퍼지지? 고추와 어머니 얘기, 고등어와 냉장고 얘기를 했을 뿐인데……

　수화기를 내려놓고 일어서서 옷을 벗었다. 한 겹 한 겹 다 벗고 나니, 몸에 걸친 이물질이라곤 안경밖에 안 남았다. 맞은편 벽에 서 있는 전신 거울에 알몸의 사내 하나가 서 있었다.
　샤워를 했고, 그러고 난 후에는 커피를 마셨다. 커피를 마시던 중에 전화기 번호 버튼을 들여다보았다. 새벽 2시에 전화를 걸 수 있는 상대라면 분명히 가까운 사이다. 전화 내용도 그랬다. 당연히 여자는 경수라는 사람의 전화번호를 외고 있었을 것이다. 그렇다면 여자의 손가락이 실수를 한 것일 텐데, 몇번째 번호에서 그녀의 손가락이 실수를 했던 것일까? 다닥다닥 붙은 전화기 번호 버튼 위에서 감각이 미끄러져 한 개쯤 잘못 누를 수도 있는 것이다. 하지만 그쯤에서 나는 고개를 저었다. 그럴 리가…… 가까운 사이였다면 목소리가 다른 걸 알아채지 못했을 리가 없다. 물론 주로 그녀의 얘기를 듣는 편이었지만, 세 번 씩이나 전화가 잘못 걸린 사실을 말해주지 않았던가? 생각이 거기에 미치자 기분이 아주 묘해져버렸다. 전화기 버튼을 들여다보던 나는 다시 수화기를 들어 귀에 가져다 댔다. 신호음이 울렸다. 천천히 손가락 하나를 가져가 번호 버튼을 누르자 원시의 정적이 거기에 있었다. 신호음이 멎고 그 태초로부터 숨소리가 들렸다. "여보세요" 하고 목소리를 불어 넣자, 거기에 누군가가 있었다. 숨소리가 들렸다. 송화기와 수화기의 미세한 필터를 지나면서 숨소리는 가파르고 거칠어졌다. 전화기가 놓인 탁자 위로 기어 올라가 쪼그리고 앉았다. 맞은편 거울 속에 알몸의 사내가 동그랗게 몸을 만 채 겁먹은 얼굴로 이쪽을 바라보고 있었다. 겁먹지 말라고 위로해주고 싶은 얼굴이었다. 팔하나를 수화기를 든 겨드랑이에 끼우고는 벌어진 무릎 사이에 얼굴을 묻었다. 맨살의 감촉이 뺨에 느껴졌다. 가랑이 사이에 음모가 보이고, 그 음모 아래로 성기가 늘어져 있었다. 축 늘어진 성기를 바라보며 더욱 서글퍼졌다. 서글퍼진 끝에 나는 다시 "여보세요" 하고 말했다. 그 순간 숨소리가 걷잡을 수 없이 거칠어지고 있는 것을 느꼈다. 그 숨결 사이, 몸이 가늘어지며 탁자 아래로 스미는 것이 느껴졌다. 그곳은 정적과 어둠의 틈이었다. 나는 그 외로움과 공포 사이로 자꾸만 가늘어져 사라지는 사내의 알몸뚱이를 바라보고 있었다.

3

한방적인 원인에도 여러 가지가 있습니다. 한방적 원인이라니까, 좀 우습네요. 똑같은 병인데 양방적 원인이 있고, 한방적 원인이 있겠습니까. 따지고 보면 다 그게 그거지만, 양방에서는 간과하는 중요한 원인들이 또 있단 말씀이에요. 그러니까 사결불수(思結不睡), 생각을 골몰히 하나 해결점을 찾지 못하면 그게 쌓여 울체가 되고, 그 울체된 기운을 풀지 못하면 비장이나 심장에 흐르는 기를 방해하는 겁니다. 그래서 불면증이 되는 경우가 있고요. 영혈부족(營血不足), 과로나 큰병 이후, 산후에 출혈이 너무 심해서 기혈이 부족하여 심장이 약해지는 경우도 있어요. 심장이 약해지면 불안해서 잠이 안 오는 거죠. 그다음에는 음허내열(陰虛內熱), 몸을 너무 힘들게 부려서 심장이 허열에 뜨는 경웁니다. 이걸 허번증(虛煩症)이라고 하는데, 그래서 잠을 못 자는 경우도 있지요. 그리고 심담허겁(心膽虛怯), 심장이나 담(膽)이 허한 상태에서 정신적인 충격을 받게 되는 경우죠. 또 담연울결(痰涎鬱結)이라는 게 있어요. …… 한의사는 지나치게 젊었다. 젊다는 게 한의사로서는 강점이다. 옛것의 경륜에 새로운 것의 신선함을 덮어쓰니 그거야말로 영혈충족이 아니겠는가.

치과 의사인 나는 숨소리에 익숙하다. 환자들의 숨결을 시술용 장갑의 얇은 막을 통해 느끼며 일한다. 때로는 환자의 거친 숨소리도 듣는다. 그들의 흉곽 속에 가득 들어 있는 공기 주머니가 부풀어 오르는 것을 보며 그들이 살아 있음을 느낀다. 폐는 흉곽 속에 가득 자리 잡고 있고, 늑막이라는 얇은 막으로 둘러싸여 있다. 이 막은 동시에 흉곽의 내벽으로도 되어 있으므로, 흉곽이 움직일 때에 이 막의 두 면이 접속하여 매끄럽게 운동한다. 흉곽은 열두 쌍의 늑골로 이루어져 있고 늑골 사이는 늑간근이 붙어 있으며, 흉곽의 밑면은 횡격막으로 닫혀 있다. 따라서 흉곽은 밀폐된 방이다. 횡격막은 골격근으로 되어 있어 이완된 상태에서는 위로 휘어 있지만, 수축하면 막은 판판해져 흉곽을 확대시키는 작용을 하는 것이다. 그렇게 숨을 쉬는 것이다. 숨을 쉬게 되면 폐 속으로 공기가 이동한다. 그러면 폐에서는 혈액에 산소를 건네준다. 혈액은 온몸의 세포로 산소를 운반해주고, 산소를 사용한 세포는 이산화탄소를 생산하며, 그것이 다시 혈액에 의하여 폐로 운반되는 것이다. 폐가 다시 수축하면서 환자의 이산화탄소가 내 얼굴 근처에 뿜어지는 것이다. 마스크를 벗고 있을 때는 환자의 입냄새를 맡는다. 처음에는 역겨웠지만, 지금은 그것이 고맙다.

다시 전화벨이 울렸다. 머리맡을 더듬어 수화기를 집어 들면서 시계를 올려다보았다. 아침 9시. 오늘도 지각이구나. 정 간호사일 것이다. 그녀는 하루에 손을 스무 번쯤 씻는다. 샐쭉해진 그녀의 얼굴이 떠올랐다.

"원장님 아홉 신데요." 그녀의 목소리도 가라앉아 있다.

"알았어요. 고마워요."

"서두르셔야겠어요. 벌써 와서 기다리는 환자가 있거든요."

노처녀인 그녀는 환자를 다루는 능숙함과 더불어 게으른 의사를 어떻게 다루어야 하는지도 알고 있다. 나는 가끔 그녀가 나를 고용하고 있는 게 아닐까 하는 착각에 사로잡힌다.

"그래요. 서둘러볼게요."

나는 다소곳하게 말한다.

"어제 치주염 치료받았던 여자 환자예요."

그 환자가 떠오르자 저절로 표정이 일그러진다. 삼십대 초반쯤 되어 보이는 여자 환자였다. 어두워 보이는 표정, 창백한 얼굴에 마른 체구, 짙은 눈썹, 검은 테 안경, 머리카락 한 올도 삐져나오는 것을 용납하지 않겠다는 듯이 뒤로 질끈 동여맨 헤어스타일……

"사흘 후에 오라고 하지 않았어요? 내가 그렇게 말했을 텐데요?"

"그렇게 말했지요. 그런데도 오늘 왔어요. 통증이 심한가 봐요. 얼굴이 아주 창백해요."

치주염 환자의 경우는 스트레스에 절어 있는 경우가 많다. 대체로 사랑을 잃었거나 해고를 당했거나, 원만하지 못한 인간관계로 고통을 받고 있었다. 계속되는 좌절감과 무력감, 슬픔은 두뇌 세포로 하여금 면역 시스템을 교란할 화학물질을 생산해내게 하고, 면역력이 떨어지면 그것은 심장병을 일으키든지, 위염이나 요추통증, 대장염, 치주염 같은 것을 부추기는 것이다. 그렇다면 치주염을 일으키는 것이 치석인가, 스트레스인가? 도대체 무엇이 그 원인이지? 치석이 있어도 면역력이 있다면 치주염을 일으키지는 않는다. 마찬가지로 스트레스 때문에 면역 시스템이 망가져 있어도 치석이 없다면 치주염을 일으킬 가능성은 적다. 하지만 치주염을 일으킬 세균의 온상인 치석을 가지지 않은 사람은 거의 없다. 부지런히 치석을 제거한다 해도 스트레스로 면역 체계가 망가져 있다면 그는 치주염 대신 위염이나 요추통증이나 대장염 같은 것에 걸릴 것이다. 따라서 현명한 환자라면 치과나 내과 혹은 신경외과에 가기 전에 정신과 상담을 받을 것이다. 그러나 그런 일로 정신과에 가는 사람은 거의 없다. 그들은 대부분 정신과에는 미친 사람들이나 가는 곳이라고 생각한다. 정신과는 미친 사람들이나 드나들게 비워두고 스트레스를 끌어안은 채 창백한 얼굴로 치과로 내과로 신경외과로 몰려다니는 것이다. 원인 치료를 중요하게 여기는 치과 의사라면 잇몸 사이에서 치석을 긁어내면서도 정신과 상담을 겸할 것이다. 마음을 편하게 가지세요. 바쁘시지 않다면 휴가라도 내서 여행을 떠나보는 건 어때요? 물론 나는 그렇게 하지 않는다. 나는 치과 의사일 뿐이다. 신경정신과의 영역을 기웃거릴 생각이 없다. 그것은 영등포구와 마포구의 경계에서 벌어진 교통사고와 마찬가지다. 어느 구역에서 일어난 사고인가, 어느 쪽 경찰서에서 그 일을 담당해야 하는가의 문제를 따지다 따지다 지쳐 에라 모르겠다 내버려두게 되는 그런 일인 것이다. 버려두어도 세상은 그럭저럭 굴러간다. 직무유기라고 고발을 하고 진정서를 써대도 그것을 가리는 동안 세월은 흐르고, 흐르는 세월에 그것의 진정성은 다시 무디어지는 것이다.

집에서 병원까지는 걸어서 5분 거리. 엘리베이터에서 내리니 소독내가 혹 끼쳐 온다. 이제 이 냄새에 익숙해질 만도 한데…… 병원 문을 들어서자 정 간호사가 다가와 신발장에서 슬리퍼를 꺼내 놓는다. 그녀가 내게 하는 아침 인사다. 어서 오세요, 대신 말없이 신발장에서 슬리퍼를 꺼내 놓는 것이다. 나는 그녀가 왜 인사하는 대신 슬리퍼를 꺼내 놓는지 그 이유를 알지 못한다. 그녀의 시선은 언제나 슬리퍼에 가 있다.

내가 들어서자 환자 대기실 소파에 앉아 있던 여자가 엉거주춤 일어선다.

"오셨어요? 들어오시죠."

원장실로 들어가 가운을 갈아입고 나오자 그녀는 이미 턱받이를 한 채 의자에 길게 누워 있다. 흰 가운도 그렇고 환자가 비스듬하게 누워 있는 의자도 그렇고, 전면에 거울이 없는 것을 빼면 영락없는 이발소 모습이다.

그녀는 천장을 올려다보며 눈을 껌벅이고 있다. 두 손을 단정히 모아 가슴에 얹은 채 약지에 낀 작은 반지를 돌려대고 있다. 그 작은 움직임이 아주 우아하다.

치과에 오는 환자들은 병원 문을 들어설 때 이미 어느 정도 두려움을 느낀다. '흰 가운 증후군'이라고도 하는데, 심한 경우에는 혈압이 올라가기도 하고, 얼굴이 창백해지거나 때로는 공격적이 되기도 한다. 특히 스트레스를 받고 있는 환자의 경우는 대단히 불안정한 모습을 보인다. 하지만 그녀는 처음부터 가라앉아 있었다. 가라앉아 있어서 대단히 안정되어 있다고 믿어버릴 정도였다. 하지만 무엇인가가 그녀를 자꾸 아래로 끌어내리고 있었다. 그녀는 말하지 않았지만, 나는 그것을 읽을 수 있었다. 끌어내리는 그것이 너무 무거워 그녀는 지쳐 있었다.

"아, 해보세요?"

나는 그녀의 입안을 들여다본다. 치아를 보기 전에 환자의 목젖을 살핀다. 물론 어느 쪽이 더 예민한가에 따라 다르겠지만, 치주염 환자의 대부분은 잇몸과 함께 편도선이 붓는다.

"목이 많이 부었어요. 많이 피곤한 모양이군요."

그러자 그녀는 조용히 가라앉은 목소리로 말했다.

"잇몸이 부어서 왔어요."

"목도 부었어요."

"여긴 치과 아닌가요? 잇몸만 봐 주세요."

여자가 조용하지만 단호한 음성으로 말했다. 옆에 서 있던 정간호사가 내 옆구리를 쿡 찌른다. 하지만 나는 물러서지 않고 한 번 더 말한다.

"구강 염증은 편도선과 함께 오는 경우가 많아요. 피곤해서 그래요."

"피곤하지는 않아요."

"피곤하지 않다 그래도 몸이 먼저 알아요. 피곤한 거예요."

정 간호사가 어지간하군요 하는 표정으로 머리를 저었다. 그녀는 눈을 커다랗게 뜨고 나를 올려다본다. 그녀의 커다란 눈 속에 내 얼굴이 들어 있다. 아니 가라앉아 있다. 저 어둠의 심연에 내가 빠져 있다. 나는 마취제를 뿌려둔 그녀의 잇몸을 젖히고 치석을 긁어내기 시작했다. 이 사이에 구부러진 철침이 끼면 찡그린 그녀의 얼굴이 딸려 올라오기도 했다. 하지만 나는 개의치 않았다. 치석을 다 긁어내고 나면 여자의 스트레스는 치주 대신 위나 장으로 옮아갈 것이다. 일단 스트레스가 침입하면 몸은 제로섬 형국이 된다. 그것은 치주염이 되든 위염이 되든 요추염이 되든, 그 무엇이든 될 것이다.

"양치 한 번 하세요."

그녀가 몸을 일으켜 정 간호사의 도움을 받아 양치를 하는 동안 내가 물었다.

"사흘 후에 오라고 했는데…… 왜 오늘 오셨어요?"

"아파서요."

"그래도 잇몸이 이렇게 부어 있으면 시술하기가 곤란해요. 왜 내 말대로 안 한 거죠?"

그녀는 어깨를 으쓱하며 다시 말했다. "아프니까요."

그렇게 말한 여자가 나를 빤히 올려다본다. 그녀의 표정을 보지 않았다면 나는 그녀를 경박한 여자라고 생각했을 것이다. 하지만 그녀의 표정에 진정으로 그렇다는 느낌이 드리워져 있었다. 여자는 무슨 말인가를 하려다 말고 눈을 감았다.

"비타민씨를 많이 먹도록 하세요. 면역력이 떨어져서 그래요. 과일 좋아하지 않아요?"

여자는 눈을 감은 채 대답하지 않았다. 잇몸뿐만이 아니라 목구멍까지 부었다면 전신적 원인에서 온 질환인 것이다. 말하자면 치과 질환에 국한할 수 없는 병이라는 얘기다. 여자가 당뇨병 환자라면 모를까, 그렇지 않다면 몸에 침입한 스트레스를 물리칠 면역력에 문제가 있을 것이다.

"하아" 하고 그녀가 숨을 몰아쉰다. 수술용 장갑을 낀 손에도 그녀의 입김이 느껴진다. 정상이라면 1분에 열여섯 번 숨을 쉰다. 하지만 그녀는 약간의 호흡빈삭(呼吸頻數) 상태를 보이고 있다. 두려움 때문에 흥분해 있는지도 모른다. 구강을 자세히 들여다보기 위해 얼굴을 가져가자 그녀의 숨에서 과일내가 났다.

그녀가 돌아간 후, 정 간호사가 말했다.

"원장님 말씀이 많아지신 거 아세요? 저 환자에게요."

"그랬어요?"

"모르시겠어요? 어제도 오늘도 계속해서 그러시잖아요?"

"질투해요?"

나는 짧게 응수했다. 하지만 정 간호사는 나를 한 번 흘깃 바라보았을 뿐 대구하지 않았다. 질투라니…… 내가 말이 늘긴 늘었군. 실없기는…… 집 가까운 곳으로 병원을 옮긴 지 1년쯤 되었다. 정 간호사와 함께 일한 지는 아주 오래되었다. 내가 중간에 병원 문을 닫고 쉬고 난 후 이곳으로 이사를 해서도 다시 나와 일을 했다. 그녀는 출퇴근 시간이 훨씬 길어졌어도 여전히 전에 병원이 있던 그 동네에서 나이 많은 부모와 함께 살고 있다. 얼마 전 그녀의 어머니를 치료한 적이 있었다. 치료 중에 문득 그녀의 어머니가 내게 왜 결혼을 서두르지 않느냐고 물었다. 나는 무심히 그 말을 받아넘겼지만, 옆에 서 있던 그녀는 한동안 어쩔 줄 몰라 했다. 의사와 간호사가 독신인 채로 그렇게 오랫동안 붙어 있었으면 이제 곧 일을 서둘러야 할 만큼 정분이 쌓였을 것이 아니냐는 의미였음을 조금 뒤에 알았다. 치료 받던 중에 그녀의 어머니는 같은 질문을 세 번쯤 했다. 그 말의 의미를 알고 난 후에도 내 대답은 처음 대답과 똑같았다. 알겠다, 서두르겠다는 것이었다. 그녀의 어머니가 돌아간 뒤, 그녀는 알겠다는 것은 어떤 의미였느냐고 물었다. 나는 말 그대로 결혼을 서두르겠다는 말이었다고 말했다. 그녀는 잠시 뜨악한 표정을 짓더니, 미쳤느냐고, 처음으로 결기가 서린 목소리를 냈다. 그렇게 말을 하고서도 분이 다 풀리지 않았는지 별 실없는 인간을 다 보겠다는 표정으로 나를 바라보았다. 어쨌거나 상관없는 일이었다. 그런 문제 따위에서는 손을 놓아버린 지 오래였다. 그녀의 어머니가 결혼해야 한다고 한다면 그렇게 할 것이었다. 물론 그녀가 동의해야겠지만.

4

진료를 끝내고 손을 씻으면서 치주염, 그녀를 떠올렸다. 그제야 나는 그녀가 어딘지 낯이 익다는 생각을 했다. 왜 처음부터 그 생각을 못 했던 것일까. 자주 만났던 사람이라도 만났던 장소가 지워지면 함께 지워져 알아보기가 쉽지 않다. 매일 아침 아파트 엘리베이터에서 만나던 사람도 병원 의자 위에 기다란 모습으로 누워 있으면 알 수 없게 되는 경우가 더러 있었다. 나는 정 간호사에게 혹시 전에 왔던 환자였느냐고 물었다.

"아뇨. 초진 환자였어요."

정 간호사의 그 말은 아주 간결했다. 만약 처음 왔을 거라고 물렁하게 대답했다면 나는 환자 명단을 뒤져보도록 했을 것이다. 하지만 정 간호사는 별 망설임 없이도 가장 효과적인 대답을 한 셈이있다. 그 후에도 나는 계속해서 아파트 엘리베이터와 내가 다니는 헬스클럽 따위를 떠올리고 있었다. 하지만 그곳들과 연관해서 그 어떤 이미지도 그녀와 일치하는 것이 없었다.

책을 읽던 중에 전화벨이 울렸다. 시계를 올려다보니, 새벽 2시였다. 하지만 나는 더 이상 K나 J를 떠올리지는 않았다.

"경수 씨 저예요. 미연이……"

이제 그 목소리를 듣고도 편안했다.

"그래요."

전화기 저쪽은 한동안 침묵이었다. 내 쪽에서 그래요 하고 난 뒤, 그녀에게서 약간의 동요가 느껴졌다. 침묵은 공기처럼 미세하게 흔들린다. 텅 빈 허공 저쪽은 그녀의 숨결로 가득하다. 나는 다시 그녀와 접속되었다. 접속되었다는 사실이 나를 안도하게 한다. 침묵 끝에 그녀가 말한다.

"숨 쉬고 있다는 걸 잊고 살아요." 그렇게 말하고는 잠시 그녀는 숨을 멈춘다. 수화기에서는 아무 소리도 들리지 않는다. 무슨 일이지? 내가 궁금해할 정도로 충분히 뜸을 들였다가 다시 그녀가 말한다. "아, 내가 지금 숨을 쉬고 있구나, 새삼스럽게 생각해내지 않는 이상…… 그걸 잊고 살아요. 그게 정상이죠?"

"잊는다기보다 의식하지 않는 거죠. 맞아요, 정상이에요."

"그래요, 의식하지 않아요. 하지만 너무 오랫동안 의식하지 않아서 가끔 내가 숨을 쉬고 있구나 싶어지면 새삼스러운 느낌이 들잖아요."

"알 것 같아요, 그런 느낌……"

"살아 있는 것도 그런 것 같아요. 내가 살아 있다는 것을 늘 의식하고 있지는 않아요. 내가 살아 있다는 사실을 너무 오랫동안 의식하지 않아서, 내가 살아 있다는 사실에 무디어져 지낼 때가 많아요. 그러다가 내가 살아 있구나 싶으면 또 새삼스러워져요."

"그런가요?"

"그래요. 그런데 내가 살아 있구나 싶을 때마다 죽는다는 것이 함께 떠오르는 거 있죠? 살아 있음의 반대편에 죽음이 똬리를 틀고 앉아 있는 거예요. 그렇지 않다면 그 살아 있음이 새삼스럽지도 않을 거예요. 그렇겠죠?"

"맞아요, 그럴 거예요."

나는 아주 얌전하게 대답했다. 그녀는 말하고 나는 듣는 쪽이다. 말하는 사람을 편안하게 해야 하고, 그러려면 적당한 짬에 적당한 대답을 해야 한다. 되도록 짧게.

"저는 가끔 제가 숨 쉬고 있다는 것을 의식하게 돼요. 아니, 숨을 쉬고 있다는 사실에 사로잡히게 되죠. 그러면서 그 순간부터 숨을 쉬어야 한다고 생각하게 돼요. 멈춰서는 안 돼. 나 자신에게 그렇게 말하죠. 바로 그 시점부터는 나도 모르게 숨을 쉬고 있었다는 사실에 신뢰감이 떨어지고 숨이 가빠지기 시작해요. 숨을 쉰다는 것이 굉장히 복잡한 일로 여겨지는 거예요. 숨을 쉬어야 하고, 그래야 허파에서 혈액을 통해 신선한 산소를 제 몸에 공급할 수 있다는 그 정교한 메커니즘이 떠올라 아주 복잡해지는 거예요. 그래서 아주 열심히 숨을 쉬게 되죠. 그럴 때는 제 몸이 무슨 거대한 공장처럼 여겨지는 거예요. 아주 복잡한 시스템을 갖춘 공장 말예요. 그런데 그렇게 열심히 숨을 쉬다가 갑자기 힘들어지는 거예요. 숨을 쉰다는 것이 무슨 노동처럼 느껴지는 거예요. 도대체 이런 짓을 언제까지 해야 하는 거지, 갑자기 두려워지는 거죠."

"이해해요."

여자가 웃었다. 이해해요? 뭘요? 내 얌전함에 장난을 걸어왔다. 여자는 깔깔대며 웃었다. 그러다가 문득 웃음을 그쳤고, 다시 진지하게 말했다.

"살아 있다는 것도 마찬가지예요. 내가 살아 있다는 사실을 의식하게 되면, 살아 있다는 사실에 사로잡히게 돼요. 그것에 사로잡히게 되면 살아 있어야 한다는 강박관념이 생기는 거예요. 그동안 나도 모르게 그저 살아졌지만, 갑자기 그것에 대한 신뢰감이 사라지는 거예요. 그러면서 갑자기 조급해지는 거 있죠. 내가 살아 있기 위해 나 자신이 무슨 짓인가를 해야 한다는 생각이 드는 거예요. 그냥 가만히 있기만 하면 살아 있을 수 있는데, 갑자기 그게 미덥지가 않은 거죠. 그래서 그때부터 부지런해지는 거예요. 살아 있기 위해서 말이에요. 그러다가 그게 마치 굉장히 무슨 큰일처럼 여겨지고 지치게 되는 거예요. 그러면서 갑자기 회의가 들고, 도대체 이런 짓을 언제까지 해야 하지, 하는 생각이 드는 거예요."

거기까지 말한 여자에게서 다시 숨결이 느껴졌다. 그러고는 침묵이 길어졌다. 너무 오랫동안 침묵이 계속되어서 조금 불안했다.

"아직 살아 있는 거예요?" 내가 물었다.

"아직은요."

여자는 무슨 말인가를 할 것이다. 여자의 침묵이 그랬다.

"우리 몸의 기관 중에는 자동성을 가진 것들이 있잖아요. 위장이나 대장 심장 같은 거요. 주인에게 물어보지도 않고 제 맘대로 움직이는 것들요. 주인도 어찌할 수 없는 것들, 멈추게 할 수도, 더 열심히 움직이게 할 수도 없는 것들, 그런데 그게 몸 안에만 있지 않더라구요."

"……"

"인생도 그래요. 어느 날 슬그머니 왔다가 사라지는 거요. 언제나 누구에게나 똑같이 전자동으로요."

결국 여자는 이 얘기를 하고 싶었을 것이다. 어느 날 슬그머니 왔다가 홀연히 사라지는 것들에 대해 말하고 싶었던 것이다. 나는 여자가 너무 외로운 모양이라고 생각했다. 그렇지 않고서는 이 늦은 밤에 누군가에게 전화를 걸어 숨 쉬는 것, 살아지는 것, 그리고 인생이나 사랑에 관해 말하지는 않을 것이라고 생각했다. 너무 외로워 여자는 길을 잃었다. 도대체 이 여자는 어디쯤에서 길을 잃은 것일까. 어디쯤에서 길을 잃어 내게로까지 온 것일까.

"인생이란 전자동으로 왔다가 전자동으로 가죠. 도무지 손쓸 틈이 없어요. 마치 추억이 그렇듯이요."

무엇인가 더 말하려다가 망설이는 눈치였다. 이야기가 여자의 마음속에서 아직 익지 않았다는 느낌을 주었다. 그러니 자신에게서마저 어색할 것이다. 한참의 침묵 끝에 툭 내던지듯 여자가 말했다.

"참, 좆같은 일이에요."

여자가 예쁜 목소리로 너무 부드럽게 말했기 때문에 나는 그 말에서 어떤 정서적 혼돈도 느끼지 못했다. 도리어 당황한 쪽은 여자 쪽인 듯싶었다. 여자가 한숨을 내쉬었다. 한숨 끝에 긴 침묵이 흘렀다. 하지만 여자의 호흡이 가빠지고 있는 것을 느낄 수가 있었다. 그러던 중에 지금 저는 아주 편안한 자세로 누워 있어요,라고 여자가 말했던 것 같다. 당신을 떠올리고 있어요. 당신의 숨결, 당신의 체온, 당신의 심장 소리, 그리고 당신의 허리를요. 나는 여자가 무슨 짓을 시작하기 전에 전화를 끊어야 한다고 생각했다. 내가 무슨 말인가를 하려고 했을 때 그녀의 신음이 들려왔다. 이러지 말아요, 했던가. 고작 그뿐이었다. 어쩌면, 후회할 짓 말아요,라고 했던 것 같기도 했다. 잘못 걸린 전화라구요. 다시 한 번 그녀를 깨우쳐주어야 한다고 생각했던 것 같았다. 그러나 그러기에는 너무 늦어 있었다. 늦었다고 생각한 순간 나는 그 모든 것에서 해방되어버렸다. 아득해졌다.

시간은 흘렀고, 아득한 저쪽에 내가 서 있었다. 또렷하게, 또 하나의 나를 바라보게 되는 일이 아무렇지도 않게 또 다시 재현되고 있었다. 어느 순간 한 줌의 빛이 발끝에서부터 머리끝까지 굶주린 짐승처럼 핥고 지나갔다. 그 짐승이 거칠게 나를 유린하는 동안 다시 숨골이 열리는 것을 느꼈다. 정수리에서 무엇인가가 피어오른다고 생각했다. 아지랑이 같은 것이었는지도 모른다. 이런 느낌이 얼마만인지 기억조차 나지 않았다. 그런 후 아주 편안해졌다. 나 자신이 어찌할 수 없는 물밑에 가라앉아 있었지만, 그것은 전혀 불만거리가 아니었다. 그저 알 수 없는 따스함만이 나를 감싸고 있었다. 나는 탁자 위에 올라가 몸을 말아 웅크리고 있었다.

내가 어느 시점에서 옷을 벗었는지도 기억나지 않았다. 수화기에서 그녀의 음성이 들려왔을 때 나 자신이 다시 알몸으로 웅크리고 있는 것을 알아차렸던 것이다. "당신이 떠났을 때, 난 울지 않았어요"라고 여자가 말했다. "사람들에겐 그 모습이 이상하게 보였었나 봐요. 울지 않는 내 모습이 그들에게는 자연스럽지가 못했을 거예요. 당신 집으로 가서 액자에 넣을 당신 사진을 고르는데, 그제야 눈물이 나데요. 웃고 있는 사진이었어요. 그 천진함이 나를 억울하게 했던가 봐요. 당신이 불쌍하다는 생각은 하나도 안 들고 내가 혼자 남겨진 것이 서러웠어요. 사진관에 들러서 확대해왔는데, 어머님이 칭찬을 하시더군요. 사진 잘 골랐다구요. 웃는 사진을 보니까 마음이 편안해지신다구요." 여자는 천천히 말했다.

나는 이날 밤의 전화 통화로 여자의 손가락이 실수를 해서 길을 잃은 것이 아님을 알 수 있었다. 상상하기 어렵지만 나를 이미 알고 있는 여자였다. 적어도 내가 경수가 아니라는 것을 여자는 이미 알고 있는 것이다. 그제야 나는 바보처럼 이미 허공으로 날아가버린 여자의 목소리를 기억해내려 애썼다. 그러고 보니 목소리가 귀에 익었다. 더불어 여자의 숨결은 더욱 그랬다.

5

그 후 며칠 동안 여자에게서 전화가 걸려오지 않았다. 하지만 나는 그녀의 전화를 기다렸고, 3시쯤 되어서야 잠들었다. 다음 날은 으레 지각이었다. 첫 환자는 여전히 치주염, 바로 그녀였다. 그녀를 치료하면서 나는 아무 말도 하지 않았다. 그녀의 병은 많이 호전되어 있었다. 치료를 끝낸 뒤 나는 그녀에게 더 이상 오지 않아도 되겠다고 말했다. 그녀는 말없이 고개를 끄덕였다. 그녀가 치료를 받고 돌아간 뒤, 나는 정 간호사에게 그녀가 사는 곳이 어디인지 알고 싶다고 말했다. 정 간호사는 그녀가 아주 멀리서 오는 환자라고 말했다.

"아주 멀리서? 어딘데?"

"주소가…… 성동구 광장동이었어요."

"그곳은 정 간호사 동넨데?"

"우리 집밖에 생각이 안 나요? 옮기기 전 병원이 있었던 곳이잖아요."

"그렇군."

"어떤 의미죠?"

"뭐가요?"

"그곳엔 치과가 없었을까요?"

정 간호사는 야릇한 표정을 지어 보이며 말했다.

"초진 환자라고 했죠?

"분명히 그래요."

"그렇다면 여기까지 따라올 이유가 없겠고……"

"물론, 치료와 관련해선……"

"다른 이유가 있었을까요?"

"없다, 하고 생각하면 머리가 더 복잡해지는걸요. 주소가 약국으로 되어 있어요."

"약국?"

그 순간 꼬깃꼬깃 접혔던 기억의 갈피가 열렸다. 만났던 장소가 떠오르면 기억하기는 아주 쉽다. 나는 그녀를 그 약국의 커다란 유리 상자 앞에 세우고 하얀 가운을 입혔다. 그러자 그 모든 것이 자연스러워졌다.

그녀는 옮기기 전 병원에서 두 블록쯤 떨어진 곳에 있던 약국의 약사였다. 흰 가운의 이미지가 너무 선명해서 그것을 벗어버린 그녀는 그 이미지와 함께 내 기억 속에서 휘발돼버렸을 것이다.

내가 잠이 오지 않는다고 말하자, 그녀는 말없이 수면제를 내밀었다. 치과에서 통상적으로 사용하는 약은 아니지만, 병원에 약을 가져오는 제약회사 직원에게 말하면 수면제 정도는 얼마든지 구할 수 있었다. 하지만 수면제를 먹어야 할 정도로 이미 깊어진 불면증을 주변에 노출시키고 싶지 않았다. 나는 그녀에게서 여러 차례 수면제를 사다 복용했다. 한 번에 살 수 있는 양이 정해져 있어서 약이 떨어지면 다시 약국에 갈 수밖에 없었다. 먹고 죽을 약도 아닌데, 이 약국 저 약국 전전하는 것 또한 나 스스로가 용납할 수 없었다. 수면제를 사러 약국을 드나드는 동안 그녀와 나눈 얘기는 몇 마디 되지 않았다. 나는 수면제가 필요하다고 말했고, 그녀는 별말 없이 약을 내밀었던 것이다. 이렇게 자주 수면제를 사러 오는 게 이상하지 않아요,라고 먼저 말을 붙였던 것도 내 쪽이었다. 용량을 스스로 처방하시면 저보다 더 정확하실 분이니까 걱정 안 해요. 우유를 많이 드세요. 우유에 있는 트립토판이라는 물질이 잠을 돕는대요. 술은 마시지 말구요. 어쩌면 그녀는 이미 내 직업을 알고 있었을 것이다. 너무 깊이 잠들진 마세요. 깨워줄 사람도 없는 것 같던데……혼잣말처럼 그렇게 말했던 것이 전부였다. 언젠가 그녀가, 잠이 오지 않는 이유를 해결해보시는 게 어때요,라고 딱 한 번 충고한 적이 있긴 했다. 그것도 흘려 지나치듯 말해서 마음에 담아두지 않았다.

그 무렵 나는 신경정신과 상담을 몇 차례 받은 적이 있었다. 의사는 불면증보다 그것으로 인한 기억의 손상이 더 큰 문제라고 말했었다. 약속을 잊거나, 물건을 찾지 못하는 일이 잦아졌다. 나는 처음에 그것이 건망증이려니 했었다. 건망증과 기억장애는 다른 것이다. 환경을 바꿔보는 것이 어떠냐는 충고를 듣고 오랫동안 망설인 끝에 병원 문을 잠시 닫았었다. 하지만 그것은 오히려 내 건강을 해쳤다. 병원 문을 닫고 요양을 한다든지, 그것을 목적으로 하여 여행을 한다든지 하는 노력을 하지 않았다. 그것은 세상으로부터 나를 격리시키고 외부 세계와의 소통을 차단하는 역효과를 가져왔다. 그동안 나는 내 안에서 무엇인가가 소멸해가고 있다는 느낌을 받았다. 내가 기억해내지 못한 만큼 무엇인가가 조금씩 내 몸에서 허물어져나가고 있었다. 끝내는 모든 기억이 빠져나가버린 가죽 주머니로 남을 것이었다. 약속을 잊거나 물건을 찾지 못하는 것은 그것의 시작이었다. 언젠가 나는 나 자신에게 물을 것이다. 너는 누구인가.

퇴근하고 집 근처 술집에 들러서 술을 마셨다. 취하고 싶기도 했었다. 술을 마시고 집으로 돌아와서 영화 「글루미 선데이」를 보았다. 그리고 아주 잠시 죽고 싶다는 생각을 했다. 이 음악으로 인해 많은 사람이 죽었다던데, 도대체 어느 대목에 그런 운명이 깃들어 있었을까. 그런 생각을 하며 나는 선율의 갈피를 뒤적여 죽음을 찾기 시작했다. 죽음의 코드는 빨간색이다,라고 생각하며 맹렬하게 붉은색을 찾기 시작했다. 붉은색이 없자 나는 조금 안도했다. 다시 검정색을 찾기 시작했지만, 그건 이미 나에게서 죽음의 색깔이 아니었다. 나 자신을 믿을 수 없게 되고 말았다. 믿을 수 없다는 것은 나 자신마저도 찾을 수 없다는 뜻일 것이다. 그렇다면 죽음의 색깔을 찾을 일이 아니고 죽여야 할 나 자신을 찾는 일이 시급한 것이다.

음악이 흐르는 장면을 되돌려 거듭해서 들으면서 죽고 싶다는 생각이 엷어져갔다. 영화를 본 후, 샤워를 하고 차를 마시려는데 전화가 걸려왔다. 처음에 그녀의 목소리는 정 간호사의 것처럼 들렸다. 그녀는 내게 전화를 걸 시간을 기다렸다고 말했다.

"경수 씨…… 경수 씨 맞죠?"

여자의 목소리에는 여전히 하소연 같은 것이 깃들어 있다. 이미 다 알잖아요, 그렇다고 말해줘요, 하는 투. 그런 투정에 어떤 믿음 같은 것이 서려 있다. 그런 믿음에 이미 나는 약속을 하고 있었다. 나는 "그래요" 하고 대답했다.

여자는 아무렇지도 않다는 듯이 멀쩡한 목소리로 얘기를 시작했다. 잠 많은 사람을 보고 돼지 같다고 그러잖아요? 여자의 목소리가 감미롭다. 목소리에 잠이 묻어 있는 느낌이다. 나는 그것을 천천히 핥기 시작한다. 그런데 오히려 개나 고양이가 돼지보다 잠이 많대요. 그것들은 하루에 열세 시간씩이나 잔대요. 그녀의 목소리가 바로 멜라토닌이다. 어쩌면 그것은 내게 잠을 자게 하는 것보다 성욕을 일깨우고 있는지도 모른다. 두발가락 나무늘보는 하루에 스무 시간이나 자고요. 제일 적게 자는 건

코끼리죠. 하루에 세 시간밖에 자지 않아요. 코끼리가 일주일 동안 자는 잠을 두발가락나무늘보는 하루에 다 자는 거죠. 혹시 모르지, 내일 아침이면 나와 상담했던 그 신경정신과 의사에게 전화를 할지. 멜라토닌 그거 신통하던데요? 비아그라 대신 처방해보세요. 사람은 여덟 시간 자는 게 정상이죠? 두더지처럼 말이에요. 두더지도 여덟 시간을 잔대요. 어떤 녀석들은 잠을 잘 때 숨을 안 쉬기도 하더라구요. 바다코끼리가 그래요. 그 녀석은 신진대사율이 너무 낮아서 숨을 쉴 필요가 없대요. 호흡이 느려진다. 마치 내가 바다코끼리가 된 기분이다. 천천히 천천히 물속으로 가라앉고 있다. 그런가 하면 주먹코돌고래는 뇌의 오른쪽과 왼쪽이 교대로 잔다고 해요. 그러니까 늘 깨어 있는 거지요. 그게 또 늘 자는 거구요. 가라앉으며 주위가 어두워지는 것을 느낀다. 「글루미 선데이」가 느리게 들려온다. 듣고 죽어야 할 노래가 자장가처럼 들리는 이유는 무엇일까. 수면 시간이 이렇게 다른 것은 각기 각성 상태를 유지할 필요가 얼마나 있느냐에 따라서 다른 거예요. 맹수들의 공격으로부터 안전한 나무 꼭대기에서 지내는 녀석들은 잠을 많이 자는 편이고, 초원에서 어슬렁거리며 돌아다닐 수밖에 없는, 맹수들의 공격에 노출되어 있을 수밖에 없는 녀석들은 깨어 있을 수밖에 없는 거예요. 언제 공격을 받을지 모르니깐. 이제 다 가라앉았다 싶은 그 바닥에서 나는 비로소 기기 시작한다. 어딘가를 향해 기어가고 있다. 다급한 용무가 있어 보이지는 않는다. 여전히 편안하며, 감미롭다. 코끼리도 그렇고 기린이나 양, 말, 소, 사슴 같은 것들이 그래요. 휴식을 취할 수 없는, 하늘을 날아가는 철새는 좌우 뇌를 교대로 자면서 계속 날아간다고 하고요.

여자는 그렇게 말하고 한숨을 푹 내쉬었다.

"혹시 철새라면 모를까. 우린 왜 이렇게 잠을 못 자나요? 날아가는 새도 아닌데."

6

이제 그녀를 내 세계에 들이는 일이 전혀 이상하게 느껴지지 않는다. 나는 그 일을 꿈꾸듯이 해치운다. 그녀는 오늘도 내 혼돈 속으로 기어들어 왔다. 그러고는 위로하듯 말한다. 이제는 잊어버리라구요. 그것이 무엇인지 알 수 없지만…… 우리 이제 잊어버리자구요. 오르가즘 끝에 그녀가 흐느끼는 것을 알았다. 그녀의 말은 옳았다. 나는 잊어버릴 게 있는 채로 아주 오랫동안 살아왔다. 그녀는 그것을 알았을 것이다. 그녀는 어쩌면 내가 자신과 같은 종(種)이라는 걸 알았을 것이다. 우리는 같은 종의 새다, 미지의 어딘가를 향해 끊임없이 날아가야 하는…… 그곳이 어디인지 모르는 것은 다행한 일이다. 모를수록 그곳의 유혹은 감미로워진다.

아직도 수면제를 먹느냐고 묻지는 않았지만, 그녀는 이미 알았을 것이다. 수면제를 먹지 않은 덕분에 새벽 2시에 전화를 받을 수 있었으니까. 결국 그녀는 나를 찾아왔고, 어쩌면 그것은 우리가 살아가는 데 필요한 방법이었는지도 모른다. 우린 제주 앞바다의 자리돔 같은 존재들인 것이다. 흩어지면 소멸한다. 필요할 땐 엮여 있어야 한다. 뭉쳐서 몸집을 커다랗게 부풀려 우리의 적들에게 대항해야 한다. 접속은 소멸에 대한 우리의 유일한 저항이다. 소멸로부터 우리 자신을 보호하기 위해, 커다랗게 몸을 부풀리고 있어야 한다. 나는 여자가 전화를 끊지 못하도록 해야 한다고 생각했다. 잠시의 침묵, 그 정적이 두려웠다. 외로움과 공포 사이로 꾸역꾸역 밀려드는 어둠을 밀어내기 위해 나는 안간힘을 쓰고 있었다. 그것은 내 영혼이 가늘어지는 일, 무엇인가가 내 넋을 훔쳐내는 일에 대해 저항하는 유일한 방법이었다.

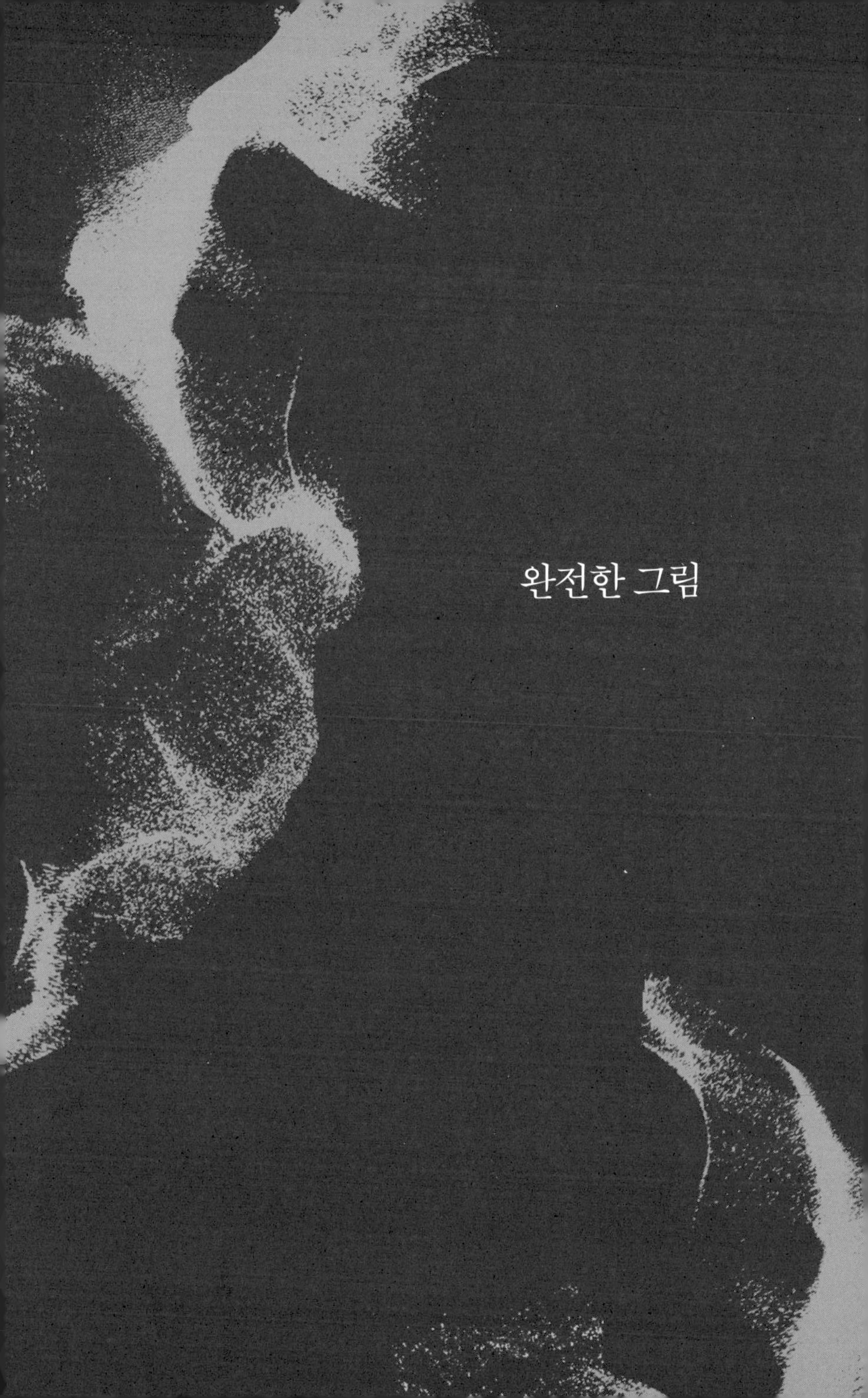

완전한 그림

1

　세상은, 참 알 수 없는 끈으로 연결되어 있다. 거미줄처럼 연결된 이 끈의 정체를 모르는 우리는 곤혹스럽다. 그것이 더러 인계철선처럼 작용하기 때문이다. 대체로 이 끈 끝에는 감당하기 어려운 물건이 매달린다. 봄밤 하늘로 터져 올라 화려하게 수를 놓을 물건이면 정말 좋겠지. 그런데 줄을 당기면 쏟아져서 주변을 난장판으로 만드는 물건이 있다. 또 어떤 물건은 돌연히 정체를 드러내는 것은 찰나이지만, 영향력은 세세토록 영원한 듯해서 관계자를 죽고 싶게 만드는 특징을 드러내기도 한다. 이 모든 것은 은밀히 진행되며, 속성대로 파괴력은 그 돌연함에 비례한다.

　이것은 이야기를 욕망하는 우리 안의 어떤 성질에 관한 이야기이다. 그때 우리는 한줄기 이야기 속에 있었다. 내게는 그것이 인계철선 같은 끈이었고, 당겼을 때 운명인 것처럼 느껴졌다. 그 끈 끝에 다시 욕망하는 이야기가 매달려 있었다.

우리란 나와 형란이다. 형란과 나는 불발된 연인이다. 표현이 좀 이상하긴 하지만 이보다 더 정확한 것을 떠올리지 못하겠다. 사랑하다 깨어진 것이 아니고, 사랑이 잉태되긴 했었는데, 그것이 성사되기 전에 유산되었으니, 불발되었다고 말하는 것이 옳다. 그러나 불발된 후 우리는 남매처럼 가까워졌다. 물론 그렇게 되기까지 갈등이 없었던 것은 아니다. 그녀는 그런 상황을 매우 혼란스러워했고, 나는 그것을 설명할 길이 없어 당혹스러웠다. 나는 끝내 그것을 그녀에게 설명하지 못했다. 그 상황에 대해 나 자신도 충분히 이해하지 못하고 있었다.

형란은 지금 내 앞에 청바지에 갈색 재킷을 입고 앉아 있다. 재킷 안에는 그보다 옅은 갈색 터틀넥 스웨터를 입고 있는데, 이른 감 없는 계절 색이다. 여전히 단발머리인 것도 계산된 것인 양 자연스럽다. 하지만 나는 그녀의 등 너머를 보고 있다. 그녀의 까만 머릿결 너머, 카페 창밖에는 거대한 은행나무가 서 있다.

"정말 오랜만이에요. 뒤쪽에 서 계신 걸 보고는 긴가민가했어요."

은행나무는 무수히 많은 잎사귀를 끊임없이 흔들어대고 있었
다. 나는 대답 대신 그 부지런함에 시선을 준 채 그저 웃었다.
그녀가 "세월이 참 빠르지요?" 하고 덧붙였다. 그 말 한마디에
기억의 갈피 속 묵은 습기가 한꺼번에 날아가버리는 느낌이었
다. 그 얼마나 적당한 말인가. 누구에게나 세월은 살같이 빠른
법이다. 다시 그녀가 덧붙였다. "하나도 안 변했어요." 세월에
게 둘러댈 핑계가 어디 그뿐일까.

"긴가민가했다면서?"

"그거야 워낙 의외여서였죠. 언니도 잘 계시죠?"

언니란 내 처를 말하는 거겠지. 실제로는 한 번도 그렇게 불
러보지 못했을 호칭이었다. 그 질문에 대답하는 대신 나는 집사
람의 당부를 먼저 떠올렸다. "모레가 어머니 제산데……" 그
녀는 현관에 서서 말했다. 여행을 떠나기에는 적당하지 않은 때
라는 걸 말하고 싶었을 것이다. 하지만 나는 매년 이때 여행을
떠났고, 아내는 늘 거기 그 모습으로 서서 같은 말로 내 여행을
만류하곤 했었다. 어머니 기일을 한 번도 놓쳐본 적이 없다는
걸 아내도 잘 알고 있었다. "잊지 않았죠?" "물론" 나는 아내
의 팔을 잡으며 간명하게 대답해주었다.

말을 섞어 늘어놓는 동안에도 나는 그녀 대신 여전히 창밖에
서 바람에 흔들리는 것들을 바라보고 있었다. 홀로그램을 생각
하고 있었다. 그녀가 만인의총을 나서기 전에 광장을 둘러보며
홀로그램에 관해 말했던 것이 떠올랐었다. 그것 때문이었을까?

나는 홀로그램을 알고 있었다. 그것을 실제로 한 유물전시회에서 사용해본 적도 있었다.

"그런데 웬일이세요, 갑자기?"

그래, 갑자기다. 온다는 얘기 없이 이렇게 불쑥 온 것은 처음이었다. 그녀의 놀람이 새삼스럽지 않은 것이었음에도 불구하고, 슬그머니 불만이 꼬리를 들었다. '세월이 참 빠르지요'나 '긴가민가했다'거나 '웬일이냐'는 건 한패거리였다. 그녀의 무심함에 섭섭한 감정이 없어야 옳았지만 스스로도 이해할 수 없게 거슬렸다.

어쨌거나 웬일이신가? 앞에 놓인 커피를 한 모금 들이켰다. 그제야 질문은 내 몫이 되었다. 웬일이지? 서울을 떠나 이곳에 오면서도 나는 무엇엔가 이끌리듯 왔다. 무슨 마법처럼 작용한 신비한 이유가 있을 리 없겠지만, 나도 모르게 이끌리듯 왔다는 점에서 비슷한 꼴이었다. 글쎄, 하고 형편을 되새기는데 뒷골이 무거워졌다. 그냥 떠나온 여행이었다. 그런데 왜 하필 이곳이냐는 질문에 이르자 머리가 무거워진 것이다. 아무리 머릿속을 뒤적여도 이곳에 온 마땅한 이유가 떠오르지 않았다. 다만 너는 아니라고 자꾸 밀쳐냈던 것 하나가 덩그러니 남았다. 그녀였다.

지하철에서 내려 강남터미널에 도착했을 때까지만 해도 행선지를 정하지 못했었다. 갈림길에서 걸음을 멈추고 경부선으로 가야 하나 호남선으로 가야 하나, 망설이기도 했었다. 마땅히 떠오르는 곳이 없다면 다시 집으로 돌아갈 수밖에 없겠다고 생각했다. 터미널 안 광장 분수대 난간에 걸터앉아 나른하게 흘러가는 시간을 즐기고 있었다. 그러던 중 문득 저만치에서 걸어오는 양산 하나를 보았다. 실내라는 걸 몰랐을까? 행렬 속 양산은 이색적이었다. 천장이 아무리 높아도 실내는 실내였다. 하늘하늘 레이스가 달린 분홍 꽃무늬 양산이었다. 고전적이라면 표현이 적당할 모양이었다. 양산 속 단발머리가 저만치서 드러났다. 서른이나 마흔쯤? 나이는 짐작조차 되지 않는 여인이었다. 무수한 행렬들 속에 끼어 있는 양산 쓴 단발머리 여인 하나가 내 우유부단함을 걷어찬 셈이었다. 나는 그 여인을 졸랑졸랑 따라 호남선 매표구에 줄을 선 것이다. 내 차례가 되었을 때 나는 자연스럽게 행선지를 말할 수 있었다.

"남원 주세요."

단발머리는 이미 내 시야에서 사라졌지만, 나는 이미 원하는 걸 얻었다. 세상의 모든 일에는 이유가 있다. 하지만 역시 이유를 설명할 수 없는 것들도 있다. 나는 슬그머니 계절에다가 핑계를 둘러대고 있었다. 여름과 가을 사이가 아닌가. 그녀와의 이야기 속 계절은 늘 여름과 가을 사이였다. 내 몸과 정신은 그 계절에 도리 없이 민감해지곤 했다. 9월은 내게 소멸의 계절이다. 엎드려 순종하며, 투명해지는 나 자신을 재인식하는……
나는 매년 그 시기에 날을 골라 며칠씩 여행을 떠났었고, 지금

이 바로 그때인 것이다.

2

'한 여인이 천천히 길을 건너고 있었다.' 이야기는 이렇게 시작된다.

연분홍 꽃무늬 한복을 입은 여인이었다. 다가가 안기면 달콤한 향내가 날 것 같은 단발머리인가, 짧은 머리를 한 여인이었다. 그때 저만치 먼지를 일으키며 버스 한 대가 달려오고 있었다. 버스가 조금 천천히 오든지 아니면 여인이 걸음을 멈춰야 할 상황이었다. 그러나 멈춘 것은 여인이나 버스가 아니었다. 기억 속의 영상은 거기에서 멈췄다.

이것은 실제로 내가 본 것이다. 정확하지는 않지만 나는 여섯 살이었고, 역시 정확하지는 않지만 고향에 다녀오는 길이었다. 우리는 택시 뒷좌석에 앉아 있었다. 옆에 앉은 사람은 아버지였나? 그랬을 것이다. 거리에서 연분홍 한복을 입은 여인을 흔히 볼 수 있었던 시절이었다. 그랬으므로 그 정경이 특별히 인상적이지는 않았다. 나는 택시 창밖으로 그 여인을 바라보고 있었다. 택시는 이미 그 여인과 버스를 지나쳐버렸기 때문에 그다음 장면을 기억하지는 못했다.

생생했다. 텍스트 형식의 이야기로 기억되어 있지 않고 말 그대로 총천연색 시네마스코프로 각인되어 있었다. 인상적이지는 않았어도 기억하고 있는 것들이 더러 있었다. 이를테면, 어느 봄날 오후 4시경, 전기면도기를 사가지고 막 용산전자상가에서 나와 큰길을 건너는 나를, 역광의 롱샷 장면으로 기억하고 있는 것은 정말이지 쓸모없는 기억의 낭비이지만, 기억되어 있다. 기억되어 있고, 가끔 그 장면이 속절없이 재생된다.

하지만 나는 가끔 일부러 그 여인의 장면을 떠올리며 몰입한다. 그 장면은 일종의 홀로그램인 것이다. 내 기억 속에 없는 장면을 내가 본 장면으로 대체해 내 기억 속에 없는 그 장면을 느끼는 것이다. 그럴 때면 내 감수성은 매우 예민해진다. 여인의 손가락이나 눈매, 체취를 느낀다. 하지만 나는 그것에 과잉 몰입하지 않도록 조심한다. 적당한 순간 그만둔다.

그런가 하면 나는 분홍 양산 여인에 몰입하는 나를 여러 개의 장면으로 기억하고 있다. 어느 가을날 오후, 바스트샷 장면의 여인이 나풀거리는 옷고름을 손으로 누르며 걷는 것에서 오버랩되어 줌아웃되는 장면 속, 커피를 마시다가 탁자에 엎드려 있는 나를 기억하는 것이나, 어느 겨울밤, 잠이 오지 않았나? 한없이 빅클로즈업된 여인을 떠올리고 있는, 침대 위에 길게 엎드려 있는 나를 다리부터 팬, 얼굴에서 줌인하는 장면을 아주 구체적으로 기억하고 있는 것이다.

여인의 모습에 몰입하고 있는 나를 기억하면서 나는 매우 편안해진다. 마치 물속에 가라앉아 있는 느낌이다. 세례의 느낌이랄까, 양수 속 태아의 느낌이랄까. 역시 나는 그것에 지나치게 몰입하지 않도록 조심한다. 적당한 때에 멈춘다. 마약 같은 것이야, 스스로 타이르면서……

여섯 살의 내가 택시 뒷좌석에 앉아 바라본 여인의 장면은 일종의 데자뷰다. 그렇다고 치면 그것은 쓸모없는 기억이 아닌 셈이다.

버스 터미널에 내려 형란에게 전화를 했지만, 받지 않았다. 5분쯤 후 다시 걸었을 때 저쪽 음성은 그녀가 아니었다. 그녀의 동료였다. 전화기 주인이 지금 만인의총에 갔다, 전화기를 놓고 간 모양인데, 급한 용무라면 그쪽 사무실 전화번호를 드리겠다, 고 말했다. 그럴 필요는 없었다.

택시를 타고 만인의총에 도착했을 때 한 무리의 사람들을 보았다. 사람들은 잔디밭 사이에 놓인 보도블록 위에 서 있었다. 푸르렀을 잔디의 색깔이 연한 갈색으로 물들고 있었다. 맨 앞에 서 있는 사람이 그녀였다. 손을 펴 얼굴로 쏟아지는 햇볕을 가린 채 사람들에게 무엇인가 설명하고 있는 그녀는 이곳 시청의 학예연구관이었다. 나도 무리의 꽁무니를 따라 천천히 무덤을 향해 올라갔다.

무덤은 맨 위에 있었다. 이곳은 처음이었다. 무덤이 있는 중

턱에서 산 아래가 시원하게 열려 있었다. 일부가 남은 남원성이 보였고, 그 오른쪽으로 유천 마을이 보였다. 유천 마을이군, 흠……

사람들이 그녀를 중심으로 둥그렇게 무리지어 섰다. 나도 맨 뒤에 서 있었다. 정유재란 때 남원성을 지키다가 전사한 군인과 민간인들을 합장한 무덤이었다. 사흘 동안 만 명이 죽었다. 그녀는 사람들을 향해 그 얘기를 하고 있는 중이었다.

뒷줄에 서 있던 나를 발견한 그녀는 용무를 끝냈다. 사람들은 주차장에 서 있던 관광버스를 향해 총총히 사라졌다. 그녀의 얼굴은 상기되어 있었다. 나란히 만인의총의 광장을 지나 나오면서도 사람들을 향해 무언가 더 설명할 게 남아 있는 사람처럼 보였다.

"이 광장에 홀로그램을 쏠 거예요."

"뭐? 뭘…… 쏜다고?"

"홀로그램요. 이번 행사는 굉장히 큰 의미가 있거든요."

그녀는 그 큰 의미에 대해 설명했었지만, 난 기억하지 못한다. 다만 그녀가 홀로그램에 관한 잘못된 정보를 가지고 있었을 것이라는 생각을 했던 기억이 났다.

3

"저 나무는 이곳에 참 오래 서 있네."

이 카페에는 몇 차례 온 기억이 있었다. 이 가게의 가장 안쪽에 있는 이 자리는 10년이 지난 지금도 우리를 위해 비어 있었다. 실없이 뱉어놓은 내 말이 나무보다 더 오래 허공에 떠 있다는 느낌이었다. 침묵이 길어졌다. 그 끝에 그녀는 쿡쿡 웃었다. 그 웃음이 기억의 갈피 속에 조금 남아 있던 묵은 습기를 마저 앗아 갔다. 이제 그녀와 나 사이에는 사막 같은 것이 가로놓였다. 그녀는 경쾌했다. 쿡쿡 웃을 수 있는 것으로 대신할 수 있으니 얼마나 명쾌한가. 내 진지함은 지리멸렬해서 발이 저릴 지경이었다.

"삼백 년 넘게 제자리 지키고 있는 나무를 두고, 십 년 더 서 있었다고 오래 서 있는 걸 새삼스러워하면, 그 나무 좀 어이없지 않을까요."

그렇겠다. 조금 피곤했다. 눈을 감았다.

여인이 쓴 양산이 반짝 빛난다. 초가을 햇볕이 강하다. 나는 누운 채 눈을 감고 여인을 구체화한다. 영상은 제법 카메라 워킹의 품격을 갖췄다. 떠오른 여인에 대해 내 감정은 덤덤하다. 화나지 않는다. 맞다. 그녀가, 이곳에 홀로그램을 설치할 예정이에요, 라고 말한 끝에 생각난 것이다. 여인은 홀로그램이다.

홀로그램은 완전한 그림이라는 뜻을 가졌다. 앞뒤 좌우 360도, 입체로서 완전하다는 의미겠지. 하지만 실제로는 다른 의미일지도 모른다. 홀로그램의 큰 특징은 홀로그램의 어느 작은 일부를 떼어낸다고 해도, 그 작은 일부가 완전한 전체의 정보를 모두 가지고 있는 것이다. 닐스 봄이라는 사람이 처음 발견했다. 사과를 찍은 홀로그래픽 필름을 수십 분의 1로 잘라 영사해도 영상은 사과 전체를 다 보여준다.

이 홀로그램은 내 의식의 저 깊은 곳에서 채취한 한 조각의 DNA처럼 완벽하다. 그것은 아주 작지만 필요한 정보를 모두 담고 있다는 점에서 완전하다. 내 의식의 깊은 곳이란, 중첩되고 또 중첩된 이야기의 지층이다. 그 지층 저 깊은 곳에 연결되어 있는 인계철선의 끈이 현실 어딘가에 드리워져 있는 것이다.

그 현실 어딘가는 이를테면 오래전 그날 그 연수원 숲 속인 것이다.

정확히 23년 전 어느 가을날이었다. 이곳 지방 대학에서 주관했던 여름 캠프에 참석했었다. 전국에서 서른 명의 석박사과정 학생이 모였다. 이곳에서 나는 형란을 다시 만났다. 전에는 그저 아는 고향 후배였다.

해가 질 무렵이었다. 그녀는 저만치 길에 있었다. 그것이 내가 기억하는 첫 장면이다. 인상적이었는가? 인상적이었다. 나는 그날 저녁 국 담당이어서 개울가에서 낮에 사용했던 솥을 씻던 중이었다. 솥은 매우 더러웠다. 전에 사용했던 사람이 깨끗하게 씻지 않았기 때문이었다. 자세히 보니 기름이 덕지덕지 껴 있었다. 물을 넣고 끓여서 낀 기름을 녹여야 한다는 생각과 세제를 가득 풀어 박박 문질러야 한다는 생각이 싸우는 통에 정신이 좀 없던 참이었다. 그러던 어느 순간 고개를 들었을 것이다. 저만치 그녀의 단발머리에 역광이 부서져 내렸다.

그녀의 배경은 온통 주황색이었다. 한 손에 세제통을, 나머지 손에는 수세미를 든 채로 나는 멍해져 있었다. 쟤가…… 형란인데. 형란인데,라니? 형란이면 그저 그런 느낌이어야 한다는 것인가. 도무지 그 장면에서는 더 이상 찾아낼 인상적인 디테일이 없었다. 그저 그 노을을 배경으로 나풀나풀 머리를 찰랑이며 그녀가 오고 있었을 뿐이었다. 노을이 아름다웠다.

나는 그길로 물에서 건져낸, 물을 끓여 기름을 녹여내지도, 세제를 넣어 박박 문질러 씻지도 않은, 기름이 덕지덕지 껴 있는 국솥을 국 담당 여학생에게 넘겨 주었다. 형란이가 걸어 나온 그 노을의 장면을 제대로 바라보고 싶었던 것이다.

생전에 나는 그토록 아름다운 노을을 본 적도 들은 적도 없었다. 아, 이럴 때 죽고 싶다는 얘기를 하는 거구나. 그랬다. 딱 거기서 죽고 싶었다. 내가 그 언덕을 향해 휘적휘적 올라가자 형란은 걸음을 멈추고 나를 바라보고 섰다. 그녀는 서 있었고,

나는 그녀를 향해 허우적거리며 가고 있는 중이었다. 내가 노을을 향해 가는지, 그녀를 향해 가는지 갈수록 점점 그 경계가 희미해져갔다.

"선배, 지금 나 마중 나오는 거야?"

마침내 내가 그녀에게 이르렀을 때 그녀는 내게 다짜고짜 물건들이 잔뜩 들어 있는 봉지를 안겨 주었다. 나는 얼떨결에 그 봉지를 받아 안았다. 그리고 나머지 한 팔은 형란의 어깨에 두른 채 나란히 서서 노을을 바라보았다.

그때 문득 그녀는 자신의 귀에서 뺀 이어폰 한쪽을 내 귀에 넣어주었다. 내 머리에서 가슴까지 서늘하게 가로지른 것은 헨리 맨시니의 「Loss of Love」였다. 나는 환각 상태에 빠진 것 같았다. 그것은 결코 현실 속 풍경이 아니었던 것이다. 우리는 그때 한줄기 음악 속에 서 있었다. 우리의 몸속에 음악을 집어넣고 나란히 서서, 눈에는 노을을 집어넣고 있었다. 우리가 손잡고 숨을 쉴 때마다 몸속의 노을과 음악이 섞여 일렁이는 것을 느꼈었다.

여기서 중요한 것은 그 시절 나는 늘어지는 음악을 좋아하지 않았다는 사실이다. 더구나 맨시니는 내 취향이 아니었다. 맹세코 그날 이후 길 가다가 우연히 들었으면 몰라도 내 스스로 맨시니를 선택해 다시 들은 기억이 없다. 그런데 더욱 알 수 없는 것은, 그날 이후 그 어떤 음악도 바로 그 시간 그 헨리 맨시니만큼 나를 감동시킨 음악이 없었다는 것이다. 노을 때문이었을까. 도대체 무엇 때문이었지?

우리는 개울이 내려다보이는 연수원 캠프장 숲 속에 앉아 밤을 지새웠다. 그날 밤 우리는 아주 오래된 사랑 이야기 하나에 기대어 있었다. 숲은 고즈넉했다. 새들은 모두 둥지로 돌아갔고, 오직 사랑 이야기와 반딧불이의 시간이었다.

4

저녁 식사를 했던 샘가 노천 식당에 돗자리를 깔았다. 식탁이 줄지어 놓여 있었고, 그곳에 앉을 만한 의자들이 있었지만, 형란은 커다란 나뭇등걸에 기대어 앉아 있는 것이 좋겠다고 해서 연수원 창고를 뒤져 돗자리를 찾아다 깔았다. 나는 돗자리 위에 내사로 누웠다. 하늘에는 수많은 맑은 점들이 떠 있었다. 그 점들을 더욱 말갛게 하는 것은 큰 달이었다. 점들 가운데 부지런한 것들은 반딧불이일 것이다. 아직 내 몸속에는 맨시니와 노을이 일렁이고 있었다.

"하늘 가득 밝은 달은 꽃밭을 비추고, 꽃그늘은 달그림자와 서로 어울려 있네. 달과 꽃처럼 임과 마주 앉으니, 세상 영예와 치욕에 그 누가 연연하리요."

형란은 나를 바라보았다. 꽃밭은 없었다. 대신에 커다란 전

나무가 달그림자를 드리우고 있었다.

"삼의당이 남편 담락당과 함께 광한루원을 거닐다가 읊은 시예요."

형란이가 시작한 이야기 속 주인공은 18세기 조선의 남원 땅에서 태어난 하립과 김씨 여인이었다. 그러니까 전라도 남원 땅에는 성춘향과 이도령 말고도 이야기가 되어 오래 전해지고 있는 연인이 또 있는 것이다. 부부가 되어 해로했으니, 연인이라는 표현이 어울리지 않을 수도 있겠다.

여인의 이름은 있었으되 전해지지 않던 시절이었다. 삼의당이라는 당호는 그의 남편 하립이 지었다. 삼의당이 돋보였던 이유는 그의 뛰어난 문재 때문이었을 것이다. 그가 남긴 시들은 당대의 뛰어난 시들과 비교해 모자람이 없었다. 삼의당은 260수의 시를 남겼는데, 그중 많은 시가 남편과 주고받은 시이거나, 남편을 그리며 쓴 시들이었다.

인상적이었던 것은 그들이 결혼한 이듬해부터 딸아이가 열여섯 살이 되도록 헤어져 있었다는 점이었다. 하립은 관운이 없었다. 과거시험을 위해 상경해서 그토록 오랜 세월을 보냈지만, 급제하지 못했다.

하지만 그날 밤 인상적이었던 것은 삼의당의 시나 그들의 신산했던 삶이 아니었다. 새벽녘 잠들기 전까지 내 생각을 지배하고 있었던 것은 그들의 탄생에 관련한 에피소드였다. 담락당과 삼의당이 같은 날 같은 마을에서 태어났다는 것이었다. 유천이라는 작은 마을이었다. 그처럼 작은 마을에서 같은 날에 태어나는 인연은 쉬운 일이 아니다. 특히 남녀가 그랬다면 그 인연이 조금은 각별해 보일 법했다. 하지만 그것이 그들이 부부가 되는 데 영향을 주었는지는 확인할 수 없다. 삼의당이 남긴 260수의 시에도, 담락당의 문집에서도 그것이 부부가 되는 데 영향을 주었다는 기록은 없었다.

미리 숙소를 정해두길 잘했다는 생각이 들었다. 자고 간다는 생각이 마음을 편하게 했다. 오늘 이곳을 떠나지 않아도 된다는 사실이 솜털처럼 아늑했다. 게다가 나는 철저히 외지인이었다. 큰댁에 가서 장손으로 선산을 지키고 있는 사촌 큰형님도 오랜만에 뵙고, 거기 묵어야 했지만, 오늘은 고향 방문을 감추고 싶었다.

1769년 10월 13일, 나는 그 날짜까지도 기억하고 있었다. 두 사람이 유천 마을에서 태어난 날짜였다. 터무니없는 집착이라고 할지라도 그것은 인상적이었다. 그들이 같은 날에 태어난 사실은 그야말로 우연이다. 같은 날이었고, 또 같은 마을이기까지 한 것이 사람들에게는 조금 특별하게 느껴지지 않았을까. 결국 그 특별한 어떤 느낌이 일을 꾸민 것이 아닐까. 사람들 사이에서 그 특별한 느낌이야말로 매우 정밀한 운명의 유기체였을 것이다.

이렇게 되짚어나가다 보면 운명이라는 것이 얼마나 보잘것없는지 금방 들통이 난다. 우리가 운명이라고 부르는 것들은 대부분 이렇게 시시하게 시작되는 것이다. 시시하게 시작되지만 그 결과적 필연성에 이르면 겸손해지지 않을 수 없는 것이다. 그 집에 다시 양산만 가지러 가지 않았더라면, 제시간에 도착한 버스를 놓치지 않았을 것이고…… 도대체 그날은 맑은 날도 아니었는데, 왜 양산은 가지고 나갔을꼬? 세상의 모든 일은 이렇게 우연하게 시작되지만…… 놓친 버스 다음에 탔던 버스가 덤프트럭에 받혀 언덕 아래로 추락하고 나면, 양산을 다시 가지러 간 그것에 우리의 한은 더할 수 없이 깊어지는 것이다.

나는 그 무수한 별빛 아래 내 다리를 베고 누운 형란의 얼굴을 아득히 들여다보고 있었다. 방금 얘가 자신을 소개하기를 어느 집 손녀라고 했는데, 어느 집이라고? 제중의원? 그게 어디서 많이 듣던 병원 이름인데…… 아니, 도대체 그럼 얘가 누구야?

카오스에 내재된 질서는 참 알 수 없다. 알 수 없지만 그것은 아주 정교한 의미를 가지고 일을 한다. 나비의 날갯짓은 또 얼마나 섬세하고 여린가. 그 초기 조건은 작고 여릴수록 더욱 극적이겠지. 여린 날개가 일으킨 바람이 저 태평양을 건너가서 엄청난 토네이도를 일으키는 걸 상상해봐. 발 저리지 않아?

어쨌든 나는 담락당과 삼의당이 태어난 날짜를 기억하고 있다. 1769년을 1976년으로 숫자를 바꿔 읽으니 나와 상관없을 리 없는 해였다. 굵직하게 떠오르는 것이 여럿이었다. 그리고 10월 13일이라니, 그날은 우리 첫 딸아이 생일이다. 나는 순간 맨송맨송해졌다. 재미없었다.

하지만 여전히 머릿속을 맴돌던 생각 하나. 밤길이었고, 그 것 때문에 택시 기사가 길을 잘못 들었다면, 수혈을 제때 하지 못했던 책임은 누구에게 있는가? 피를 제대로 갖추지 못하고 있던 시골 병원인가? 그 지역에서 10년 넘도록 운전을 하고서도 길을 찾지 못한 택시 기사인가? 그도 무엇엔가 홀린 것 같다고 했다던데, 맙소사, 그럼 밤길인가?

연수원 숲 속, 그 새벽. 담락당 하립과 삼의당 김 씨, 그들의 '한 마을 같은 날 탄생'의 알레고리가 나를 사로잡고 있었다. 노대체 그것이 그 두 사람에게 어떻게 작용했을까. 운명이라는 것은 어떤 모양일까. 어떤 모양이며 어떤 방식으로 우리의 삶에 관여하는가. 오직 그 메커니즘만이 내 관심사였다.

5

초저녁부터 우리는 사랑에 빠졌다. 결코 그녀와는 사랑에 빠지지 않을 것처럼 생각했던 나였다. 하지만 맨시니 때문이었는지, 그 노을 때문이었는지, 그녀의 깊은 눈 속에 푹 빠져 있었다. 그러나 그뿐이었다. 사랑에서 깨어나는 것은 마취에서 깨어나는 것과 같다. 막상 깨어나면 형편이 전혀 달라져 있다는 점에서 그렇다.

그날 새벽, 잠든 형란의 얼굴을 바라보고 있다가 날이 밝았다. 형란이 잠들기 직전, 그녀가 제중의원 손녀라는 것을 처음 알았다. 그녀가 잠에서 깨어났을 때 나는 다짜고짜 불발을 선언했다.

나는 너를 사랑하지 못하겠다고 털어놓았을 때 그녀는 잠결이었다. 어젯밤 무슨 일이 있었는지 계산이 끝나지도 않았던 때였다. 그녀는 내 태도가 어느 시점에서 달라졌는지 더듬어보려 애썼다.

나는 정직하게 말해주었다. 네가 제중의원 손녀이기 때문이다. 그녀가 천천히 물었다. 나의 할아버지나 아버지가 당신 집안에게 원수진 일이 있는가? 그런 일은 없었다. 그렇다면 우리와 성이 다른 서로의 외가가 가까운 친척인가? 그렇지 않다. 그게 아니라 내가 세 살 때 내 어머니가 죽었고, 바로 그날 네가 태어났는데, 내 어머니가 죽은 곳이 바로 네가 태어났던 너희 집 바깥채인 제중의원이었다.

그것이 그날 아침 그녀에게 간추려 전한 이유였다. 그러자 정신을 차린 그녀가 다시 덧붙여 물었다. 당신 어머니가 죽은 것이 제중의원 의사였던 우리 할아버지의 실수 때문이었는가? 그렇지 않았다. 만약 그랬다고 해도 그것 때문에 너와 사랑을 이루지 못하겠다고 말하진 않을 것이다. 오직 같은 집에서 같은 시간에 태어나고 죽었던 것만이 그 이유다.

그녀는 이해하지 못했다. 같은 집에서 같은 시간에 당신 어머니가 죽고, 내가 태어난 것이 우리가 헤어져야 할 이유의 전부냐고 다시 물었다. 나는 그렇다고 말해주었다. 그러자 그녀가 왜 그것이 우리가 헤어져야 할 이유가 되느냐고 되물었다. 밤새 생각했지만, 그것을 설명할 수가 없다고 말해주었다. 그러자 그녀는 소리 내어 웃고 또 웃었다. 웃음을 멈춘 그녀의 얼굴은 무섭게 변해 있었다. 그 표정으로 형란은 내게 밤새 미친 것 아니냐고 물었다.

6

카페에서 나왔다. 작은 도시의 소박한 정경이 펼쳐졌다. 광한루 근처의 구시가지는 1960년대의 모습이 남아 있다. 페인트로 상호를 크게 쓴 양철 간판 아래로 방형 유리창들을 단 목재 미닫이문의 약방, 양복점, 양화점, 철물점, 제과점이 늘어서 있었다. 키 높이로 지붕을 보여주는 가게들이 정겹다. 그 아래를 지나며 기웃기웃 저녁 먹을 곳을 찾는 중이었다.

“뭐 드실래요?”

“추어탕.”

솟을대문을 가진 큰 식당이었다. 먼 길을 걸어서인지 시장기가 있었다. 제피 가루를 탕 그릇에 넣어 젓고 있는데, 형란이 물었다.

“오랜만이죠?”

산초하고 비슷해서 헷갈리기도 하고, 다른 이름으로 초피라고도 부르는 이 제피는 중부 이북에서는 먹지 않던 향신료였다. 서울에서는 어쩌다 한 번 만나는 것인데, 이곳에서는 없어서는 안 되는 양념인 것이다. 밑자락에 제피의 의미가 깔린 물음이었다. 고향이었다. 알싸한 향이 올라왔다.

“오랜만이네.”

“자주 못 오시잖아요.”

“최근 들어 더 그렇게 되네.”

저녁을 먹은 후, 우리는 근처에 있던 광한루원 안으로 스며들었다. 판소리 태중에 춘향이가 태동도 하기 전에 광한루, 오작교, 영주각이 있었다. 이곳에서 정인지는 달나라 미인 항아가 사는 월궁을 느꼈다. 그리하여 이곳 이름을 월궁 속 광한청허부라고 짓고, 루의 이름을 광한이라 불렀다. 그로부터 20년쯤 후, 장의국이라는 남원 부사가 견우 직녀의 오작교를 지었다. 그로써 사랑을 꿈꾸기에 부족함이 없는 무대가 된 셈이었다. 이곳에 황희가 지나갔거나 정인지가 지나간 족적을 따라 누군가의 꿈속에서도 이몽룡과 춘향이가 걸었을 것이다. 그런 분위기가 대대로 이어져 담락당과 삼의당도 이곳을 산책했겠지. 지금 광한루원은 춘향전이 중심 테마다. 그네와 월매의 집, 전시관만으로도 아주 훌륭하게 원래 있던 이야기들을 지웠다.

완월정에 올라가 앉아 있는데, 청허부 대문 옆 사무실에서 한 남자가 나와 우리를 향해 손을 흔들고는 화장실 쪽으로 사라졌다. 일어서서 마주 손을 흔들던 형란이 그쪽을 향해 무슨 말인가를 하려다 말고 앉았다. 고즈넉했다. 광한루원에는 이미 관광객은 없고 일하는 사람들만 남아 있을 시간이었다. 어느 구멍으로 들어왔을까. 하얀 강아지 한 마리가 천천히 길을 가로 질러갔다.

“우린 도대체 서로 궁금한 게 없죠?”

그렇다. 도대체 궁금한 게 없는 우리의 관계 속에 그 정답이 있다.

“그런가?”

“묻지 않아도, 보지 않았어도 다 알 것 같으니, 참 희한한 노릇이에요. 오늘 오신 거 그냥 오신 거 아니잖아요.”

“그냥 온 거 아님?”

“내가 지난주에 보낸 이메일 받고 오신 건데?”

“아, 그랬어, 내가?”

“제게 결혼할 남자가 생겼어요, 내년 봄 결혼할 거 같아요,

이 편지가 선배에게 다시 숙제를 낸 거죠. 십오 년 전 선배에게 결혼할 여자 생겼을 때처럼요."

뭔가 대꾸할 얘기가 있는 것 같긴 했지만, 도무지 입이 떨어지지 않는다.

"선배는 정리 정돈 안 돼 있는 꼴을 못 보는 성미잖아요. 다시 닥친 이 대사를 앞두고 우리 관계 뒷설거지 하셔야 하잖아요."

형란은 조용조용 말했다. 말에서 느껴지는 감정도 무채색이었다. 네가 말을 안 하니 나라도 하겠다는 선언 끝에 나온 말이었으므로 대꾸마저도 아낄 필요가 있었다. 하지만 거기서 침묵이 길어졌다.

"묻지도 보지도 않고 다 아니, 참 희한한 노릇이다."

내 입에서 절로 나온 말이었다. 나 자신도 이유를 알 수 없었던 여행길이었다. 하지만 이 부분에서는 내가 없다. 다시 형란이 말한다.

"이렇게 말씀하시려 여기까지 오신 거잖아요?"

"어떻게?"

"나는 네 선택을 존중한다, 좋은 남자라는 거. 네가 믿는 만큼 나도 믿을게. 맞죠?"

"그걸 어떻게 알아?"

"어떻게 아느냐고요?" 형란이 웃으며 덧붙였다. "좋은 여자야, 내 선택을 존중해줬으면 좋겠다. 내가 믿는 만큼 너도 믿어

줄 거라고 생각해."

"그랬었나?" 고개를 떨구며 내가 말했다.

"오래 한 친정 오빠 노릇 이제 지겹지 않으세요?"

친정 오빠, 적절한 표현이다. 그러고 보니 형란과 나는 지난 세월 동안 한 번도 서로에게서 끈을 놓아본 적이 없었다. 이메일이든지, 전화든지, 그러니 듣지 않았어도 알 것 같은 착각도 무리는 아닐 것이다.

"우린 도대체 어떤 관계일까? 생각하면서 지낸 세월, 선배도 비슷했던 모양이네요? 도대체 우린 어떤 관계예요?"

복잡한 문제를 한꺼번에 꿰뚫는 힘을 지닌 질문이다. 우린 과연 어떤 관계일까. 답할 수 없는 이유 역시 설명할 수는 있지만, 이해할 수 있을까.

"아주 좋은 선후배 관계지."

"아침 되자 잃어버린 하룻밤 풋사랑."

"잃어버린 건 아니고."

"어쨌든 불가사의한 일!" 하고 형란이 벌떡 일어섰다. "가요. 제가 숙소로 모실게요."

"그럴 필요 없어. 건너편 호텔에 방 정해놨어. 내가 집까지 데려다줄게."

"코앞인데, 뭐" 하며 형란이 뒤따랐다. 문을 나서는데, 아까 우리를 향해 손을 흔들었던 남자가 사무실에서 나왔다. 주름 없는 헐렁한 회색 면바지에 와이셔츠 차림의 그는 나를 향해 허리를 굽혔다. 형란의 직장 동료로만 여겼었다. 나는 손을 내밀었다. 내 손을 잡으며 그는 "선배님 말씀 많이 들었습니다"라고 했다. 그리고 "앞으로 잘하겠습니다"라고도 했다. 나는 손을 잡은 채 한동안 그를 바라보았다. 눈이 깊은 사람이었다. 입 매무새도 정직해 보였다. 너무 오래 잡고 있나 싶었을 때야 그의 손을 놔줬다. 나는 "고맙다"고 말했다. 나오는 대로 한 말이었는데, 생각해보니 적당한 말이었다. 남자와 헤어져 큰길로 나섰다. 그는 우리가 저만치 멀어졌는데도 문 앞에 서서 바라보고 있었던 모양이었다. 형란이 뒤돌아 손을 흔들며, 저 사람도 함께 저녁을 먹었으면 좋았을 텐데, 했다. 손에서 그의 체온이 느껴졌다.

7

연수원 숲 속, 형란이 잠들고 난 뒤, 그 얼굴에서 죽은 어머니의 얼굴을 보았다. 눈 코 입이 또렷한 여인이었다. 그러나 내 기억에는 없어야 옳을 존재였다. 왜냐하면 어머니가 죽었을 때 나는 세 살이었으니까.

하지만 그분은 내 기억에서 절대적인 존재일 만큼 나는 오래 전부터 하나의 이야기 속에 갇혀 살았다.

내 어머니는 늦여름 어느 날 친척집을 방문했다가 집으로 돌아가기 위해 나왔는데, 버스 차부에 이르렀을 때 그 집에 양산을 놓고 온 사실을 알았다. 다시 돌아가 양산을 가지고 왔을 때는 처음 타려던 버스가 이미 떠난 후였다. 다음 버스를 타고 돌아오는 길, 고갯길을 넘던 버스가 맞은편에서 오던 트럭을 피하기 위해 운전대를 꺾었는데, 그만 도로를 벗어나 길 아래로 처박혔다.

큰 사고는 아니었다. 다른 승객들은 바로 일어나 집으로 돌아갔고, 오직 어머니만 정신을 잃었다. 겉모습으로 보아 크게 다친 것이 아니라고 판단한 버스 기사는 어머니를 가까운 제중의원으로 옮겼다. 하지만 출혈은 점점 더 심해졌고, 수혈을 해야겠다고 판단한 의사는 급히 혈액을 수배해 가장 유능하게 보아온 택시 기사를 불러 J시의 혈액원으로 보냈다.

하지만 기사는 밤길에 길을 잃었고, 출혈이 심했던 어머니는 끝내 숨졌다. 그런데 어머니가 죽은 바로 그 시각, 제중의원 안채에서 그 집 첫 손녀가 산도를 빠져나오고 있었다. 형란이었다.

이것이 그 이야기의 전부다. 더 이상 덧붙일 것도, 더 이상 궁금해할 것도 없이 매끈한 이야기였다. 나는 이 이야기를 사람들에게 들었다. 그들은 대체로 가까운 친척이나 가족들이었다. 고모들이거나, 외숙모들이었다.

세 살 때 어미를 잃은 독특한 정황이 그들 마음속에 빚어놓은 연민 때문이었을 것이다. 그들은 연민을 이야기로 풀었다.

연민은 나를 만날 때마다 가차 없이 활성화되었고, 그것이 바로 또 이야기가 되었다. 물론 나 들으라고 하는 이야기는 아니었다. 그저 나를 두고 떠오른 과거의 사건을 재구성하는 것이었다.

그들 이야기의 키워드는 비슷했다. 빠짐없이 등장하는 첫째가 분홍 양산이었고, 둘째는 길을 잃은 택시 기사였으며, 셋째는 후렴처럼 가볍게 따라붙는 것 같으나 실은 이야기의 절정인 죽음과 탄생의 알레고리였다.

첫째, 분홍 양산은 운명이 얼마나 장난스러운지를 말해준다. 세상 어디에도 사람의 목숨과 바꿀 수 있는 물건은 없다. 그것이 여름 한철 머리 위에 있어도 그만 없어도 그만인 물건이라면 더욱 그렇다. 이야기 속 분홍 양산은 운명이라는 것이 얼마나 가볍게 일을 꾸미고, 그 결과는 또 얼마나 당혹스러운지를 말하고 있었다.

둘째, 길을 잃은 택시 기사. 정말이지 황당한 일이었다. 그가 길을 잃었다는 사실, 밤길이었다는 핑계가 없었던 것은 아니지만, 그전에 이미 제공된, 그 지역에서의 10년 경력의 운전기사라는 사실이 오버랩되면서 안타까움은 극에 달한다.

셋째, 죽음과 탄생의 알레고리. 다시 얘기하자면, 이 부분에서 이야기는 절정을 이룬다. 그것은 불확실성의 미래를 환상적으로 보여주고 있다. 어머니의 숨이 떨어졌을 때—그들은 대부분 그렇게 표현했다—병원 안채에서 아이 울음소리가 터져

나왔다. 환생이었다. 어머니가 죽고 그 영혼이 제중의원 손녀가 되어 태어났다는 것이다.

그 알레고리가 너무 어려워 내가, 혹은 다른 청자가 알아듣지 못할까 봐 알아듣지 못하려야 못할 수 없도록 여러 장치들을 지뢰처럼 깔아두었다. 어머니의 숨이 떨어지는 부분에서 그들은 숨을 멈췄다. 목소리는 내밀해졌고, 가늘게 떨고 있었으며, 눈빛은 슬픔이라고 말하기에는 뭣한 그 어떤 빛깔로 가득 젖어 있었다.

그러나 나는 그 눈빛 너머에서 도대체 이 아이가 자신의 이야기에 어떻게 반응할지를 살피기 위한 맹렬한 호기심이 고개를 내밀고 있는 것을 보았다. 그 후렴의 이야기가 갖고 있을 아우라에 그들이 먼저 탄복한 눈빛. 나는 그들을 실망시키지 않았다. 나는 이야기에 굴복하고 또 굴복했다.

그것은 이야기의 욕망이었다. 아니, 욕망하는 이야기였을까. 이야기가 십수 년을 두고 여전히 생명력을 가지고 반복될 수 있었던 것은 그 이야기에 끊임없이 재생산될 어떤 끈이 있기 때문이다.

작은 차이 하나라도 용납할 수 없는 사건의 디테일 말이다. 이를테면 그 분홍색 양산이 아버지가 일본 출장길에 사 온 선물이었는지, 어느 초여름 어머니가 시장에서 산 허드레 물건인지를 정확하게 구별해야 하는 욕망이 일어나는 것이다. 그것이 둘 중 어느 쪽이냐에 따라 이야기의 강도가 달라지기 때문이다. 그것은 되도록 허드레 물건이어야 했다. 어머니에게 수혈을 해야 할 혈액을 싣고 밤길을 헤맸던 택시 기사가 그 사건 이후 고향을 떠났는지, 그 후로도 여전히 차부에서 운전질을 하고 살았는지 역시 마찬가지였다. 결국 이런 식으로 이야기는 점점 길어지고 구체화되면서 더욱 극적으로 진화하는 것이다.

그 화자들은 내 고모들이었고, 내 외숙모들이었으며, 큰댁의 사촌 누이와 형수 들이었고, 어머니와 평생을 형제처럼 지냈다는 이웃의 아주머니들이었다. 이야기는 그들이 어머니를 추억하는 방편일 것인데, 그 이야기의 갈피 속에 숨은 욕망에 이르면 피할 길 없는 섬뜩한 것이 느껴지곤 했다.

결국 이야기란 그들에게 마약과 같은 것이었다. 그들이 설거지통 앞에서 하는 '수다' 저편에 그런 요령부득한 욕망이 웅크리고 있었을 줄은 어쩌면 그들 자신도 몰랐을 것이다. 그러나 그들의 욕망이 요구하는 것이 무엇인지 일찍이 알고 있었으므로 나는 그들을 실망시키지 않았다. 이미 그들의 속내를 들여다보고 있었던 것이다. 다행히도 나는 그들의 이야기 속을 유유히 유영하는 법 또한 터득하고 있었다.

8

다시 오래된 간판들과 낮은 기와지붕들을 지났다. 큰길에서 골목으로 스무 걸음 쯤 안쪽에 형란의 집 대문이 있었다. 2층으로 된 일본식 목조 주택이었다. 골격과 지붕은 그대로 두고 수리를 해서 깔끔한 모습을 하고 있었다. 너무 늦어 형란은 어머니가 주무실 시각이라고 말했다. 풋사랑이 하룻밤 만에 끝나버린 후에도 형란과 나는 오누이처럼 서로의 집을 드나들었다. 스킨십이 없었을 뿐이지 그 후 더 허물이 없어진 느낌이었다. 처음엔 매우 혼란스러워했지만, 형란 역시 이 새로운 관계에 적응한 듯 보였다.

조용히 대문 안으로 몸을 넣어 둘러보았다. 옛 정경이 그대로 살아 있었다. 제대로 보존된 일본식 정원이었다. 대문에서 현관 앞까지 콘크리트 포장을 한 것 빼고는 달라진 것이 없었다. 콘크리트 길 양쪽에 꽝꽝나무로 갓돌림한 안쪽에서는 향나무와 종려, 모과나무와 배롱나무가 늙어가고 있었다. 현관 앞 춘일형(春日形) 석등은 옛 자리에 그대로 서 있었다.

그녀가 현관으로 들어가는 걸 보고 집을 나섰다. 다시 큰길에 나왔을 때 나는 몸을 돌려 길에 면한 건물을 올려다보았다. 형란의 집 바깥채였다. 관리를 잘 해서인지 외관이 깨끗해 보였다. 옛 목조 현판도 그대로 남아 있었다. 이미 칠이 벗겨져 알아볼 수 없었지만, 나는 읽을 수 있었다. 제중의원, 형란의 할아버지가 하시던 병원 이름을 적은 간판이었다.

이 병원에서 일어난 일은 나로선 기억할 수 없는 과거였다. 왜냐하면 세 살이었으니까. 기억할 수는 없지만, 재현할 수는 있었다. 귀에 못이 박이도록 들었으니까. 택시 기사의 멱살을 쥐고 있는 작은삼촌이 바로 저 기둥 옆에 있었다. 그리고 조금 전 아내를 잃어버린 아버지는 손에 분홍 양산을 든 채 저 석조 계단에 주저앉아 넋을 놓고 있었을 것이다. 작은삼촌의 고함 소리가 새벽 읍내를 울리고, 아버지의 탄식 역시 질척한 도로 위에 놓여 있는 이 그림 속 어딘가에…… 내가 있었을 것이다.

그리고 제중의원 안채에서는 막 아기 울음소리가 터졌겠지. 나는 산령신이든 산신령이든 믿지 않는다. 그 영혼이 어디에 가 깃들든, 깃드는 순간 역할은 달라질 테니까. 그게 도대체 무슨 상관이란 말인가.

무슨 상관이란 말인가, 하는데 나는 다시 스무 걸음 골목 안으로 들어서고 있었다. 목조 대문이 삐그덕 소리를 내며 조그맣게 저항했다. 나는 오래된 이야기 속으로 다시 몸을 밀어 넣었다. 시멘트 포장을 한 길을 따라 천천히 걸어갔다. 현관에 이르렀을 때 웬 시선 하나가 따라왔다. 측은하고 서글픈 눈빛이었다. 당신이 무스비노가미(山靈神)인가? 터무니없었다. 안뜰정원에 들어서니 후박나무와 후피향나무 종가시나무가 서 있었다. 나는 그것들의 이름을 이미 알고 있었다. 일제강점기에 이 정원을 꾸민 우찌다니 만빼이가 일본에서 들여온 나무들이었다. 나무만 들여온 게 아니었다. 함께 온 것이 무스비노가미였다. 이것들을 내가 그냥 알 턱이 없었다. 어느 여름방학 때 술에 취한 형란을 데려다주러 왔다가 이 정원에서 형란의 할아버지를 만났었다. 형란은 술을 잘 마시지 못했다. 그날 웬일로 술을 좀 마셨었다. "내가 네 할아버지와 친구다…… 좋은 친구를 일찍 잃었지. 그럼 네가 장남 성백이 아들이겠구나."

"네, 그렇습니다."

"성백이 아들…… 그래……"

형란의 할아버지는 한동안 침묵에 잠겼다. 시간이 흘렀다. 과거는 바로 곁에 있었다. 그는 내 손을 이끌어 후박나무와 후피향나무를 보여주었다. 후피향나무를 쓰다듬는 그의 손길이 섬세했다.

"나는 이 나무들을 예사롭게 보지 않는다."

나는 그의 주름진 손등을 바라보았다. 그리고 그의 가늘고 긴 손가락이 수피에 닿자 가느다랗게 떨리는 것을 보았다.

"일본인들은 무스비노가미를 믿었단다. 땅이나 산, 초목에도 영혼이 있다고 믿은 거지. 영혼은 원래 자유롭잖니. 지금 우리 영혼이야 몸속에 갇혀 있으니까 그렇지만, 죽으면 몸으로부터 해방이니까, 어디든 갈 수 있고, 머물 수 있지."

그렇게 말하고 노인은 나를 빤히 바라보았었다. 그의 눈을 바라보는 동안 내 손이 그의 손에 잡혀 있는 걸 알았다.

"세월 참 빠르지. 같은 날 태어났던 형란이가 벌써 대학생이 되었으니."

그는 천천히 몸을 움직여 후박나무와 후피향나무 사이를 빠져 나갔다. 그곳에 설견형(雪見形)의 석등이 있었고, 그 곁에는 원주 모양의 다정이 있었다. 다실에 들기 전 손을 씻는 물그릇이었다. 그 물그릇에 노인의 손이 들어갔다. 첨벙. 물그릇에서 일렁이는 달빛을 보았다고 생각한 순간 노인의 표정이 일그러지고 있었다.

그녀와의 사랑을 이루지 않았던 것이 환생 알레고리 때문이었던가, 궁금하겠지. 연수원 그 숲 속, 형란이 제중의원 손녀라는 사실을 알게 된 후, 그녀가 잠들어 있던 그 세 시간 동안 내가 무슨 생각을 했을 것 같은가. 환생 이미지에 사로잡혀 머리를 쥐어뜯으며 괴로워하고 있었을까.

나는 머리를 쥐어뜯지도 괴로워하지도 않았다. 그러나 나 역시 이야기를 놓치지 않았다. 나는 여전히 귀에 굳은살 박이게 들었던 그 이야기 속에 있었다. 그들의 입이 멈추었을 때도 내 귓가의 그 이야기는 멈출 줄을 몰랐다. 그러는 동안 그것은 내 안으로 더욱 내밀해졌다. 그것이 감히 내 피가 되고 살이 되려 했을 때에도 나는 죽은 듯이 있었다. 하지만 나는 압도되지 않았다. 오히려 나는 그 이야기 속을 자유롭게 유영하며, 순응했고 또한 즐겼다. 그런데 이제 이야기가 막 새로운 오브제를 얻어 진화하려 하고 있었던 것이다.

나는 그날 새벽 잠든 형란의 귀에 대고 조용히 말했다. 지금부터 내가 너를 각별한 다른 존재로 인식한다고 해서 섭섭해하지 말거라. 너에게는 정말 미안한 일이지만, 너는 결코 내 어머니처럼 내게서 사라져서는 안 돼. 이제 네가 내 이야기 속에서 분홍 양산을 들거라. 그리하여 지금부터 너는 내 인생의 완전한 그림이며 새 이야기이다.

바람 한줄기가 서늘하게 지나갔다. 잠시 후 서쪽 기슭의 임천원에서 삼나무 우는 소리가 들렸다. 그 소리에 쫓기듯 안뜰정원에서 빠져나와 현관 앞을 지나는데, 다시 형란의 방 창문에서 시선이 느껴졌다.

마치 계시처럼

가을이었다. 속까지 영근 가을이었다. 가을의 속은 석류 알처럼 붉었고, 더러는 진저리가 일도록 진한 노랑이었다. 노랗고 빨간 것의 배경은 파랑이었다. 파랑은 너무 깊어 현기증이 일었다. 세상은 온통 원색이었다. 게다가 평화로웠다.

그러나 그것들은 내게 위안이 되지 못했다. 가슴은 차갑게 비어 있었고, 머리는 터무니없이 뜨거운 기운으로 가득 차 있었다. 황량하게 비어 있는 아파트 광장에 바람 한 줄기가 휘젓고 지나갔다. 그 거칠 것 없는 평화는 오히려 을씨년스러웠다.

집을 떠나는 마당에 옷은 좀 두둑해야겠다고 생각했었다. 장롱 깊숙이 들어 있던 외투를 꺼내 걸쳐 입었다. 안주머니에 칫솔을 꽂고, 옷장 서랍을 뒤져 양말 몇 켤레를 챙겨 넣는 동안 콧마루가 시큰했었다.

외출에서 돌아온 아내는 —뭐랄까. 이런 경우, '아내'라고 말하는 것보다 '그 여자'라고 말하는 것이 반사적인 정감을 배제하는 호칭이겠다 — 그 여자는, 우선 내가 사라진 사실에 대해 놀라워할 것이다. 그러나 놀랍다는 것 외에 어떤 감정이 있을 수 있을까. 내가 아는바, 그런 여자다. 단지 놀라워할 뿐. 잠시 후면 덤덤해져 처가에 전화를 할 것이다. "엄마, 그이가 없어졌어요." 밋밋한 목소리로 그렇게 말할 것이다. "아니, 그게 아니구. 집을 나갔다구요…… 모르지, 설마 무슨 일이야 있겠어? 괜찮아, 난."

그래, 아마 마지막 말은 "괜찮아, 난"일 것이다. 도대체 뭐가 괜찮다는 말인가, 세상에…… 아내가 느끼는 위기라는 것은 고작 이 정도였다. 태평한 여자였다. "난 당신을 믿어요"라고 가끔 열정이 식어버린 사실을 고백하던 그 여자는 지금 아이와 함께 음악회에 가 있다.

문제는 가출을 하는 이유다. 이유는 허전했기 때문이다. 세상에 이렇게 무책임한 가출 이유가 또 있을까. 그러나 그 허전함의 깊은 바닥은 죽음에 닿아 있었다. 하지만 서른여덟 살의 감성이 죽음에 이르는 외로움의 덫에 걸려 있었다면 이 또한 이해해줄 사람이 있겠는가. 하지만 그것은 사실이었다. 허전했다. 가슴은 비어 있었고, 비어 있는 가슴에는 한 줄기 시린 바람이 휘돌고 있었다. 나는 이것을 병이 아닌가 여겼다. 물론 조짐이 있었다. 마치 계시처럼.

그것은 꿈이었다. 그러나 처음 꾸는 꿈은 아니었다. 그저 평범한 꿈이었다. 평범하지 않은 것은 같은 꿈을 몇 번씩 거듭 꾸고 있다는 점이었다. 처음에는 그런 꿈을 꾸었는지를 기억할 수 없었을 만큼 덤덤했었다. 같은 꿈을 두번째 꾸고 깨어났을 때, 나는 웃었다. 별일이네, 그 정도였다. 하지만 세번째 꾸고 났을 때는 사정이 많이 달랐다. 삼세번이라잖은가? 3이라는 숫자는 사람을 긴장시키는 능력을 가졌다. 이상했다. 만약 그것이 나의 잠재의식을 자극할 만한 어떤 내용을 담고 있었다면 나는 그다지 이상하게 생각하지 않았을 것이다. 그러나 꿈은 기억 속의 어떤 사건이나 내가 소망하고 있는 일과는 무관한 듯했다. 해묵은 기억을 헤집고 털어내봐도 결과는 마찬가지였다.

정확히 다섯 번이었다. 물론 며칠을 계속해서 기차가 등장한 것은 아니었다. 잊을 만하면 등장했다. 꿈에서 달리는 기차를 본 것이 정확히 다섯 번인지는 기억할 수 없다. 기차는 흔히 등장할 수 있는 꿈의 소재인 것이다. 누군들 기차가 실어다 주는 추억이 없겠는가. '늘 올 듯하면서도 오지 않는' E. J. 펩스의 기만적인 기차나, '산돼지처럼 신호도 전신도 모조리 무시하고 달리는' E. 졸라의 '유령 열차'나, '추억의 촛대 위에 차례차례로 불을 켜고 간 사람들의 영혼을 싣고 메마른 도시의 하늘을 날아가는' 김광균의 기차나, '산모롱 고지에 갑자기 검은 연기를 피우며 시커멓게 달려오는' 계용묵의 기차나, '땅끝까지 가서 바다에 빠질까 봐 목이 쉬도록 우는' 김동리의 기차나…… 또 있다, 대한민국의 건강한 남성이면 누구나 청춘을 덜어 실어 보냈을 그 흔해빠진 입영열차라 할지라도 쉽사리 추억의 자리를 양보하겠는가.

다시 말하자면, 정확히 다섯 번이었다. 내가 꿈을 꾸기 시작한 이래로 꿈에 등장했던 기차야 몇 번인지 기억할 수 없지만 소복한 기차는 정확히 다섯 번이었다. 맙소사, 기차가 소복 차림이라니. 새하얀 소복을 만들어 입고 기차는, 내 꿈의 저 모퉁이 벽을 허물고 달려들어 오는 것이었다. 내 꿈의 저 모퉁이를 허물고 쳐들어왔다가 다시 반대편 모퉁이를 허물고 달아나는 것이었다. 그 무서운 돌진력으로 나를 압도하는 시간은 불과 3초나 될까. 그 3초 동안 기차는 하얀 소복을 펄럭이며 꽥꽥 소리와 함께 달려왔다가 달려가는 것이었다.

하필 소복 차림일까. 한 번도 본 일이 없는 하얀색 기차였다. 기차와 하얀색이라면 전혀 기억나는 것이 없는 것은 아니었다. '하얀색 기차'만을 고집하지 않고 '기차와 하얀색'이라면 나는 이 문제를 쉽게 해결할 수 있었다.

밤을 하얗게 새운 날, 동이 트는 대로 아파트를 나서서 들판을 한 30분쯤 쏘다니다 들어오면 머리가 맑아졌다. 신선한 새벽 공기 탓도 있겠지만, 그보다 더 매력적인 것은 이 야행(野行)에서 열차를 볼 수 있다는 점이었다. 기차(汽車)가 아닌 것이 유감이었지만, 그것이 문명의 야박함이 다소 깃든 전동차일

망정 귀엽고 앙증맞은 협궤열차라는 점은 그 유감을 상쇄하고
도 남았다. 막 동이 터 희뿌연 들판을 달리는 협궤열차는 하얀
소금을 실어 나르고 있었다. 들판은 모조리 염전이었다. 염전
사이사이로 난 철로는 붉게 녹슬어 있었다. 붉게 녹이 슨 레일
아래 가로로 놓인 침목 또한 변변한 것이 아니었다. 서까래 푼
수나 될까 싶은 것을 깎지도 않고 통나무째 그냥 사용하고 있었
다. 거기에 박힌 못도 시원찮아 보였다. 손가락 두 개 정도의
굵기는 되었으나 그것 역시 여물게 박혔다고는 말할 수 없었다.
나는 그것들이 여물게 박혀 있지 않은 데 대해 필요 이상으로
불안해했었다. 게다가 거기에는 신호등도 없었고, 건널목 따위
도 없었다. 협궤의 폭은 어른 손으로 세 뼘쯤 될까. 아슬아슬했
다. 그러나 평화로웠다.

　새벽 염전에서는 그렇듯 협궤열차의 축제가 열리고 있었다.
그것들은 어디에선가 나와서 구물구물 새벽 염전을 기어 다니
고 있었다. 제 키의 3분의 2만큼 자란 억새며 그 아래로 깔린
검붉은 나문재며 이름을 알 수 없는 온갖 잡초들을 헤치고 구물
구물거리며, 뒤뚱뒤뚱거리며 다니는 것이었다. 옆에서 가볍게
밀면 쉽게 넘어질 것 같은 것이 너무나 만만했다. 누가 쇠붙이
로 만들어진 열차를 생명체로 여겼겠는가. 그러나 그것은 그렇
게 살아 움직이고 있었다.

　나는 낚싯대를 메고 나가서 염전으로 난 수로에 앉아 그것들
이 움직이는 것을 눈이 아리게 바라보곤 했다. 들판은 벼가 누

렇게 익어가고, 수로의 물에 손끝이 시렸다.

"가을 망둥어 맛을 누가 알겠어, 이 맛을. 많이 잡으슈."

옆자리에 앉아 낚시하던 사내가 일어서면서 그렇게 말했다. 망둥어를 잡아 올리는 족족 배를 갈라 속을 꺼내고 초고추장을 발라 들고는 소주 한 잔, 또 한 잔, 입을 오물거리던 사내였다. 사내의 눈은 알콜 기운 때문이었을까, 천진함으로 젖어 있었다. 사내가 깡총 협궤를 뛰어 넘는다. 뒤뚱거리며 오던 열차의 기관사가 운전석에 앉아, 죽으려고 환장했어, 소리를 지르자, 사내가 말한다, 하이고 내가 맘묵고 받어뿐은 이 열차 오늘로 고철이여.

바로 이 협궤열차가 가득 싣고 있었던 것이 하얀 소금이었다. 혹시 그 하얀색의 소금이 꿈속에서 소복한 기차로 환치된 것은 아닐까. 내 영혼 속에 작용하는 어떤 힘이 그 '기차와 하얀색'을 '하얀색 기차'로 변조한 것은 아닐까. 새벽뿐만이 아니라 석양의 붉은 노을 속에서도 구물구물 기어 다니는 협궤열차는 너무나 인상적이었다.

그러나 꿈속의 하얀 기차를 협궤열차로 우기기에는 이미 엇나간 구석이 너무 많았다. 그것은 인상적이긴 했지만 꿈에 나타날 정도는 아니었다. 꿈에서 보았던 기차는 위용이 대단했다. 그것은 분명히 소리를 꽥꽥 지를 줄도 알았고, 그때마다 연통으로 하얀 증기를 뿜어내곤 했었다. 엉덩이를 흔들어대며 아장대는 협궤열차는 아니었던 것이다.

그렇다면 그것은 군 시절 기동훈련 중에 보았던 '철마'인지도 모른다. '철마는 달리고 싶다'라고 쓰인 간판 아래 놓인 철로와 그 완강한 목책 앞에서 녹슬어 허물어지고 있던 기차를 보았을 때 나는 온몸의 솜털이 일어서는 느낌을 받았다. 누군가 비무장지대를 수색하다가 녹슨 철모를 발견했을 때, 산행 중 지리산 계곡에서 이끼 긴 군번표를 발견했을 때 바로 그런 느낌이었을 것이다. 솜털이 일어설 만한 역사의 현장이었다. 끊어진 철길과 녹슨 기차, 그것은 역사의 의미 있는 소품이었다. 지리산 산행 중 군번표를 발견했던 사람은 결국 일상에서 일탈하여 군번표의 주인을 찾고 말았다지? 바로 이것이 역사가 가진 사실성의 힘이다. 내 꿈 한 귀퉁이를 허물며 달려드는 그 하얀 기차는 바로 그 '철마'였을 것이다. 하얀색은 한(恨)의 색깔인 것이다. 백두대간을 등뼈로 한 한반도, 결코 둘로 나뉘어서는 안 될 이 땅을 달리던 철마가 어느 날 갑자기 멈춘 이래로 그 자리에 반세기 가까이 벌겋게 녹슨 채 서 있었던 것이다. 누가 기차에 생명이 없다고 하겠는가. 누가 그 철마를, 자신의 팔자를 초개와 같이 방치한 미물이라고만 하겠는가. 그렇다. 철마는 한이 맺혔을 것이다. 그래서 밤이면 꿈에 소복을 하고 나타나는 것이다.

그러나, 과연 그랬을까. 만약 그랬다면 하필 그것이 왜 내 꿈에 나타났을까. 번지수를 잘못 짚어도 유분수지, 분단된 조국에 특별히 개인적인 한 같은 것을 갖고 있지 않은 나에게 소복까지 해 입고 나타난 이유는 무엇일까. 그럴 턱이 없지 않은가.

같은 말이라도 출가(出家)라고 하면 그럴듯하다. 그러나 이건 어디까지나 가출이었다. 집을 나가 머리를 깎고 승려가 되거나, 여자라면 시집을 가는 경우에 분명한 명분이 있고, 그런 경우라면 얼마간 결단의 의지가 간여하는 숙려와 번민의 과정이 있을 것이었다. 그러나 이건 열댓 살의 아이가 물불 안 가리는 성질머리 하나만 가지고, 불현듯 어느 날 애비의 지갑을 털어 집을 나선 경우와 다를 바가 없었다. 마누라의 지갑을 뒤져 털어 담고, 뒤돌아볼 경황도 없이, 촌각을 다투는 위기의 남자가 돼서 집을 나선 것이다. 단지 한 가지 위안이 되는 게 있다면 그렇게 집 나간 아이들은 언젠가 제풀에 지쳐 돌아온다는 사실이었다. 물불 안 가리고 뛰쳐나간 만큼 후회하고 다시 집으로 기어드는 시간도 그리 길지 않을 것이라는 사실이 양말 몇 켤레 쑤셔 넣고 나온 나를 위로하고 있었다.

집을 나가는 이유가 분명하지 않은 서른여덟 살의 나는 아파트 11층 엘리베이터에 갇혀 시멘트로 완전무장을 한 벙커로부터 탈출을 하고 있는 것이다. 제발, 제발 물불 안 가린 열댓 살 아이의 가출처럼 이 가출도 싱겁게 끝나기를 기대하면서……

도착한 곳은 서울역이었다. 그러나 곧 떠나야 하는 곳이었다. 어디로 떠난다면 열차가 제격이라고 생각했었다. 시계탑이 있었고, 그 아래 사람들이 옹기종기 모여 있었다. 기다리는 사람들이었다. 누군가가 오기를 기다리는 사람들이었다. 그들의 표정은 대체로 굳어 있었다. 누군가를 기다린다는 것은 초조한 일일까. 기다림에 익숙하지 않은 사람들, 그 사이를 비집고 들어가 열차표를 파는 창구 앞에 줄을 섰다. 밖은 가을 햇살로 눈부시게 하얀색이었지만, 역사(驛舍) 안은 어두웠다. 무작정 줄은 섰으나, 아직 목적지를 정하지 않았다는 사실이 나를 초조하게 만들었다.

앞선 사람은 대여섯 명에 불과했다. 차례가 되면 사람들은 허리를 구부리고 동그란 모양으로 작은 구멍들이 숭숭 뚫린 유리창 안으로 말을 불어 넣었다. 약간 들뜬 목소리로 행선지를 말하고 타야 할 열차 시간을 말했다. 그들의 목소리는 필요 없이 컸다. 유리창 너머에는 무표정한 창구 직원이 앉아 있었다.

매표원이 어딜 가느냐고 물으면 나는 뭐라고 대답을 해야 하나. 이런 황당함이라니. 보헤미안 기질을 가진 사람이라면 이럴 때 망설이지 않을 것이다. 이런 경우 가야 할 곳이 분명하지 않다는 것은 오히려 여유를 갖게 할지도 모른다. 창구 직원은 머뭇거리는 나를 올려다보았다.

"뭐해요?"

빨리 말을 하지 않고 뭐하냐는 타박이 나를 더욱 조급하게 만들었다. 그는 친절하지 않았다. 검은 테 안경을 쓴 사십대쯤 되어 보이는 사내였다. 그의 두 손은 가지런히 컴퓨터 자판기 위에 놓여 있었다. 내가 행선지를 말하면 자판기 위의 손은 기계처럼 움직일 것이다. 기계처럼 움직일 것이라고 생각한 순간 나는 더욱 조급해졌다. 엉겁결에 고개를 들었다. 그리고 창구 위에 붙어 있는 열차 시간표와 안내판을 보았다. 거기에는 내가 갈 수 있는 수많은 곳이 있었다. 경부선을 따라가다가 천안에서 갈라지는 장항선, 또 대전에서 갈라지는 호남선, 다시 익산에서 갈라지는 전라선, 조치원에서 갈라져 태백선에 이르는 충북선, 태백선과 제천에서 만나는 중앙선, 다시 영천에서 만나는 대구선, 대구선 종착역인 경주에서 갈라지는 동해남부선, 또 광주에서 순천, 다시 그것이 삼랑진으로 이어지는 경전선. 어디라고 해야 하나. 밑도 끝도 없이 떠오른 '순간의 선택이 10년을 좌우합니다'. 창구의 사내는 잠시 어이없다는 표정을 지어 보였다.

"갈 곳을 잊어버렸어요?"

빌어먹는 놈이 콩밥을 마다할까. 익숙한 지명이 눈에 띄자, 나는 다급하게 숭숭 뚫린 유리창으로 입김을 불어 넣었다.

"고막원이오."

다시 창구 직원이 묻는다.

"몇 시 걸루요?"

"젤 빠른 걸루다가 주쇼."

너무 고르다가 눈먼 사위 얻는다더니, 그곳이 바로 고향이었다. 고향. 마음이 찡해야 할 판에 가슴 밑바닥이 묵적지근했다. 그러나 어쨌든 갑자기 밀어닥친 평화, 위기를 넘긴 기분이었고 마음은 편했다.

사실 나는 나에 관해 아는 것이 많지 않다. 모르는 것이 어찌 꿈에 본 하얀 기차뿐이겠는가.

　내 몸 안에도 저런 것들이 들어 있을까. 언젠가 나는 인체 해부도를 들여다보며 그런 생각을 했던 적이 있었다. 선홍색의 피를 분당 60 내지 80번씩 펌프질해서 뿜어대는 심장의 무게는 300그램 정도라는 것과 횡격막 아래에 있는 적갈색의 간이 내 체중의 3퍼센트 정도라는 사실도 그때야 알았었다. 특히 심장에는 네 개의 방이 있고, 그 방들의 크기는 거의 같으나 모양은 현저하게 다르다는 사실, 작용은 펌프질과 아주 흡사하여 수축하면서 혈액을 밀어내고 확장하여 혈액을 빨아들이며, 심근(心筋)은 보통 골격근과는 달리 스스로 흥분하는 능력을 가지고 있는데, 이것을 자동성(自動性)이라 하며, 놀라운 것은 이 자동성이 그 어느 것으로부터도 영향을 받지 않는 독립적 능력을 가지고 있어서 심근의 어느 부분을 잘라 내어도 조건만 괜찮으면 자발적으로 율동성 수축을 일으킨다는 사실(나는 새하얀 접시 위에 잘라 올려놓은 내 심장의 일부분이 꿈틀거리는 것을 상상했었다), 그리고 정말 놀라운 것은, 그 자발적인 율동성을 제어하는, 일종의 박자잡이랄 수 있는 동결절(洞結節)이라는 부분이 있어서, 그 부분에 흥분이 일어나면 즉시 그것이 심근 전체에 퍼져서 심방 수축 운동을 일으켜 내가 살아 있게 하는데, 만약 그 동결절이라는 것이 자동성을 잃게 되면 그 아래에 있는 방실결절이 즉시 임무를 넘겨받아 박자잡이 역할을 하게 되며, 이 경우 방실결절의 흥분이 심방과 심실에 동시에 전해져서 동시에 수축과 확장 운동을 하게 된다는 사실, 더불어 만약 동결절의 흥분이 심방에만 전해지고 방실 속으로의 전달이 방해받게 되는 문제가 발생하면, 동결절의 지배를 받고 있는 심방과는 달리 따로 방실결절이 자동성을 발휘해서 심실만의 수축 운동을 하게 되는데, 이때는 심방과 심실이 각기 다른 리듬으로 박동하게 된다는 사실이었다.

놀라운 비밀이었다. 내 몸속에 이렇게 정교하고도 섬세한 센서와 그것이 제어하는 기계적 장치가 있다는 사실은 충격적이었다. 더욱 놀라운 것은 내 몸속에 그 정교한 장치가 가동되고 있는데, 그것이 정작 내 의지와는 아무런 관계가 없다는 사실이었다. 내 의지로 움직일 수 있는 많은 기관, 즉 팔이나 다리나 눈이나 입과는 달리, 그것은 정작 내 생사여탈권을 쥐고 있음에도 불구하고 내 의지대로 움직이는 것이 아니라는 사실이었다. 그것이 가진 자동성이 두려웠다.

하지만 그 사실을 일찍이 몰랐던 데에 대한 반성 따위는 하지 않았다. 단지 놀라울 뿐, 반성이 필요 없었던 것은 사실을 알고 나서도 그것은 여전히 내 소관이 아니었기 때문이었다. 그것은 내 소관 밖의 일이었고(그것은 조물주의 소관이겠지), 그리고 그 사실을 모른다 해도 살아가는 데 크게 불편하지 않다는 것을 알았기 때문이었다. 따지고 보면 모르는 것이 그뿐이겠는가. 전화 다이얼이 반드시 우회전하도록 되어 있는 것이나, 수도꼭지를 왼쪽으로 비틀어야 물이 나오게 되어 있는 것이, 내가 운동장을 달릴 때 나도 모르게 시계 반대 방향으로 달리게 되는 이유와 관련이 있는 인체공학적 사실을 토대로 한 것이라는 것도 우연히 알게 된 '나'와 관련한 비밀이었다. 그 역시 모른다 한들 대단한 잘못은 아닐 터였다. 그것도 모르고 어찌 '너'라고 할 수 있겠는가! 이렇게 조물주가 야단을 칠 이유가 없는 것이다. 만약 그렇게 야단을 친다면 나도 할 말이 영 없는 것은 아니다. 그 흔한 가전제품에도 사용 설명서가 붙어 있게 마련인데……

물론 그런 것들을 알아야 할 사람도 있을 것이다. 특히 전투기를 만드는 사람들은 그런 것을 알아야 할 것이다. 전투기가 운항 중 고장이 났을 경우 조종사가 탈출할 수 있는 구멍을 만들어야 하는데, 그 구멍을 어느 정도로 할까, 모른다면 곤란한 일이다. 너무 크게 만들어서 전투기가 비행하는 데 짐스럽게 해서는 안 된다. 최소한의 구멍을 내야 하는데 너무 작게 만든다면 조종사가 그 구멍을 빠져 나오는 데 너무 많은 시간이 걸릴 것이다. 한번 상상해보라, 꼬리에 하얀 연기를 내뿜으며 추락하는 전투기에서 그 작은 구멍으로 몸을 빼내기 위해 안간힘을 쓰는 조종사를…… 구멍이 너무 작아 몸마저 빼낼 수 없었다면 조종사는 체념할 것이다. 그러나 구멍의 크기가 몸은 빠져나왔지만 낙하산은 전투기 안에 벗어두고 나와야 할 형편이었다면 애써 밖으로 나온 그가 얼마나 허탈하겠는가.

그래서 과연 어느 정도 구멍이면 적당할까, 낙하산을 맨 채 전투기 밖으로 몸을 빼내는 데 적당한 크기의 구멍은 어느 정도일까를 연구하는 학자들이 따로 있는 것이다. 전투기 위쪽으로 탈출구를 만들 때는 반드시 직경 46센티미터의 원형 또는 한 변이 46센티미터의 사각형 구멍을 내야 하고, 옆으로 뛰어내리게 탈출구를 만든다면 가로 50센티미터, 세로 78센티미터의 크기로 만들어야 한다는 사실을, 그 정도의 구멍이 전투기 활동에 미치는 영향을 최소화하고 탈출구로서도 제 몫을 다할 수 있는 경제적인 구멍이라는 사실을, 그들은 각고의 연구 끝에 알아낼 것이다.

그렇다. 그것은 각고의 노력 끝에 알 수 있는 것이다. 적당히 노력해서는 알 수 없는 비밀인 것이다. 그러나 나는 그런 것들을 알기 위해 각고할 이유가 전혀 없는 것이다. 전투기 밖으로 탈출해야 할 이유도 없고, 또한 인간과 기계의 관계를 합리화시켜서 만들어야 하는 그런 인체공학적인 것과도 무관한 직업을 가졌으므로.

마찬가지로 내 몸속의 간장이 어떻게 활동하고 있고 또한 무게가 얼만지 알 필요가 없다. 만약 내가 시시콜콜 그러한 것들을 다 알고 있다면, 내 몸에 이상이 생겼을 때 만나는 의사 앞에서 지나치게 많은 말을 하게 될 것이다. 그래서 그의 기분을 상하게 할 것이다. 나는 결코 의사의 기분을 상하게 하고 싶지 않다.

그런 것들을 모르고도 세상을 무리 없이 잘 살아왔다. 그리고 그러한 사실을 모른다고 해서 조바심을 낼 필요도 없었다. 그것

은 조물주 소관인 것이다. 조물주가 만들어서 몇십 년간 내게
빌려준 '나'인 것을 일찍이 알았기 때문이다. 그러므로 잠시 빌
린 몸 안에 어떤 장치가 되어 있는지 시시콜콜 알 필요가 없는
것이다. 그것은 어차피 내 것이 아니었으므로, 은행에서 만들어준
통장을 가지고 그것이 내 것이라고 주장할 이유가 없는 것과 마
찬가지이며, 거기에 붙어 있는 마그네틱 테이프가 어떻게 작동
하는지 몰라도 되는 것과 마찬가지인 것이다.

그러나 두려웠다. 마치 심근의 자동성처럼, 내가 미처 알지
못하는 어떤 힘이 내 영혼마저 지배하고 있는지도 모르기 때문
이었다. 내 영혼을 들여다보는 그 힘이 어느 날 문득 내가 미처
모르고 있던 나에 관한 비밀을 가르쳐주려 할지도 모르기 때문
이었다. 가르쳐주려는 방법이 이를테면 하얀 기차와 같은 은유
된 방법인지도 모르기 때문이었다.

그러므로 왜 그런 꿈을 꾸게 되었을까, 이런 질문을 게을리해
서는 안 된다고 생각했다. 만약 그것이 짐작했던 대로 그 어떤
힘으로부터 온 메시지라면 나는 그것을 놓쳐서는 안 되는 것이
다. 나의 게으름에 대한 그것의 응징이 두려워서는 아니었다.
그것이 어쩌면 나를 완성해가는 과정일지도 모른다는 점 때문
이었다.

어렸을 때 나는, 인생을 완성해가는 것은 세월이라고 믿었다.
그래서 어른이 되면 모든 문제가 해결될 것으로 믿었다. 인간에
대한 믿음도 생겨나고, 내 영혼을 지배하는 폭력으로부터도 자

유로워지고, 따라서 미지의 것에 대한 두려움도 사라질 것으로 믿었다. 예컨대, 우정이라든지, 사랑이라든지, 생명이라든지, 존재 양상을 확인하기가 쉽지 않은 것들에 대해, 어느 날 문득 견딜 수 없는 호기심이 생겼을 때, 그 견딜 수 없음으로 인해 우리의 정신에 큰 옹이가 박이게 되었을 때, 그때 그 옹이로 인해 생긴 정신의 깊이가 어쩌면 우리들의 숙제를 풀지도 모른다고 믿고 있었다. 우리가 어디에서 왔고 어디로 가는지, 그 괴이한 수수께끼가 풀릴지도 모른다고 생각했었다.

친구와 싸우고 돌아온 날이면 나는 햇살 좋은 토방에 앉아 어른이 되면 싸울 일이 없어질 것이라고 믿었다. 욕망의 그루터기에서 피멍이 들게 싸우고 돌아온 날이면 나는, 어른이 되면 그런 욕망으로부터 자유로워질 것으로 믿었다. 죽음에 대해서도 알게 되리라 믿었다. 내 나이 열한 살 때 형이 죽었다. 그러나 내 사랑하는 형의 죽음에 대해서도 알게 되리라 믿었다. 그리고 내 나이 열세 살 때 친구도 죽었다. 하지만 역시 내 사랑하는 형의 죽음에 대해 알게 되듯이 친구의 죽음에 대해서도 알게 되리라 믿었다. 그들을 이 땅에서 사라지게 한 것이 무엇인지, 그리고 그들은 어디로 가 있는지, 나는 어른이 되면 알게 되리라고 믿었다.

그러나 지금 나는 내가 결국 어른이 되지 못한 사실을, 아니면 그때 내가 믿었던 것이 거짓이었음을 시인해야 하는 기로에 서 있다.

딱 2주 전 일요일이었다. 게으르게 늦잠을 자고 일어난 나는 아파트 화단가 마당에서 놀고 있는 딸아이를 바라보고 있었다. 평화로운 일요일 아침이었다. 아이는 거실 천장에서 뜯어낸 전등에 붙어 있던 구슬들을 땅에 부지런히 묻고 있었다. 이를테면 그것은 아이의 보물이었다. 나는 그 모습을 물끄러미 바라보고 있었다. 그러면서 나는 '저 아이의 아빠다'라고 생각을 했던 것 같다. 나는 저 아이를 낳았다, 이런 생각을 하며 눈이 아리게 십여 분쯤 딸아이를 바라보았을까. 그것이 전부였다. 그 후 까닭 없이 외로웠다. '저 아이를 낳았다' '나는 저 아이의 아빠'와는 무관하게, 외로웠다. 그런 증상은 이튿날이 되어서도 가시지 않았다. 그것은 마치 울증 비슷한 정신병적 징후를 보이기 시작했다. 우울했다. 의욕도 없었다. 회사에 출근해서도 우울증에 사로잡혀 아무 일도 할 수가 없었다.

세상에 이런 변고가 다 있을까. 그런 일이 있고 난 후, 나는 거듭해서 하얀색 기차를 꿈속에서 본 것이다. 물론 그보다 먼저 작은 사건이 하나 있었다. 방송 원고 때문이었다. 그러나 새삼스런 일은 아니었다.

방송 원고 내용은 수돗물 얘기였다. 서울 시민이 마시는 수돗물이 오염되었다는 진부한 얘기였다. 이를테면 시청 앞에 있는 공기 오염도 측정기가 고장 나 있다는 사실을 알리는 것과 비슷한 수준의 얘기였고, 난지도 쓰레기 매립장이 미칠 21세기의 환경문제와도 같은 것이었다. 어제오늘의 얘기가 아닌 것이다.

그러나 방송 원고로는 흔히 채택되는 것이었다. 팔당호 수질이 4년 만에 최악에 이르렀다고 말하고 있었다. '4년 만에 최악'이라는 말이 마음을 끌었다. 언론은 언제나 이런 말에 화들짝 놀라게 되어 있는 것이다. 천 8백만 수도권 주민이 마시는 상수원이 4년 만에 최악의 수준이 되었다는데, 방송이 입을 처닫고 있어서야 되겠는가, 나 역시 작가의 생각과 같았다. 작가는 언제나 신문 기사를 부지런히 오렸다. 그것이 곧 그의 원고가 되었다. 신문 기사를 오려냈다가 그걸 그대로 베껴오는 일이 다반사였으므로 그날의 그 수돗물 원고도 조간신문의 기사대로라고 생각했었다. 조간신문에 난 이야기를 점심때 방송에서 하는 건데 무슨 문제가 있겠는가.

작가가 의기양양하게 사라지고 난 뒤, 일을 돕는 미스 박에게 원고 복사를 부탁했었다. 커피를 마시며 기다리고 있었는데, 잠시면 될 원고 복사가 늦어지고 있었다. 커피를 다 마시고 10분이 더 지났는데도 미스 박은 나타나지 않았다. 5분쯤 더 기다리다가 안 오면 찾아 나설 생각이었다. 그때 미스 박이 나타났다. 그녀는 빈손이었다.

"아니, 원고는 어떡하고?"

미스 박은 입술을 삐죽거렸다. 대충 짐작이 갔다. 복사기가 심의위원실이 있는 복도에 놓여 있었던 까닭에 원고가 그쪽으로 새는 일이 종종 있었다. 울컥 짜증이 일었다.

"누구야, 도대체?"

"김 위원님이……"

"알았어."

알기는 뭘 알았단 말인가, 가서 따질 텐가?

나는 한 번도 윗사람들과 어떤 문제로 논쟁을 해본 일이 없었다. 그래서 득 될 것이 없다는 사실을 알았기 때문이라기보다 원래 천성이 그랬다. 다 집안 탓이었다. 보수라기보다 한 수 더 떠서 적의마저 느껴질 척화의 의지로 똘똘 뭉친 집안에서 태어났고, 자랐다.

열차는 천안을 지나고 있었다.

조선 이래로 새롭게 될 의지가 없었던 집안이었다. 그런 집안이었으니 가정사에 신식 십진법적 미터법이 적용될 리가 없었다. 아주 적절한 비유가 바로 이 척관법 수호 의지였다. 처음에는 지구 자오선의 4천만 분의 1을 기준으로 정했다가 1960년부터는 크립톤 86원자에서 나오는 특정한 광파의 진공 중 파장 1,650,763.73배와 같은 길이를 1미터로 했다는, 그 대단히 합리적이고 과학적 근거가 뚜렷한 미터법을 우리 집안의 어른들은 무시했다. 세상이 그렇게 변했으면 마음도 고쳐먹어야 출셋길이 열리는 법이었다. 그러나 오로지 척관법(尺貫法)이었다. 손을 쫘악 펴서 엄지손가락 끝에서 가운뎃손가락 끝까지를 척으로 하자고 했던 것을, 그게 차츰 마음이 달라지고 세상이 달라지는 바람에, 세종 12년에 31.22센티미터로 척의 단위가 변했는데, 세상에 어떤 손의 엄지 끝에서 중지 끝까지의 길이가 그만하겠는가?

한번 엄지 끝에서 중지 끝까지로 정했으면 그것으로 버틸 일이지, 발생 당시에는 18센티미터쯤 됐던 것이 세월 흘렀다고 한대(漢代)에는 23센티미터가 됐다가, 당대(唐代)에는 24.5센티미터, 그 뒤로 우리 땅으로 건너와서 건너온 기념으로 그랬는지 32.22센티미터로 바뀌고, 그걸 일본 제국주의, 그 왜구들이 이 땅을 무단 강점하면서 33.33센티미터로 이 땅의 손가락들을 늘여놓았다는 것이었다. 합리적인 것은 고사하고 지조마저 상실한 도량형법이었다. 그런데, 지조 하나로 삶의 얼개를 짜온 집안에서, 조선 고종 때 대한제국 법률 제1호로 도량형 규칙을 제정 공포해서 척관법을 미터법 심지어는 야드파운드법까지 들여다가 섞어 쓰라고 했음에도 불구하고, 지조 잃은 척관법을 어명까지 거슬러가면서 그렇게 고집했던 이유는 무엇인가.

어쨌든, 집안에 전설처럼 내려오는 이야기 중에 조선 말기 도량형에 관한 업무를 보던 평식원(平式院)의 말단 주사 한 분이 증조부와 마주앉아 논쟁을 벌이다가 목침에 얻어맞아 코뼈가 주저앉았다는 얘기가 있었다. 고종이 그렇게 척관법에 미터법, 야드파운드법까지 섞어 쓰라고 한 이후에 일어난 사건이었다. 굳이 보수의 기질로 똘똘 뭉쳐 가풍을 이뤄온 집안의 내력을 설명하자면 그런 상징적인 사건도 있었다는 얘기다.

장정 한 사람이 가로로 엎어졌다 세로로 엎어졌다 하면 그게
한 평이요, 양손이 잣대 구실로 손색이 없는 그 편리한 척관법
에다가 민족적 자존심까지 얹어서 주장 좀 했다 한들, 그게 무
슨 대단한 공박의 대상이 되었겠는가. 그렇지만 죽마고우 평식
원 주사의 코뼈까지 주저앉힌 처사 또한 그렇게 변변한 우정에
서 나온 것은 아닐 듯싶었다.

그런 집안이었다. 숨 한 번 크게 쉬어본 일이 없었던 것은 시
집살이하는 어머니나 나나 피차일반이었다.

사랑에 들끓는 손님들 수발은 온통 내 차지였다. 아침이 되어
대야에 더운물을 퍼 나르다 보면 놋쇠로 만든 요강이 조막만 한
게 서너 개씩 툇마루에 널려 있었다. 철철 넘칠 듯하면서도 한
방울도 흘러내리지 않은 그 절묘한 수뇨법(收尿法)은 놀랄 만
한 것이었으나 그것을 비우기 위해 요강 안으로 손가락 몇 개를
담가야 하는 나로서는 정말 고역이 아닐 수 없었다.

그러나 불만이 있을 수가 없었다. 거기에 왕림하신 모든 분들
이 내게는 스승님이셨던 것이다.『천자문』을 배웠고,『동몽선
습』을 익혔다. 인생을 배우고, 우주의 이치를 배웠다. 내게는
그것만이 제대로 된 인생의 척관법이요, 세상사를 재는 도량형
이었다.

그것을 유전적인 것이라고는 단언할 수 없으나, 어쨌든 그런
집안에서 태어나 자라는 바람에 내 몸속에는 독한 보수의 피가
흐르고 있었다. 세상이 어느 날 갑자기 무너지는 일이 없는 한

내게 중요한 것은 전통이었다. 그러니 어제에 비해 오늘, 작년에 비해 올해가 달라지는 꼴을 그냥 두고 봤겠는가. 따라서 윗사람에게 따지고 든다면 그것은 내게 있어서 대단한 파격이었다.

"도대체 왜 그래, 임 피디?"

부장은 눈을 동그랗게 떴었다. 사람이 왜 갑자기 안 하던 짓을 하느냐는 투였다. 심의위원실에서 넘어온 원고가 부장의 손에 들려 있었다. 원고를 수정하라는 부장의 지시보다 부장의 말투가 먼저 가슴을 후볐다.

"갑자기 왜 그래? 이런 일에 협조 잘 했었잖아?"

그랬던가? 그랬었다. 그게 부끄러웠던가? 부끄러웠다. 그러나 부끄러움의 무게는 언제나 내 심장이 느낄락 말락 하는 정도였다. 그렇게 신경이 무딘가? 무뎠었다. 좋은 게 좋은 것이라는 사실을 믿었었다. 뭐가 좋은 것인지는 깊이 생각해보았는가? 생각해보지 않았다. 그즈음 나는 진지함에 대해 염증을 느끼고 있었다. 세상이 다 그랬었다.

"이건 단순한 물 얘기가 아니야."

부장은 의자에 다리를 꼬고 앉아 한가롭게 다리를 흔들어댔었다. 그때마다 발가락에 겨우 걸려 있던 슬리퍼가 그의 발바닥에 가 부딪혔다. 그의 입술에는 가느다란 냉소가 물려 있었다. 눈꼬리에서 번져 간 그 웃음기는 입술에 걸려서야 비로소 형체를 드러냈다.

"여보게, 임 피디. 얼마 전에도 수돗물 파동이 있었잖아? 그래서 생수 값이 뛰었지. 그렇지만 생수 먹겠다고 아우성을 치던 사람들이 생수에 대장균이 들어 있다니까, 집집마다 수도꼭지에 정수기를 달고 난리를 피웠잖아? 그 후에 또 정수기가 오히려 대장균을 키워내고 몸에 필요한 미네랄까지 걸러낸다고 하니까, 이번에는 물통 들고 약수터로 몰렸었지? 그런데 지난번 서울 시내 약수터 수질 검사 결과는 또 어땠나? 믿을 물이 없다는 거야. 이게 단순히 물 얘긴 줄 아나? 무슨 말인지 모르겠어? 방송국 피디라는 사람의 상황 인식이 이래서야.”

“단순한 물 얘기가 아니면요?”

나는 그의 말보다도 그의 냉소가 준 모멸감 때문에 그렇게 따지고 들지 않을 수가 없었다. 그제야 부장의 표정이 굳어졌었다.

“이건 우리 사회의 신뢰에 대한 문제야. 건강 문제가 아니라 사회 심리 문제라구. 사람들이 아무것도 믿지 않게 될 수가 있단 말이야, 사소한 물 문제 때문에. 아직도 모르겠나?”

사소한 물 문제라고? 나는 부장의 분석 수준을 잘 알고 있었다. 인간의 심리란 얼마나 복잡한가. 인간들이 단체로 빚어내는 집단적 히스테리는 또한 얼마나 엉뚱한가. 개체의 복잡한 성격과 그것이 이룬 집단의 엉뚱한 행동을 분석하는 수준은 그리 간단하지가 않을 것이었다. 그러나 부장은 언제나 그것을 쉽게 했다.

“도대체 무엇을 안 믿는단 말입니까?”

부장의 논리의 뿌리가 어디에 가 닿아 있는지 잘 아는 나로서는 좀 심한 질문을 한 셈이었다.

"그걸 몰라? 뉴스를 믿지 않게 돼!"

그렇게 말하는 그의 표정이 일그러졌다. 더 이상의 논쟁은 피곤하다는 듯이 그는 자리에서 일어섰다.

"이대로만 써. 더 이상은 튀지 말라구."

부장이 문제의 원고와 함께 준 것은 수돗물 기사가 실린 조간신문이었다.

자리에 돌아온 나는 기사를 읽었다. 비로소 나는 작가가 신문의 수위를 넘기 위해 용을 썼음을 알 수 있었다. 신문 기사는 팔당호 수질이 4년만에 최악이라는 제목을 뽑고 그 원인이 수온 상승과 강수량 감소 때문이라고 말하고 있었다. 그러나 작가가 써 온 방송 원고는 팔당호를 오염시키고 있는 오염원들을 나열했고, 그것을 감독해야 할 공무원들의 자세에 대해 말하고 있었다. 오염된 것은 한강이 아니라, 강을 오염시키고도 죄의식을 느끼지 못하고 있는 인간들과 더불어 그들과 한패거리로 퍼져 버린 관계 기관이라는 얘기였다. 관계 기관, 그들의 미필적 고의성은 같은 두름에 엮어서 철창행을 시켜도 시원치가 않을 것이라는 것이 그 요지였다. 게다가 4년 만에 최악에 이른 한강수의 오염 문제를 하늘 탓으로만 돌려대고 있는 그들의 파렴치도 목불인견이라는 것이었다.

"웬일로 이렇게 튀었어?"

나는 전화로 작가에게 그렇게 물었다.

"왜? 또 당했어?"

"제발 나 좀 못살게 굴지 말라구. 원고는 내가 손질할 테니까, 그리 알아."

"안 돼. 그럼 나 글 안 써."

"알아서 해. 난 아직 여기 붙어 있어야 하니까."

"세상은 달라졌어. 도대체 왜 거기만 아직도 캄캄해."

"세상이 달라진 거, 뭘로 증명하나? 세상 달라졌다고 새벽부터 들뛰다가 죽은 우리 삼촌 얘기 알지?"

"육이오 때, 그 삼촌? 세상이 바뀌었다고 외치고 다니다가 총 맞아 죽었다는?"

나는 작가와 말하는 동안 내 심장을 가느다랗게 자극하는 부끄러움의 무게를 느꼈었다. 나는 아직 여기 붙어 있어야 하니까, 그렇게 말하는 순간 내 심장에서 묘한 거부 반응을 느꼈었다.

이 작은 사건의 핵심에 물이 있었다고 믿은 것은 나였다. 좀 더 정확하게 말하자면 그것은 서울 시민의 건강 문제였다. 그러나 작가는 썩어버린 관료들에 대해 말하고 있었고, 부장은 아무것도 믿지 않게 될 우리 사회의 불신 문제에 대해 말하고 있었다. 그들에 비해 나의 상황 인식은 유치했다. 그러나 내가 부끄럽다고 느낀 것은 그것과 무관한 것에서였다.

방송은 부장이 원하는 방향으로 조정되어 나갔다. 처음부터 예상되었던 결과였다. 그러고는 조용했다. 글을 안 쓰겠다고 말했던 작가는 그 뒤로도 부지런히 신문을 오리고 있었다. 뒤끝이 너무나 평범해서 권태로울 정도였다.

그로부터 사흘 후, 나는 일요일을 맞이해서 평화로운 시간을 가졌었고, 그 시간에 화단가에서 놀고 있던 딸아이를 바라보다가 갑자기 우울증에 빠져버린 것이었다.

열차가 고향역 가까이 이르면서 갑자기 내 가슴은 뛰기 시작했다. 늘 그랬다. 고향이구나. 서울에서는 촌놈, 고향에서는 서울놈. 뿌리 뽑힌 21세기 유랑민. 나는 산업사회의 고약한 색깔의 실향민이 되어 있었다.

열차는 이윽고 고향 역에 도착했다. 고향에 도착하면 갑자기 나는 보호색을 잃어버린다. 잔뜩 주눅이 든다. 열차가 내려놓은 건 나 하나뿐이었다. 일제시대에 지어졌다는 붉은색 벽돌 역사(驛舍)의 개찰구는 내가 고향을 떠난 지 15년이 지난 후에도 여전했다. 팔뚝만 한 철제 난간이 여전히 있었고, 그것이 감청색으로 단장되어 있는 것도 달라지지 않았다. 밖으로 드러난 커다란 바퀴를 가진 목재 출입문도 여전했다. 열차가 도착하기 5분 전에 그 문이 굉음을 내며 열리곤 했었다. 마치 수용소의 철대문이 열리듯 그 문이 열리면 마침내 자유를 찾았다는 듯이 사람들의 얼굴에 화색이 돌곤 했었다.

대합실에는 추운 겨울날 엉덩이를 시리게 하던 썰렁한 나무 의자가 여전히 놓여 있었다. 인조 대리석의 장방형의 바닥 장식

도 여전했고, 천장에서 길게 늘어뜨린 백열 전구와 숱한 손이
드나들면서 닳아진 매표구의 대리석 받침대도 여전했다. 객차
에서처럼 위아래로 열게 되어 있는 대여섯 개의 창문도 그대로
였고, 그 창으로 내다보이는 증기기관차에 물을 넣던 붉은색 수
관(水管)도 증기기관차가 사라져버린 사실을 잊게 하고 있었
다. 한여름에도 그대로 버티고 있던 커다란 석탄 난로도 여전히
제자리에 있었고, 여름이면 작은 화단을 송두리째 차지하고는
흐드러지게 꽃을 피워내던 해당화도 여전했고, 그 너머로 끝을
뾰족하게 깎아 세운 목재 울타리도 콜타르를 뒤집어쓴 채로 버
티고 있었다.

거리도 특별히 변한 것이 없었다. 역 앞에는 여전히 오뎅집이
있었다. 그곳에는 신작로가 가로놓여 있었다. 그리고 도로 가
장 자리에는 복개되지 않은 개울이 흐르고 있었다. 그 개울에는
오뎅집을 향해 난 작은 통나무 다리가 있었다. 불과 2미터쯤이
나 될까, 그러나 어렸을 때 그 통나무 다리는 늘 아슬아슬한 곳
이었다. 넘어지지 않기 위해 양팔을 벌리고 몸의 균형을 잡아
건너곤 했었다. 그곳에는 항상 몸집이 큰 검둥이 한 마리가 엎
드려 있곤 했는데, 다리를 건너는 동안 그 개가 덤벼들지나 않
을까 마음을 졸이곤 했었다. 페인트 글씨로 '오뎅'이라고 써놓
은 것도 변함이 없었다. 나무로 짠 출입문은 칸칸이 나뉘어 유
리가 끼워져 있었는데, 대체로 성한 유리는 없어 보였다. 달라
진 것이 있다면 지금은 그 작은 개울을 복개했다는 것과 비만

오면 질퍽거리던 도로가 시멘트로 말끔히 포장되어 있다는 점
이었다. 그러나 그 때문인지 그 오뎅집은 더욱 초라해 보였다.

오뎅집을 바라보고 있는 동안, 언젠가 내 심장을 가느다랗게
자극해왔던 부끄러움의 무게만큼, 꼭 그만큼의 슬픔이 가슴을
비집고 들어왔다. 연민인가. 나는 이 오뎅집에 각별한 추억을
가지고 있었다.

증기기관차가 지나가고 나면 철길에는 석탄이 떨어져 있었
다. 우리들은 철길에 떨어져 있는 그 석탄을 주워다가 오뎅과
바꿔 먹곤 했었다. 그것은 아주 훌륭한 간식이었다. 그러나 더
러 그것이 끼니가 되는 친구들도 있었다. 따라서 그들이 가세하
게 되면 기관차가 지나가고 난 뒤의 철길은 적자생존의 치열한
싸움터가 되곤 했었다.

석양의 철둑길 아래에는 언제나 한 무더기의 아이들이 엎드
려 있었다. 아이들은 기관차가 지나가기를 기다리고 있었다.
기차가 지나가기로 되어 있는 시간이 도래하면 조무래기들은
쥐 죽은 듯이 조용했다. 여름 낮 동안 달구어진 지열은 견디기
어려운 고통을 가져다주었다.

"철민아, 니네 아부지, 이번 기차 맞아?"

저만치 역이 보였다. 기관차는 역에 정거하기 위해서 아이들
이 엎드려 있는 지점에 이르면 속도를 늦추게 되어 있었다. 아
이들이 기다리는 것은 석탄만이 아니었다. 운수 좋은 날이면 철

민이 아버지가 던져 주는 과자 봉지를 주울 수도 있었다. 철민이 아버지는 열차 안에서 과자와 음료수를 파는 행상을 하고 있었다. 철민이가 그를 집에서 만날 수 있는 날은 거의 없었다. 그가 난간에 서서 열차가 바로 이 지점에 이르면 그 아래에 서있는 철민이를 확인하고 과자 봉지를 던져 주는 것이었다. 물론 매일 그런 행운이 있지는 않았다. 그러나 아이들은 그런 행운을 만드는 법을 알고 있었다. 철민이가 열차가 지나는 동안 아버지를 불러대며 옷을 벗어 흔드는 것이었다. 그 모습이 애처로울수록 행운의 가능성은 컸다. 아이들은 그것을 알고 있었다.

철민이의 아버지가 휴가를 얻어 집에 오는 것은 한 달에 한 번 뿐이었다. 따라서 과자 봉지를 던져 주는 그 짧은 시간은 과외로 부자가 상봉하는 애틋한 시간이었던 것이다. 달리는 열차에서 과자 봉지가 떨어지고 나면 아이들은 과자 봉지가 떨어진 곳으로 몰려 뛰어갔지만, 정작 그 과자의 주인인 철민이는 열차가 사라져 가는 쪽을 향해 여전히 옷을 흔들고 있었다. 봉지에 든 과자 중 철민이의 몫은 거의 없었다. 그러나 철민이는 개의치 않았다.

그 순간적인 부자 상봉은 우리에게 늘 감명을 주었다.

철민이 아버지가 던져 주는 과자 봉지를 네댓 번이나 받아먹었을까, 그로부터 얼마 후, 철민이는 죽었다.

나는 조용히 '철민이는 죽었다'라고 중얼거려보았다. 그 오뎅집 앞에 서서…… 오뎅집을 바라보고 있는 동안 내 가슴에 알 수 없는 슬픔이 미어져 들어왔던 것이다. 그래서 이 슬픔의 정체가 무엇일까, 하고 생각하다가 철민이를 떠올렸을 것이다. 떠올렸을 때 그는 잠든 모습이었다. 비로소 그 슬픔은 그가 죽었다는 사실이 만들어낸 것인 줄 알았고, 나는 보다 구체적으로 그것을 스스로에게 확인시키기 위해 다시 한 번 '철민이는 죽었다'라고 중얼거려본 것이었다. 그렇다. 그것은 25년 전 내 기억 속에서 지워버렸던 철민이의 죽음이었다. 어쩌면 그렇게 깨끗하게 지워져버릴 수가 있었을까.

나는 순간 마치 덫에 걸린 것처럼 꼼짝할 수가 없었다. 25년 전 친구를 잃었다는 사실이 준 슬픔 때문만은 아니었다. 순전히 그것 때문만은 아니었다. 나는 서둘러 고개를 돌렸다. 그랬더니 거기에는 목욕탕이 있었다. 저게 아직도 목욕탕일까 싶었지만 25년 전 그곳은 분명히 목욕탕이었다. 도시의 골목에서 만나는 목욕탕을 10분의 1로 줄여놓는다면 아마 저런 왜소한 목욕탕이 될 것이었다. 어울리지 않게 슬라브 지붕을 한 그것은 당시 대단한 인기를 끌고 있었다. 목욕은 어제나 집안 식구가 총동원되는 행사가 되곤 했었다. 아버지와 어머니, 그리고 여동생과 함께 나는 그곳을 1년에 다섯 번쯤 드나들었다. 부엌에 '다라이'라고 불렀던 큰 물통에 가마솥에서 끓여낸 물을 채워 간이 목욕을 하다 명절 때가 되어서 본격적인 목욕을 해야 할 형편이 되면 집안 식구들이 총동원되어 바로 이 목욕탕으로 오는 것이었다. 집에서 약 1킬로미터쯤 떨어진 이곳까지 대처로 나간 형과 누나들을 제외한 네 식구가 행렬을 이뤄 오게 되는데, 오는 도중 많은 사람들로부터 "목욕 가세요?"라는 인사를 받았었다. 아버지는 그때마다 멋쩍게 웃으며 고개를 끄덕이곤 했다. 그렇게 우리 식구의 행차 목적이 쉽게 알려지는 이유는 뒤따르는 집안 아저씨의 등에 한짐이 되어 매달린 장작더미 때문이었을 것이다.

목욕탕에 도착하면 어머니는 목욕탕에 물을 채웠고, 아버지는 목욕탕 뒤쪽으로 난 아궁이에 불이 지펴지는 것을 지켜보고 있었다. 그동안 동생과 나는 양지바른 곳에 서서 물이 뜨거워지길 기다리는 것이다. 물이 데워졌다는 어머니의 신호가 있게 되면 아버지와 내가 먼저 목욕탕 안으로 들어가게 되는데, 목욕탕 안에는 커다란 무쇠솥이 걸려 있었다. 그러나 그것을 솥이라고만 할 수 없는 것은 사람이 그 안으로 들어간다는 점 때문이었다. 실제로 나는 그 뜨거운 무쇠 욕조 안에서 이대로 삶아지는 것이 아닌가 하는 공포에 시달린 적도 있었다. 무쇠 욕조는 사람이 들어가 편하게 누울 수 있는 구조가 아니었다. 앉아 있게 되어 있었다. 들어가 앉으면 오톨도톨한 무쇠의 거친 질감이 엉덩이에서 느껴지곤 했었다.

"자, 이제 됐다. 들어가거라."

아버지가 그렇게 말하면 나는 으레 망설였다.

"안 뜨겁다. 하나두 안 뜨겁대니까."

간혹 아버지는 망설이는 나를 위해 그 뜨거운 욕조 안으로 먼저 들어갔다 나오는 시범을 보이기도 했다. 물론 아버지 말대로 하나도 안 뜨거울 때도 있었다. 그러나 나무판자를 깔고 욕조 안에 들어앉은 나는 시간이 흐를수록 공포에 사로잡히게 되는 것이다. 무쇠 욕조 밑바닥에는 아직 맹렬한 기세로 불길이 타오르고 있었기 때문이었다.

그 뜨거운 욕조 안에서 아버지는 늘 이렇게 말하곤 했다.

"몸은 깨끗해야 하느니라. 몸이 더러우면 정신도 따라서 더러워지거든. 몸을 씻을 때는 정신의 때도 같이 벗겨내야 하느니라. 이제 며칠 안 있으면 조상님들을 뵈올 텐데, 조상님 앞에서 부끄러워서야 되겠니?"

아버지가 그렇게 말하면 나는 목욕이 단순히 때를 씻어내는 것이 아니라, 더불어 세례의 의미까지 있다는 사실을 되새기곤 했었다. 따라서 목욕하는 분위기는 경건했다. 되도록 말을 줄였으며, 엉덩이가 익을 정도로 뜨거워도 물을 박차고 나오는 일은 드물었다.

그러나 더러 그곳은 나를 부끄럽게 하는 곳이었다. 나를 들여다보게 하는 곳이었다. 언젠가 실제로 그곳에서 내 죄를 사함 받는 세례식이 열린 적도 있었다.

입사 후, 1년쯤 지났을 무렵 나는 처음으로 외국 출장을 갔었다. 국경을 벗어난 건 머리털 나고 처음이었다. 비행기라는 것도 처음 경험했었다. 신혼여행을 뭍에서 치르는 바람에 그 흔한

제주도 여행도 못 해봤던 나였다. 큰 옷가방은 수화물로 부치고 작은 손가방 하나만 들고 비행기에 올랐었다.

비행기 안에서 음식을 비롯한 몇 가지 물건을 받았다. 그중에는 잠잘 때 쓰는 눈가리개도 있었고, 신발을 벗는 대신 신을 수 있는 양말도 있었고, 기억은 나지 않지만 그 외에 잡다한 물건들이 있었다. 그리고 초콜릿이며 사탕 같은 것도 있었다. 나는 비행기 안이 아니라고 할지라도 더러 필요한 물건이라고 여겼었다. 그래서 그것들을 손가방 안에 쑤셔 담았다. 이미 손가방 안에는 책과 서류들로 포화 상태였음에도 불구하고 상당히 애를 써가며 그것들을 쑤셔 넣고는 열세 시간이나 시달렸던 지긋지긋한 비행기에서 벗어났었다.

비행기에서 내려 입국 절차를 밟고 세관을 통과하는 과정에 있었다. 내 차례가 다가오면서 나는 갑자기 가방 속에 든 물건들에 신경이 쓰이기 시작했다. 혹시 그것들은 비행기 안에서만 사용하도록 잠시 내게 빌려준 것들이 아니었을까. 이렇게 가방에 싸가지고 나와서는 안 되는 물건들이 아니었을까, 하는 생각이 든 것이었다. 왜 그 생각을 못 했지. 그러나 이미 때는 늦어 있었다. 이미 내 차례였고, 세관원의 손이 포화 상태의 손가방 지퍼에 닿자 그것이 이내 터져버린 것이다. 아주 처참한 몰골로, 아주 추레한 꼴로, 가방의 커다란 아가리가 열리고 내용물이 쏟아진 것이다. 눈가리개며 두꺼운 국방색 양말이며 사탕, 초콜릿 따위가 검사대에 쏟아진 것이다. 세관원이 입가에 물고 있는 부드러운 미소는 나를 대단히 당황하게 했었다. 내가 이것들을 훔쳤을까. 순간적으로 그런 생각이 들었던 것이다. 세관원의 부드러운 미소가 용서를 의미하고 있었다 해도 내 부끄러운 형편은 전혀 달라지지 않았다.

그러나 세관원은 잠시 나를 그렇게 쳐다봤을 뿐이었다. 아무런 일도 일어나지 않았다. 당연했다. 그 물건들은 내가 낸 비행기 삯에 이미 포함되어 값을 치른 내 소유의 것들이기 때문이었다. 그러므로 내가 그것들을 비행기 안에 버려두고 나왔건 알뜰하게 챙겨왔건 누구도 상관할 바가 아니었다. 하지만 그것은 여전히 기억에서 지울 수 없었던 하나의 사건이었다.

문제는 그 후 내 목에 감겨드는 그 정체 모를 완력이었다. 혹시 그것이 남의 물건일지도 모른다는 생각이 채송화 씨만큼이라도 들었다면, 기내에서 그것을 확인해봤어야 했다는 자책감은 잠시뿐이었다. 내 목에 가해져 오는 완력은 거의 그것과 무관한 방향에서 오는 것이었다. 그까짓 눈가리개, 양말 따위를 가지고 그렇게 집착을 하느냐고 할지도 모르겠지만, 그때 그것들은 눈가리개나 양말 따위가 아니었다. 내게 있어서 그것들은 그 어떤 상징물이었다.

이 작은 사건은 그날 이후 전혀 엉뚱한 방향에서 나를 괴롭히기 시작했다. '너의 가방에서 쏟아질 것이 고작 눈가리개며 양말뿐이냐?' 누군가 그렇게 물어 온 것이다. 내 가방 속에 주워 담은 것이 어찌 그뿐이겠는가.

나는 그 후 만약 지옥이 있다면 그곳은 '투명한 방'일 것이라고 생각했다. 지옥은 그저 투명할 것이었다. 빛이 쏟아지는 그 투명한 방에서 내가 들고 간 가방의 지퍼가 터질 것이었다. 육체를 잃어버린 영혼을 고통스럽게 할 수 있는 것은 무엇일까. 타오르는 유황불일까. 유황불은 아닐 것이었다. 영혼을 고통스럽게 할 수 있는 것이 있다면 그것은 유일하게 부끄러움일 것이었다. 부끄러움에 쫓겨 들짐승처럼 숨어 지내야 하는 외로움일 것이었다. 영혼의 생살갗을 벗기는 그 외로움의 칼날일 것이었다. 아마 지옥문 앞의 염라대왕도 우리가 상상했던 그런 심판관이 아닐 것이었다. 그는 마치 미국의 그 세관원처럼 포화 상태에 이른 가방을 열어보라고 말할 것이었다. 그뿐일 것이었다. 그러면 가엾은 영혼은 가방에서 쏟아진 썩은 물건들 때문에, 스스로 속이 뒤집히는 악취 때문에 부끄러움을 견디지 못하고 거친 들판으로 달아날 것이었다. 들판으로 끝없이 달아날 것이었다. 죽은 인간의 영혼들이 모여 사는 곳에서 스스로 추방되어, 황야에 버려진 늑대의 영혼처럼 부끄러움의 덫을 피해 다닐 것이었다. 그리고 확인할 것이었다. 이제 다시는 인간의 마을로 돌아갈 수 없다는 사실을.

부장과 수돗물 논쟁을 끝내고 돌아온 사흘 후, 일요일이었다. 딸아이는 화단가에 앉아 흙놀이를 하고 있었다. 땅을 파고 뭘 묻고 있었는데, 그것은 아이가 보물이라고 일컫는 구슬들이었다. 그때 다시 누군가 '네가 땅속에 묻어버린 진실이 바로 그것뿐이냐?' 그렇게 물었던 것이다. 아, 아. 땅속에 묻어버린 진실이라니.

내게도 그런 보물 창고가 있었다. 그랬다. 내게도 그런 보물 창고가 있었다. 구슬치기해서 따온 구슬을 묻어두던, 딱지를 묻어두던 그런 곳이 있었다. 아이를 바라보고 있던 중에 갑자기 고향에 버려두고 온 그 보물 창고가 떠올랐던 것이다. 나는 작은 항아리를 땅에 묻고 거기에 그 소중한 물건들을 숨겨두었었다.

고향 집 부엌 옆에는 내가 만든 장미원이 있었다. 집에서 버리는 연탄재를 모아 거기에 장미 가지를 잘라 묻어두었던 것이 뿌리를 내려 해마다 꽃을 피워냈었다. 백장미, 흑장미에 가까운 보랏빛 장미, 붉은 장미, 노란색 장미 따위가 거기에서 해마다 꽃을 피워냈었다. 나는 그 한켠을 파고 작은 항아리를 묻어두었던 것이다. 신줏단지가 따로 없었다. 매일 아침 일어나면 가장 먼저 그 보물 창고의 뚜껑을 열어보았었다. 나만의 비밀이 바로 거기에 숨어 있었다. 그러나 나는 어느 날 아침부터 이 보물 창고의 뚜껑을 열어보지 않게 되었다. 그것은 정말 두려운 일이었다. 나는 그 근처에도 가지 않았다.

철민이를 죽인 것은 기차였다. 우리는 그렇게 기차에 모든 것을 떠넘겨버렸다. 그러나 우리 중 누구도 입을 열어 그렇게 말한 사람은 없었다.

철둑길에 엎드려 기다렸다가 기관차가 흘리고 간 석탄을 줍던 어느 날,

"야, 기집애들처럼 언제까지 석탄 주워다가 오뎅이나 바꿔 먹을 거냐?"

우리 중 누군가 그렇게 말한 것으로 기억된다. 우리 중 누군가가 그렇게 말하자 갑자기 석탄 줍는 일이 시시해져버렸다. 석탄 줍는 일은 주로 여자아이들이나 하는 일이라는 생각이 들었던 것이다. 여자아이들이 치맛자락을 펼쳐놓고 앉아 거기에 석탄을 주워 담고 있었다. 치맛자락은 석탄을 줍기에 매우 효율적이었다.

"그럼 무슨 다른 수라도 있는 거야?"

우리 중 누군가가 그렇게 되물었다.

"있지. 용기가 좀 필요한 일이긴 하지만……"

용기가 좀 필요한 일이란 철길에 가로놓인 침목에 레일을 고정시키기 위해 박아놓은 커다란 못을 뽑아내는 일이었다. 맙소사, 레일을 고정시켜놓은 못을 뽑아내다니, 세상에 그런 일이 가능하겠는가. 아이들의 눈에 기차가 장난감으로 보이지 않았다면 그게 가능한 음모였겠는가.

그러나 용기가 좀 필요했던 그 일을 우리는 그다지 어렵잖게 그날 오후에 해치웠다. 못을 뽑아다가 고물상에 가져다 팔면 축구공을 살 수 있을 것이라는 유혹은 우리가 느꼈던 두려움에 비해 두 배쯤 강했다. 석양 노을이 깔린 철길의 오후가 아이들이

휘두른 망치 소리로 요란한 끝에 가져간 보자기가 묵직해졌다.

돌아오는 길에 철민이를 만났었다. 아버지를 보러 가는 길이라고 말했다. 밤기차를 타고 고향을 지날 아버지를 보기 위해 철민이는 철길로 가는 길이었다. 철민이는 내가 들고 있던 보자기 안에 들어 있는 것이 무엇인지를 알고 싶어 안달을 피웠다. 나는 보자기를 열어 그것들을 보여줬었다. 그리고 철민이의 존재를 잊어버렸다. 그 후 우린 이런 얘기들을 나눴던 것으로 기억된다.

"야, 사고 나는 거 아냐?"

"사고는 무슨……"

"기차가 달릴 때 못이 빠진 침목에서 레일이 비틀리면 탈선하는 거지."

"병신. 그러니까 내가 뭐랬어? 듬성듬성 뽑으라고 했잖아? 두 칸 건너 듬성듬성 뽑았는데, 탈날 게 뭐 있어?"

"두 칸 건너 듬성듬성 뽑았는지 누가 봤어? 확인했냐구?"

"야, 말해봐. 침목 한 개당 하나씩, 그리고 뽑은 침목에서는 반드시 두 칸을 건너뛰라고 말했잖아, 지그재그로. 시킨 대로 하지 않은 놈 있어?"

아마 이즈음 얼굴이 하얗게 된 철민이가 우리 곁을 떠났을 것이다. 그러나 우리 중 누구도 철민이를 눈여겨본 사람이 없었다. 그날 밤 철민이는 죽었다.

이튿날 나는 철민이의 죽음을 어머니로부터 들었다. 달려오는 기차를 향해 옷을 벗어 흔들다가 제동거리를 더 이상 단축할 수 없었던 기관차에 치였다는 것이었다.

"어쩐지 밤새도록 기차가 거기 서서 울더라야. 나는 무슨 일인가 했지. 쯧쯧, 그런 일이 있었는지 누가 알았겠니?"

철민이는 아버지가 탄 기차를 멈추게 하기 위해서 그 밤중에 철길로 기어 올라갔을 것이었다. 그리고 기차가 달려오는 것을 보고 마주서서 옷을 벗어 흔들었을 것이었다. 안 봤어도 눈에 훤한 얘기였다. 우리 중 누가 그 사실을 의심하겠는가.

그러나 우리 중 누구도 그 얘기를 입 밖으로 꺼내 말하지 않았다. 철민이가 왜 그 밤중에 철길로 기어 올라가야 했었는지, 그리고 무엇 때문에 달려오는 기관차와 마주서서 옷을 벗어 흔들었었는지, 우리는 말하지 않았다. 더불어 한 가지 더 말하지 않았던 것이 있었다. 그것은 그날 오후 우리가 뽑아 온 철길의 그 못의 행방에 관한 얘기였다. 우리 중 누구도 그 이후 그 못을 찾지 않았다. 그걸 누가 챙겨갔는지 묻는 사람도 없었다. 정말 놀라운 일이었다. 그 모든 것이 정말 놀랍도록 자연스럽게 지워져버렸다. 우리는 스스로를 다스리는 법을 알고 있었다. 마음속에서 철길 침목에 박혀 있던 못을 뽑아낸 사실을 지우고, 그것으로도 안심이 안 되어 철민이의 죽음 자체를 기억의 저편으로 내몰아버리기까지, 악마의 자식들처럼 교활했다. 그 누가 이 교활한 악마의 자식들을 논죄할 수 있었겠는가. 이후 나는 철민이의 죽음뿐만이 아니라 철민이가 이 땅에 존재했던 그 사실마저도 기억에서 지워버렸다. 이 사건이 내 삶에 아무런 영향을 끼치지 못한 것은 당연한 결과였다.

오랜만에 찾은 고향 집이었다. 고가여서 손볼 데가 많았지만, 부모님이 거처하고 계신 안채를 제외하고는 버려둔 지 오래였다. 사랑채의 기둥은 기우뚱하니 기울어져 있었고, 디딜방아가 있던 아래채 변소 쪽만 성할 뿐 폐가에 가까운 형상이었다. 왕성한 생명력으로 버티고 있는 건 마당과 기와지붕에까지 무성한 잡초뿐이었다.

인기척에 부엌에서 고개를 내민 어머니는 나를 보자 안방을 향해 준호가 왔다고 큰 소리로 말했다. 뛰어나와 내손을 잡는 대신 어머니는 언제나 안방에 계신 아버지를 향해 먼저 큰 소리로 말하곤 했다.

"좀 내다보세요! 준호가 왔다니까요!"

아버지가 안방에서 나와 아들을 반긴 후에야 아들은 비로소 어머니 차지가 되었다. 부엌 문설주를 붙들고 서서 아버지에게 아들이 왔다는 사실을 알리고, 그런 후 아버지가 아들을 반겨 맞은 다음에야 어머니는 눈물이 글썽한 얼굴로 아들의 손을 잡는 것이었다. 아버지에 앞서 가지 않으려는, 어머니 스스로 세운 규칙이었다.

휴가 얻었느냐, 왜 혼자 왔느냐, 늬댁 건강은 어떠냐. 사돈댁은 무고하시냐, 혜미는 공부 잘하느냐를 단숨에 묻고는 "시장하지야?"라고 어머니는 오랜만에 고향을 찾은 아들과의 상면 인사를 마무리 지었다. 어머니는 아들을 언제나 이렇게 맞았다.

저녁을 먹고 자리에 누웠다. 잠이 오지 않았다. 생각의 부피에 짓눌려 잠을 이룰 수가 없었다. 퇴근길 전철 선반에서 주워든 신문처럼 조금 전 도착한 고향은 밋밋했다. 오래 기다렸던 고향행이었다면 조금은 설레었을 것이다. 그러나 나는 서울역 매표구에서 엉겁결에 고향을 주웠다. 전철 선반 위에서 주워든 주인 잃은 석간처럼 감동의 무게가 없었다. 발을 헛디뎠을 때처럼 다소 황당한 느낌만 줄 뿐, 다만 가득 채우고 있는 것은 나를 향해 하얗게 질주해 오는 한 대의 기관차였다.

이날 밤 나는 여섯번째 하얀 기차를 꿈속에서 보았다. 기차는 무섭게 달려오고 있었다. 꿈은 이미 완성되어 있었다. 하얀 기차가 무엇을 의미하는 것인지 이제 고민할 필요가 없었다. 기차는 하얀 모습으로 꽥꽥 소리를 지르며 달려오고 있었다. 소복자락을 펄럭이며, 잠시 기차였다가 잠시는 거대한 짐승의 모습으로 질주해 오고 있었다. 질주해 오는 기차와 마주 서 있는 아이가 있었다. 그게 누구인지 역시 고민할 필요가 없었다. 그랬다. 그것은 나였거나 혹은 철민이였다.

철둑길 아래에는 아이들이 엎드려 있었다. 석탄을 줍기도 했고, 레일 위에 커다란 못을 올려놓고 기차 바퀴에 짓눌려지기를 기다리고 있었다. 기차 바퀴에 여러 번 짓눌린 커다란 쇠붙이는 잘 갈아 화살을 만들곤 했었다. 철둑길의 아이들은 얼굴 표정까지 선명했다. 귀연이, 명수, 석필이, 석규. 그러나 아이들은 달려오는 기차와 마주서서 옷을 벗어 흔들고 있는 철민이를 외면하고 있었다. 얼굴에 교활한 미소를 띠고, 아이들은 엎드려 있거나, 못을 뽑거나, 철민이를 지나온 기차의 바퀴에 커다란 못이 짓눌려지기만을 기다리고 있었다. 그때 영화「오멘」에 나오는 악마의 자식과 같은 차가운 표정, 저주의 표정으로 철민이를 돌아다보는 아이가 있었다. 역시 그가 누구인지를 알기 위해 애쓸 필요가 없었다. 나는 정말 소름이 끼치도록 잔인한 아이가 되어 거기 서 있었다. 꿈은 언제나 결정적인 순간을 감춘다. 나는 철민이가 기차에 치이는 모습을 보지 못했다.

꿈을 꾸고 일어난 아침이면 갈증이 심했다. 나는 잠자리에서 빠져나와 우물로 가서 물을 퍼 올려 벌컥벌컥 마셨다. 그러고는 부엌 모퉁이에 있는 장미원을 바라보았다. 그곳은 25년 전 모습 그대로 있었다. 성곽처럼 연탄재로 쌓아올렸던 담은 허물어지고, 대신에 거기에는 호박돌이 정교하게 쌓여 있었다. 내가 고향을 떠난 뒤 어머니는 아들의 장미원을 소중하게 지키셨던 것이다.

나는 삽을 찾아 들고 장미원으로 들어섰다. 나는 그 보물 창고의 위치를 정확하게 기억하고 있었다. 세상에서 그 보물 창고의 존재를 기억하고 있는 사람은 나뿐이었다.

있었다. 25년 전의 그 모습 그대로, 그 작은 항아리의 나무

뚜껑은 썩어 달아나버렸지만, 그 안의 물건들은 그대로 남아 있었다. 아, 있었구나, 무명 보자기는 형체를 알아볼 수 없을 정도였지만, 그 안에서 나온 쇠붙이는 침목에서 레일을 물고 있던 그대로 거의 온전한 모습을 갖추고 있었다.

장미원 옆에는 편백나무가 한 그루 서 있었다. 내 키의 세 배나 되게 튼실하게 자라고 있었다. 그것의 왕성한 생장력은 그러나 내게 전혀 자랑스럽지가 못했다. 아버지는 가끔 고향을 찾은 내게 편백나무를 바라보며 "이 나무 생각나니?"라고 묻곤 했었다. 아버지 용서해주세요. 나는 그 무쇠 솥 욕조 안에서 그렇게 말했었다. 그 전날, 학교 울타리를 만들기 위해 심어 놓은 측백나무를 친구 몇이서 뽑아다가 부엌문 앞에 심어 놓았던 것을 아버지께 들켰던 것이다. 다음날 새벽, 아버지와 함께 그 측백나무를 가지고 학교에 가 제자리에 심었다. 용서해주세요. 그러나 아버지는 용서의 말 대신 이렇게 말하곤 했었다. 깨끗이 씻어라, 그 못된 정신이 쏙 빠지도록. 그렇게 말하던 아버지의 눈초리를 잊을 수가 없었다. 지금 우리 집 부엌문 앞에 자라고 있는 편백나무는 이튿날 내가 훔쳐 온 측백나무를 대신해 아버지와 함께 심은 것이었다.

그 쇠붙이들을 항아리에서 꺼내 마당으로 나갔다. 안채 마당 쪽에서 보면 사랑채 지붕은 나지막했다. 어릴 적에 이갈이를 하면서 그곳에 묵은 이를 뽑아 던지곤 했었다. 까치가 날아와 묵은 이 물어 가고 곱고 하얀 새 이를 가져다줄 것이라는 어머니의 말을 믿었었다. 항아리에서 꺼낸 그 물건들을 사랑채 지붕 위로 던져 올렸다. 지붕 위에 자란 잡초 덕분에 그것은 소리 없이 내려앉았다.

다시 우물로 갔다. 그리고 물을 퍼 올려 옷을 입은 채로 뒤집 어쓰기 시작했다. '네가 묻어버린 것이 그뿐이냐?' 누군가 그렇게 묻고 있었다. 내가 묻어버린 것이 어찌 수돗물뿐이겠는가. 내 심장에 다시 가느다란 부담감이 느껴졌다. '심근(心筋)은 보통 골격근과는 달리 스스로 흥분하는 능력을 가지고 있는데, 이것은 자동성이라고 하며, 놀라운 것은, 이 자동성은 그 어느 것으로부터도 영향을 받지 않는다는 사실이다.' 자동성은 그 어느 것으로부터도 영향을 받지 않는다? 누군가 다시 물었다. '그수돗물뿐이냐?' 질문에 쫓겨 나는 다시 서둘러 물을 뒤집어썼다. 늦가을 샘물에 뼛속까지 시렸다.

"애야, 그게 무슨 짓이냐?"

놀란 어머니의 목소리가 아스라이 스러져 갔다. 세상은 온통 하얀색이었다.

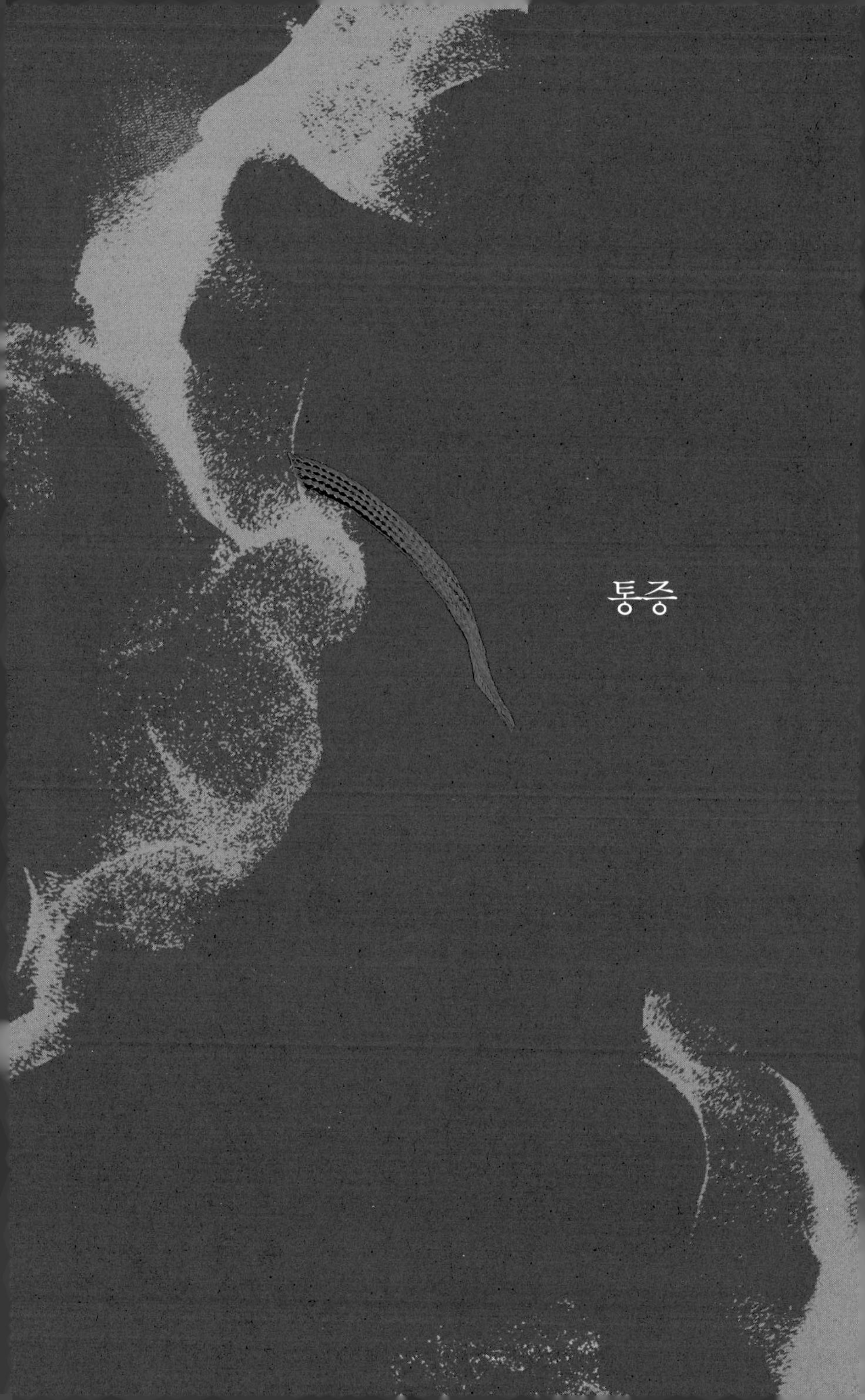
통증

1

보석상 주인은 진열장 아래에서 신문지로 싼 쇠막대를 꺼냈다. 흉기처럼 보였다. 위는 가늘고 아래는 조금 굵어 보이는 둥근 쇠막대였다. 가락지를 받아 쇠막대에 끼워 크기를 가늠한 뒤 아랫부분을 망치로 탁탁탁 쳤다. 그러고는 가락지를 빼 내밀었다.

"됐습니다."

가락지를 아내의 손가락 굵기에 맞게 늘리는 데 30초쯤 걸렸을까. 일은 싱겁게 끝났다. 보석상 주인은 다시 쇠막대를 신문지에 둘둘 말아 진열장 아래에 넣고는 가락지를 되받아 들고 망설이는 그를 바라보았다.

"됐어요."

입가에 번지는 미소가 인자한 조폭 두목 같아 보였다. 수고

비를 받지 않겠다는 뜻일 것이다. 그가 보기에도 돈을 내야 할 만큼 기술적이지도 그다지 수고롭지도 않은 일이었다. 쇠막대에 반지를 끼워 넣고 아랫부분을 망치로 그저 몇 번 탁탁 쳤을 뿐이었다. 그는 고맙다는 표시로 고개를 숙여 보이고는 아내와 함께 보석상을 나섰다. 얼굴에 와 닿는 햇살이 따뜻했다. 아내는 여전히 말이 없었다. 원래 말이 없는 사람은 아니었다.

"왜 아무 말도 없어? 말 안 하기로 작정이라도 한 사람 같네."

"햇살이 참 좋네요. 이제 봄이 완연해요."

막상 하고 보니 별일이 아니었다. 하지만 그로서는 내내 마음속에 쌓아둔 무거운 숙제였다. 그처럼 쇠막대에 끼워 망치로 몇 번 탁탁 쳐서 끝날 일이었다면, 그렇게 오랫동안 미뤄두지는 않았을 것이었다.

2

가락지를 아내의 손가락에 맞게 늘리기로 결정한 것은 3주 전이었지만, 그것이 아내의 손에 전해진 것은 그보다 훨씬 전이었을 것이다. 아마 지난해 추석쯤이 아니었을까. 하지만 그는 그것조차도 알아보려 하지 않았다.

"당신 이거 알아요?" 하면서 아내는 그것을 그에게 보여줬었다. 한 쌍의 금가락지였다. 알 수 없는 자잘한 꽃무늬가 새겨진 것이었는데, 한눈에 아주 오래된 것임을 알 수 있었다. 세공이 거칠었고, 게다가 아래쪽이 많이 닳아 있었다.

"그게 뭐야?"

"어머님이 주셨어요. 돌아가신 당신 어머니가 끼시던 거라고……"

그는 기분이 언짢아졌다. 얼마 전 어머니와의 전화 내용이 떠올랐던 것이다. 그 즈음 새로 마련한 아파트로 이사할 준비에 마음이 분주해 있었다. '새집으로 이사할 때 이것저것 새로 장만하느라 돈들을 너무 헤프게 쓴다던데, 늬들은 그러지 마라.' 그러시면서 장롱 얘기를 했었다. 그는 장롱 없이 살았다. 안방을 서재로 사용했기 때문에 장롱을 둘 만한 공간이 없기도 했거니와 아파트에 벽장 같은 공간이 있어서 잘만 사용하면 장롱 노릇을 넉넉히 해냈다.

그의 고향 집에는 장롱이 세 개가 있었다. 돌아가신 두 어머니가 사용하시던 것들과 새로 오신 어머니가 마련한 장롱이었다. 그의 아버지는 처복이 없었다. 20년을 함께 살았던 첫번째 아내를 잃고 두번째 부인을 맞았지만 그 두번째 부인 역시 만 5년을 넘기지 못하고 죽었다. 첫번째 아내를 잃었을 때 막내가 일곱 살이었고, 두번째 아내를 잃었을 때 그 아내가 낳은 아이가 다섯 살이었다. 그 위로도 줄줄이 아이들이 많았으니 공직에 있었던 그로서는 집안 살림을 거둘 새 아내가 필요했을 것이다. 그는 두번째 부인이 남긴 다섯 살짜리 아이였다. 위로 형제들이 많기는 했지만 결혼을 했거나 줄줄이 도시로 유학을 떠나버려서 외톨이로 자랄 수밖에 없었는데, 새로 맞은 지금의 어머니가 딸을 낳아 그는 그 여동생과 줄곧 함께 자랐다. 다른 형제들은 명절이나 방학이 되어야 만날 수 있었다.

세 개의 장롱 중 첫째 장롱에 대한 기억은 뚜렷하지가 않았다. 어렴풋이 특별한 장식이 없는 밤색 장롱이었던 기억은 나는데, 지금 고향 집에는 없다. 어머니 성격에 아무렇게나 버리지는 않았을 것이고, 가 있어야 할 적당한 어떤 곳에 가 있을 것이다. 남아 있는 것은 두번째 장롱과 세번째 장롱이었다. 어쩌면 어머니는 그 두번째 장롱이 가 있어야 할 적당한 곳이 그의 집이라고 생각했는지도 모른다. 오래전 언젠가도 그런 비슷한 얘기를 했던 적이 있었다.

"그런 구식 장롱, 요즘 여자들이 좋아하겠어요? 그리고 갖다 둘 데도 마땅찮고……"

그는 시큰둥하게 넘겨버렸다. 하지만 속까지 시큰둥하진 않았다. 그는 참 새삼스러운 일이라고 생각했다. 이제 와 무엇 때문에 그것을 내게 주시려 한단 말인가. '이제 와'에 그의 감정이 무겁게 실렸다. 이유는 그 얘기 끝에 느낀 배신감 비슷한 감정 때문이었다.

초등학교 4학년 때던가. 그는 저녁을 짓느라 아궁이 앞에 앉아 있던 어머니와 나란히 앉아 타오르는 불꽃을 바라보고 있었다. 문득 어머니가 물었다.

“너 돌아가신 엄마 생각 나냐?”

그는 “아니”라고 대답했다. 정직한 대답이었다. 돌아가신 어머니에 대한 기억이 없었다. 그런데 왜 그걸 새삼스럽게 물었던 것일까. 그때도 새삼스러웠다. 그 새삼스러움의 근본이 매우 짠했다. 장롱을 그에게 주시겠다는 말을 들었을 때 그는 비슷한 감정을 가졌다.

아내가 가락지를 보여주었던 날, 그는 아내와 함께 화곡동 외삼촌댁에 다녀왔다. 외삼촌은 돌아가신 생모의 유일한 혈육이었다. 서울에 있는 피붙이라곤 외삼촌뿐인 터라 그들 부부는 외가에 비교적 자주 드나드는 편이었다. 서울에 피붙이가 그 외삼촌뿐이라는 사실을 일깨워준 이가 어머니였다.

“서울에 집안 어른이라곤 네겐 그 사람밖에 없잖니. 자주 찾아가 뵙거라.”

가끔 전화를 걸면 어머니는 그렇게 말씀하시곤 했던 것이다. 만약 어머니가 그렇게 일러주지 않았다면 그는 그렇게 자주 그 양반을 찾아가지 않았을지도 모른다. 그것은 자신을 길러준 어머니와의 의리 같은 것 때문이었을 것이다. 되도록 자신의 생모를 떠올리지 않는 것이 도리라고 생각했다. 왜 그렇게 생각했는지, 어떻게 그런 생각을 하게 되었는지는 알 수가 없다. 하지만 그는 오래전 이미 마음속으로 그런 약속을 하고 있었다.

그것은 어머니에게 한정된 것이 아니었다. 형들에게도 마찬가지였다. 그는 형들에게도 되도록 자신의 생모에 관한 것은 묻지 않았다. 어쩌면 그것이 배다른 형제이면서도 한 번도 그런 내색을 보인 적이 없었던 형들에게 지켜야 할 도리라고 생각했는지도 모른다. 그것이 아무 근거도 없고 하등 그럴 필요가 없었던 일이라 할지라도 그에게는 그것이 진정이었다. 그는 언젠가 작은형수가 이런 말을 했었다는 얘길 들었다. "내 아들이 도련님 같은 아들 될까 봐 겁나. 어쩌면 그런대? 고향에 내려와서 한 번도 자기 낳아준 어머니 산소 들렀다 간 적이 없다잖아." 아내로부터 그 얘기를 전해 듣고 그는 그냥 웃었다. 형수의 그 말은 억지가 아니었다. 물론 명절 때 고향에 가면 그는 빠지지 않고 형들과 함께 두 어머니 산소에 성묘를 했었다. 형수의 말은 그가 따로 혼자서 어머니 산소에 들른 적이 없다는 말일 것이다. 실제로 그는 그랬다. 명절에 따른 공식적인 절차에 의해서만 어머니 산소에 성묘를 했던 것이다. 그 외에 가본 일이 결혼 후에는 없었다.

하지만 오래전 그는 혼자서 어머니 산소에 가본 적이 있었다. 방학을 맞아 고향에 내려갔던 그는 아버지의 자전거를 타고 어머니 산소에 갔었다. 선산의 양지바른 곳에 두 기의 무덤이 있었다. 그런데 막상 두 무덤 앞에 선 그는 갑자기 자신을 믿을 수가 없었다. 정말이지 그곳에 가기 전에는 한 번도 생각해보지 않았던 문제가 불거져 있었다. 그는 두 무덤 중 어느 쪽이 자신의 생모인지 알지 못했다. 왜 그 생각을 하지 못했던 것일까.

거기에 두 어머니의 무덤이 있다는 사실, 하지만 어느 쪽이 자신의 생모인지 구별해본 일이 없다는 사실을 왜 그곳에 가기 전에 미리 생각하지 못했던 것일까. 프로이트는 말한다, "인간은 자신에게 불리한 기억을 잃어버림으로써 방위한다." 정말 그랬던 것일까. 그 두 기의 무덤 중 어느 쪽이 자신이 생모의 무덤인지 모르는 게 좋다고 무의식이 그에게 말했던 것일까. 그리고 더불어서 그걸 구분하지 못한다는 사실까지 잊어버리게 한 것일까.

형편이 그랬으니 형수의 그 얘기는 전혀 억지가 아닌 셈이었다. 아마 가족들 중 누구도 그가 그 두 무덤 중 어느 쪽이 자신의 생모인지 구별하지 못한다는 것을 모를 것이다. 그 후로 수없이 어머니의 산소에 성묘했지만, 함께 간 형들에게 어느 쪽이 내 어머니냐고 묻지 않았다. 묘역의 입구에서 가까운 쪽으로부터 차례로 형들을 따라 성묘하고 풀을 뽑고 돌아서면 그것으로 그만이었다. "정말 한 번도 가지 않았어요? 당신 너무 심하다." 그렇게 그를 질책했던 아내도 그 사실은 모를 것이었다.

3

외삼촌댁에서 돌아온 그날 밤, 아내는 그에게 기억하는 것 중 가장 처음의 것이 무엇이냐고 물었다. 의식이 깨이고 난 후 첫번째로 기억하게 된 일을 묻고 있는 것이었다. 유년의 흰 인화지에 박인 첫 그림은 어떤 것일까? 그도 궁금했던 것이었다. 기억은 정신의 문지기라고 한 사람이 있었다. 아내는 그에게서 무엇을 알아내려 했던 것일까. 그의 정신의 문지기가 얼마나 영특한지 알아보려는 것이었을까.

"당신은 어떤 거야?"

"음……" 아내는 한동안 생각하다 말했다. "두 동생이 방 구석진 곳에 서 있어요. 겁을 집어먹은 것 같은데요."

"당신은?"

"저는 팔을 벌려 방구석에 몰아넣은 동생들이 못 나가게 막고 있는 것 같아요."

"왜 못 나가게 하는데?"

"집에 손님들이 오셨거든요. 조용히 해야 해요."

"그것뿐이야?"

"아뇨. 경동이가 신발을 신고 있어요."

"방 안인데?"

"아마 밖에서 그냥 신고 들어온 것 같아요. 개구졌거든."

"기억나는 게 또 있어?"

"엄마가 방문을 빼꼼히 열어 보고 있어요. '너희들 지금 뭐하니?' 그래서 내가 대답해요. '재미있는 놀이 하고 있어요'."

"어머니가 시키신 일이 아니었군."

"그런데 내가 왜 그런 거짓말까지 하면서 그랬는지 몰라."

“몇 살 땐데?”

“글쎄요. 기억이 나지 않아요. 몇 살 때였을까?”

아내는 되려 그에게 물었다. 아내는 동생이 방 안에서 신발을 신고 있었던 것까지 기억하면서도 언제인지는 알지 못했다.

“당신은 뭐가 떠올라요? 최초로……”

그도 기억을 더듬어보았다. 문득 떠오르는 것이 있었다.

“음…… 풀밭 위의 아이. 하얀 옷을 입고 모자를 쓰고 있어. 커다란 소나무가 있고, 숲 속의 빈터, 뭐 그런 곳인데…… 혼자 있어.”

“또요? 또 떠오르는 걸 얘기해봐요. 거기서 뭐하고 있죠?”

“아이가 울고 있어. 아무도 없는 곳에서…… 아주 어린 아이야.”

“몇 살 때였죠?”

“아주 어려. 한 살쯤이나 됐을까?”

“말도 안 돼. 어떻게 한 살 적 일을 기억해요?”

그는 웃었다. 그것이 자신의 최초의 기억이라고 생각했던 적이 있었다. 시간의 회랑을 돌아온 최초의 기억, 그러나 아주 선명한 기억이었다. 하지만 고등학교 시절 장롱 안에 들어 있던 낡은 사진첩을 보고 난 후, 그것이 최초의 기억이 아님을 알았다. 사진이 있었다. 풀밭 위에 아이가 앉아 울고 있는 사진이었다. 아마 그 사진을 보고 기억을 구성했을 것이다.

“기억이란 말이죠. 기억하는 주체가 빠져 있는 그림이라야

해요. 당신이 보이면 그건 당신 기억이 아니라는 거죠. 당신이
보고 겪은 일이라면 그 그림에서 당신이 빠져 있어야 옳아요.
알겠어요?"

"알았어."

"자, 다시 생각해봐요. 뭐가 떠오르죠?"

그는 벽에 등을 기대고 눈을 감았다. 그러자 안개 저편에서
아슴히 형체를 드러내는 것들이 있었다. 꿈결처럼 아득한 저편
으로부터 목소리가 들려오고 있었다. 흐느낌 소리였다.

"골목. 골목으로 사람들이 들어오고 있어…… 앞에 서 있는
사람은 큰형이야. 형은 들것을 앞에서 들고 있는데…… 울면서
걸어 들어오고 있어."

"또요?"

"아버지…… 아버지가 있어. 형과 어떤 사람이 들고 있는 들
것에 커다랗고 하얀 보자기를 쓴 사람이 누워 있고…… 아버지
는 그 옆에 서 계셔."

"들것에 실린…… 그 사람 누구예요?"

"어머니."

아내는 더 이상 묻지 않았다.

잠시 찻잔을 만지작거리며 눈을 내리 깔고 있던 그녀가 우울
한 음성으로 말했다.

"혹시 당신이 돌아가신 어머니에 대해 기억하고 있는 것이
있을까 싶어서…… 그래서 물어봤던 건데…… 한 번도 얘기한

적이 없었잖아요. 돌아가신 어머니와 어떻게 살았는지, 어떤 추억이 있는지……”

“어머니가 들것에 실려 들어오고 난 후부터는 아주 선명해.”

그는 명랑한 목소리로 말했다. 그러나 그의 아내는 여전히 우울한 목소리로 말했다.

“당신의 최초의 기억은 바로 그것이군요.”

“마당에 차일이 쳐지고 아주머니들이 음식을 장만하고, 사람들이 몰려왔어. 나는 아마 그때까지도 무슨 일이 벌어졌는지 모르고 있었나 봐. 그런데 누워 계시던 아버지가 일어나셔서 마당에서 이곳저곳을 기웃거리고 있던 나를 안방으로 데리고 들어가 병풍 뒤에 누워 있던 어머니 얼굴을 보여주셨지.”

그의 기억의 들머리에는 어머니의 죽음이 놓여 있었다. 그 이전의 기억은 마치 지우개로 지운 것처럼 깨끗하게 지워져 있었다. 상여를 따라 장터 밖까지 갔다가 집안 형님 등에 업혀 돌아왔던 일, 어머니 위패를 모신 곳간에 들어가 상 위에 차려져 있던 사과며 배며 떡이며 전 따위를 집어다가 아이들에게 나눠 주었던 일, 장례식이 끝난 후 옆집 친구 정렬이가 돼지우리 옆에서 진흙을 잘 개어 발라놓으면 시멘트가 된다고 말했던 일, 외할머니께서 집에 와 살림을 돌보시면서 일어났던 자질구레한 일들…… 그런 것들이 아주 선명했다.

그로부터 1년쯤 후, 그는 이웃 읍내 역전에 있던 한 집에 갔는데, 거기에 새어머니가 계셨다. 누군가가, 알 수 없는 어떤 여인이 그를 데리고 거기에 갔다. 그 여인이 말했다. “네 어머니셔. 인사해라.”

그 집에서 하루쯤 있었던가. 하루는 아니더라도 시간을 꽤 보냈던 기억이 있다. 언제 시작했는지 정확히는 알 수 없지만, 그 집에서 나오기 전에 그는 새어머니가 될 분에게 ‘엄마’라고 부르고 있었다. 참 알 수 없는 일이었다. 생면부지의 여인을 엄마라고 부르는 데에 아무런 저항이 없었다. 부끄러움도 서먹함도, 그렇게 불러서 그다음 어찌될 것인가 계산할 이유가 없는, 물처럼 흘러 기억 속에서 소멸해버린 일이었다. 꽃상여에 실려 떠난 어머니가 조금 다른 모습으로 자신 앞에 나타났다고 해서 이상해할 일인가. 조금 달라진 모습이라고 해서 어머니를 어머니로 부르는 일을 망설인단 말인가. 바로 그것이었다.

“당신…… 낳아주신 어머니에 대해 아는 거 있어요? 이를테면…… 어느 학교를 졸업하셨고, 결혼하시기 전에 뭘 하셨는지, 그리고…… 왜 돌아가셨는지?”

“없어.”

“궁금하지 않아요?”

“궁금하지 않아.”

“거짓말……”

그렇게 말한 아내가 들고 있던 빛바랜 사진 하나를 내밀어 보였다.

“당신이 군대 가기 전에 내게 준 거예요, 잘 간직하라고. 너무 잘 간직해두는 바람에 잊어버렸다가 며칠 전에 찾아낸 거예요.”

“군대 가기 전에? 그랬던가?”

까까머리 다섯 살 아이가 세발자전거 위에 올라가 앉아 있었다. 왜 이걸 아내에게 줬던 것일까? 잘 보관하고 있어. 그렇게 말했다는데…… 군대 가기 전 아내에게 맡긴 ‘그’였다. 아내는 그것을 그에게서 가장 소중한 것으로 여겼다고 했다. 사진에는 찍힌 날짜와 함께 ‘5세 기념’이라고 쓰여 있었다. 그는 천천히 기억을 더듬어갔다. 그것이 만약 생모와의 일이었다면, 그것은 그에게 남은 유일한 기억이었다.

하지만 사진에 관한 기억은 선명하지 못했다. 사진을 찍으러 가야 한다고 누군가가 그랬다. 어슴푸레한 여름날 저녁 무렵이었다. 플래시가 터진 걸 그는 기억하고 있었다. 그가 그로부터 몇 년 후 다니게 되었던 초등학교 울타리 밖 길이었다. 그는 저만치서 자전거를 타고 천천히 움직였는데, 카메라를 향해 오던 그에게 누군가 말했다. “됐다. 거기 서봐라.” 그리고 플래시가 터졌다. “됐다, 거기 서봐라” 하고 말한 사람은 카메라를 들고 있었다. 사진관 아저씨였을 것이다. 그 무렵 집에 카메라가 있었을 리 없고, ‘5세 기념’이라고 쓰여 있는 걸로 봐서 그것은 사진관 사진이랄 수밖에 없는 그런 것이었다. 그리고 한 사람 더 있었다. 사진 찍으러 가야 한다고 말한 사람이었다. 그렇게 말하고 그에게 모시옷을 입혔던 사람이었다. 까칠한 촉감 때문에 그 옷을 입고 싶지 않았던 기억이 선명했다. 투정을 부렸을 것이다. "입어야 해"라고 말했던 사람은 누구였을까. 사진을 찍는 동안 옆에 서서 그 여인이 몇 차례인가 웃었던 기억이 있다. 고개를 좀더 들라고 했다. 그리고 "좀 웃어봐"라고 하기도 했다. 그 까칠한 옷을 입히면서 "입어야 해"라고 말하던 그녀의 입김을 그는 기억하고 있다. 속삭이듯 귀를 간질인 그 목소리는 과연 누구였을까.

4

그는 언젠가부터 어머니가 혼자 먼저 떠난 두 어머니의 무덤에 다녀오곤 한다는 것을 알았다. 어머니는 무심결에 그 무덤가에 덤불을 이루고 있던 호랑가시나무 얘기를 했다.

"요즘은 그게 귀하더라. 옛날에는 지천에 호랑가시였는데, 관상용으로 팔려나가면서부터 씨가 말랐어."

그도 성묘 때 그 호랑가시나무를 본 적이 있었다. 잎사귀가 크지도 않고, 열매의 색깔도 선명하게 붉어서 관상용으로 친다면 품종이 괜찮은 것이었다.

"그래서 내가 갈 때마다 한 포기씩 나누어 온다. 여기저기 나누어 주니까 아주 좋아하더라. 너도 올라갈 때 한 포기 가지고 가거라."

그는 문득 그걸 가져다가 화분에 심어 크리스마스 때 장식을 하면 따로 가짜 소나무 따위를 사서 기분 낼 필요가 없겠구나 하는 생각을 했다. 하지만 그는 그걸 가져오진 않았다. 어머니는 무심결에 한 말이었지만, 그는 어머니의 말 중에 '갈 때마다'에 의미를 두고 기억했다.

그는 얘기 끝에 어머니가 두 어머니의 무덤 앞에 서 있는 모습을 상상했다. 생전에 만난 일도 없고, 사진이 아니었다면 얼굴도 알 수 없는 그런 관계가 분명한데, 그런 서먹함을 물리치고 그리 살갑게 다가서게 한 것이 무엇이었을까. 무덤에 난 잡초들을 뽑아내며 어머니는 무슨 말을 했을까. 어쩌면 형제들 얘기를 했을 것이다. 아무개는 어찌되었고, 아무개는 어찌 되었으며, 아무개는 어찌되었으니, 아무 걱정 마시고 편히들 쉬시라고…… 그러다가 끝내는 목이 메었을 것이다. 다 괜찮으니 편히 쉬시라고 말하면서도 다 괜찮지 않았던 지난날이 문득 그 가슴을 후벼냈을 것이다. 가시처럼 목구멍에 걸려 있었을 둘째 때문이었을 것이다. 끝내 지켜내지 못했던 둘째 형 때문에 곧잘 서러워하던 어머니를 그는 기억하고 있었다. 어렸을 때 그는 어머니가 장독대에서 장독을 닦다 말고 갑자기 오열을 터뜨리는 것을 보았었다.

"니 둘째 형이 여기 들어가 있었더란다."

철부지 아이가 무슨 얘기 상대가 되었겠는가. 장독을 닦는 어머니 곁에서 과자 값이나 타낼 궁리를 하고 있던 그에게 넋두리처럼 그렇게 말했다. 그랬을 것이다. 그건 넋두리였을 것이다. 그저 혼잣말이 어색해서 곁에 있던 그에게 교감의 어떤 기대도 없이 그런 넋두리를 했을 것이다.

"탈영을 해가지고 와서 한다는 소리가 월남을 가겠다고 그러더라. 월남 가서 일 년만 있으면 돈도 벌 것이고, 탈영한 죄도 감해질 테니 그리하겠다고 그러더라."

그는 기억하고 있었다. 빈 장독 뚜껑을 연 어머니의 손끝이 격한 감정으로 파르르 떠는 것을 보았었다.

"그래서 여기다가 숨겼다."

탈영해 온 둘째를 잡으러 헌병들이 들이닥쳤을 때 어머니는 그 둘째를 비어 있던 커다란 장독 속에 숨겼던 것이다. 어머니는 어쨌거나 그 둘째를 지켜야 한다고 생각했을 것이다. 장독 뚜껑을 열어보겠다고 겁 없이 어미가 서슬 퍼렇게 지키고 있는 장독대로 올라온 무모한 헌병은 없었던 모양이었다. 그렇게 지켜냈던 둘째는 결국 잡혀가고 말았고, 끝내 그녀가 지킬 수 없는 먼 곳으로 떠나버렸다. 제 속으로 낳은 자식도 아닌데, 그녀의 무엇이 그렇게도 한이 되게 했을까. 둘째 형이 한 줌 재가 되어 돌아왔을 때 그는 부엌 뒤켠에 서서 오열을 터뜨리던 어머니를 또한 기억하고 있었다.

그녀는 상처한 한 남자의 아내가 된 것이 아니라, 비어 있던 가족의 한 자리를 메운 것이었다. 그렇게 말할 수밖에 없었다.

첫째 외갓집 길흉사며, 둘째 외갓집 길흉사를 줄줄이 꿰고 챙기던 모습이나, 큰집 작은집 대소사에 관해서 그 누구보다도 정확하게 기억해냈던 것은, 한 남자의 옆자리보다 비어 있었던 가족의 그 자리에 더 충실했다는 방증일 것이다. 어쩌면 그것은 자신이 들어온 그 흔적을 없애는 일, 아니 그보다도 이 가족이 두 어머니를 잃은 불행을 다시는 떠올리지 않도록 지우는 일이었는지도 모른다. 아무 일도 없었던 것처럼 모든 일상을 흔적 없이 과거로 되돌리는 힘이 그녀에게는 있었다.

"돌아가신 엄마 생각 나냐?"
그때 무슨 일이 있었던가. 학교에서 돌아와 부엌 아궁이에 불을 지피고 있던 어머니 곁에 앉았는데, 그런 기척에도 무심하게 불만 지피던 그녀의 모습이 심상치 않았다. 하지만 집 안 분위기는 여느 날과 다르지 않아 그 아궁이 앞 정황만이 오롯이 도드라진 느낌이었다. 한마디로 집 안에서 그곳만 조명을 받고 있는 셈이었다. 타닥타닥 타오르는 아궁이 속으로 나무토막 하나를 툭 던져 넣으며 그녀가 물었다. 방금 아궁이 속으로 툭 던져 넣은 나무토막처럼 무심한 목소리였다. 그녀의 시선은 여전히 아궁이에 가 있었고, 표정 역시 질문의 의도를 알아차릴 수 없게 무심해 보였다.
"아니."
"아무것도?"

"아무것도."

어린 나이에 거두었으니 그전 기억이 있을까 궁금하기도 했을 것이다. 하지만 그런 호기심뿐이었을까.

"됐다, 그럼."

다시 그녀는 여전히 아궁이에 시선을 준 채로 무심하게 툭 던지듯 말했다. 툭 던지듯 말했지만 그는 그것을 무심히 듣지 않았다. 됐다, 그럼. 도대체 무엇이 되었다는 말인가, 그런 의문을 가질 만도 한 선문답 같은 말이었지만, 그는 아무런 의구심도 느끼지 못했다. '됐다, 그럼' 안에 응축된 의미가 그 순간 아무 의심 없이 오직 격렬한 열정으로만 그의 가슴을 헤집고 들어왔던 것이다. 그러므로 그것은 그에게 하나의 의식이었다. 그녀에게도 그랬는지 그것은 알 수 없다. 어머니에게도 그랬는지 여부 또한 의미 없다. 어머니의 눈에서 얼핏 반짝인 것을 본 것도 같았지만, 그도 정확하지 않다. 어쩌면 그녀는 기억조차도 못할 그날의 이것은 그에게 죽은 어머니와 관련해 태도를 정하는 기준이 되어버렸다. 손가락을 베어 술잔에 떨어진 피를 마시는 의식이 단둘이서, 그 타오르는 아궁이 앞에서 은밀히 이루어졌던 것이다. 물론 여전히 그녀와는 상관없는 일이었다. 어머니가 어찌 생각했든 그에게 그것은 그런 것이었다. 그 얼마 후 기차를 타고 어딘가 가는 길이었는데 그가 어머니와 나란히 앉아 있는 걸 본 어떤 이가 '어쩌면 그렇게 엄마를 쏙 빼 닮았누'라고 말했다. 바로 그것이 그녀와 그가 만족할 만한 결론이었고, 그 의식의 마무리였다.

학교를 오가는 길에 생모의 친정, 외가가 있었다. 옛 우체국 자리였는데, 그것을 개조해서 얼음 공장을 하고 있었다. 얼음도 만들고 '아이스께끼'도 만들어 파는 집이었는데, 그 옆에는 그가 단골로 다니던 이발소도 있었다. 하지만 그날 이후 그는 그 이발소에 가지 않았고, 주전자를 들고 외가에 얼음을 얻으러 가는 일도 하지 않았다. 집 앞에 의자를 내다 놓고 앉아 그가 지나가길 기다리던 외할머니도 이미 돌아가신 후였다. 하굣길에 외숙모의 눈에 띄어 가끔 그 손에 이끌려 가 '하드'를 먹게 되는 일도 더 이상 없었다. "으이구 불쌍한 녀석"이라고 말하는 그 누구도 그가 그 말을 호의적으로 받아들이지 않는다는 것을 알지는 못했을 것이다. 그러나 자신이 불쌍히 여겨지는 것을 용납할 수 없었다. 자신이 불쌍히 여겨지는 것은 자신을 향한 어머니의 정성을 욕되게 하는 일이었다.

5

공원의 햇살이 좋았다. 겨울의 끝이 이렇게 화사할 줄은 몰랐다. 공원의 너른 광장에는 아이들이 공을 차고 있었다. 아내와 그는 아이들이 바라다보이는 의자에 앉았다.

"어머니가 당신에게 왜 그 반지를 주셨을까?"

“그게 그렇게 궁금해요?”

“그렇게 궁금하냐니?”

“지금 몇번째 똑같은 걸 물으니까 하는 말이지.”

“내가 그랬어?”

“어젯밤에도 묻고 오늘 아침에도 묻고 아까 보석상 문 앞에서도 묻고……”

어머니 수중에 남은 생모의 유물은 장롱과 그 반지였다. 그것을 그토록 오랫동안 간직했다는 것도 심상치가 않았다. 옷 넣을 궤가 부족한 것도 아닌 터에 무엇 때문에 장롱을 좁은 집에 세 개씩이나 지니고 있었으며, 생모의 생전 흔적이 섬뜩할 만큼 생생한 그 반지를 고운 비단에 싸서 지니고 있었을까. 그는 아내로부터 그 반지를 받아 들고는 오랫동안 들여다보았다. 생모의 손가락에서 닳은 반지였다. 반지의 아래쪽은 무엇을 쥘 때마다 조금씩 닳았을 것이다. 무엇을 쥐고 무엇을 놓았을까. 손금처럼 선명한 물건, 그에게서는 기억의 저편으로 사라져버린 5년이 채 안 될 그 시간이 고스란히 흔적으로 남아 있는 물건이었다.

“어머니가 반지를 주신 게 그리도 섭섭해요?”

“섭섭하다니?”

“내 눈엔 그렇게 보여요. 그냥 이상하다가 아닌 거예요. 당신의 그 궁금증에 그런 느낌이 묻어 있다구요. 아무것도 몰라서 새삼스러운 게 아니라 뭔가 짚이는 것이 있어서 따지자는 거지.”

"밑도 끝도 없이 그 무슨."

"그러게, 웃기잖아. 난 아무것도 모르지, 당신이 왜 그러는지. 하지만 십수 년을 같이 살았는데 기분까지 모를까. 그냥 왜 그러셨지가 아니고, 어머니한테 무슨 감정 있는 사람처럼 말하잖아. 얼굴 표정도 그렇고."

"느닷없이 안 할 짓을 하시니까 그렇지."

그가 말에 감정을 담았다.

"안 할 짓이라니? 이제 말 막하네?"

"안 할 짓이지, 그럼. 이제 와서 이걸 내게 주시면 어쩌시겠다는 거야?"

"이제 와서라니, 당신 정말 어머니한테 무슨 감정 있는 거예요?"

지금껏 당신 아들로 키웠고, 그렇게 알도록 하셨으면 끝까지 그렇게 하실 일이지, 왜 이제 와서 반지나 장롱 따위로 심란하게 만드는가, 하는 것이 그의 속내였지만 차마 그것까지 아내에게 드러낼 수는 없었다. 아내에게 아궁이 앞 그 일을 설명할 자신이 없기도 했다. 하지만 숨긴다고 그녀 말대로 십수 년을 함께 살았는데 온전히 감춰지겠는가. 그녀 역시 짚이는 게 있는 궁금증이 온몸을 휘감아 몸살을 내고 있는 중인 걸 그는 알 수 있었다.

"돌아가시기 전에 그전 어머니 물건 챙겨두시려고 하신 거겠죠."

"그깟 금붙이 녹여 없애면 그만이지, 뭣 때문에?"

"그깟 금붙이가 아니니까 그렇지. 그럼 당신은 무엇 때문에 군대 가기 전에 그 사진 내게 맡겼는데? 그럼 그것도 그깟 사진인가?"

아내의 몸을 휘감아 몸살을 일으키고 있는 것은 바로 사진이었다. 아내는 결국 그렇게 사진 얘기를 꺼냈다.

"여기서 사진 얘기가 왜 나오는데?"

"그게 그거니까 나오지. 반지나 사진이나 같은 의미 아니냐구요. 다르다면 사진은 당신이 은밀하게 간직해온 것이고, 반지는 어머니가 간직해왔다는 점이지. 그것 말고 다른 게 뭔데?"

"그건 달라."

"뭐가 달라?"

"당신 말대로 사진은 내가 간직해온 것이고, 반지는 어머니가 간직해온 점이 다른 거야. 아무것도 아닌 것 같지만 그건 많이 다르다구."

"좀더 정확하게 말해요. 그렇게 말하면 내가 헷갈려. 그게 각기 다른 장소에 간직되어 있었다는 것은 문제가 아니지. 그것들은 그렇게 간직되어 있다가 간직한 사람에게만 의미를 띠는 것으로 생명을 다하고 사라져버려야 했던 것인데, 그중 하나가 문득 포지션을 버리고 건너지 말아야 할 선을 건너 이쪽으로 왔다는 점이 문제를 일으킨 것 아닌가?"

반지를 고친 후 공원에서 좀 쉬었다가 오랜만에 외식을 할 계

획이었다. 집을 나서기 전에 이미 정해둔 식당도 있었지만, 그
럴 기분이 아닌 것이 계획을 바꾸어놓았다. 이미 기분은 엉망이
되어버렸다. 하지만 집을 향해 터덜터덜 앞서 그가 걷고 아내가
뒤따라 걷는 동안 격해졌던 감정이 누그러들었다. 감정이 눅어
들자 이상하게도 허탈하고 스산한 기분이었다. 말하진 않았지
만, 아내가 사진 얘기를 꺼낸 후로 그것이 줄곧 가슴에 얹혀 있
었다. 그 자신이 입대하기 전 아내가 될 사람에게 사진을 맡겼다
는 것이다. 생모와의 유일한 추억의 단서로 여겼던 그것이었다.
다른 것이 아닌 바로 그 사진이었다는 데에 그는 조금 놀랐다.
　"난 어머니 이해해요."
　밖은 조금씩 어두워지기 시작했다. 불을 켜지 않은 거실 구석
에 어둠이 스며들고 있었다.
　"뭘 이해하는데?"
　"반지하고 장롱 지금까지 간직해오신 거, 그리고 이제 그 반
지 우리 주신 거."
　"당신 처음부터 그거 알았어?"
　"처음엔 몰랐지. 당신이 자꾸 그러니까 생각해보게 됐고, 그
래서 알았어."
　"뭔데?"
　"널 놓아주어야 내가 놓여난다, 그거였다고 생각해, 난."
　"무슨 생뚱맞은 소리야?"
　"어머니는 이 집안의 부속품이 아니라는 얘기야. 무슨 말인

지 모르겠어? 지금까지 부속품처럼 살았지만…… 한 남자의 아내로 사신 게 아니라 이 집안의 빠진 자리를 대신해 살아온 거, 당신도 잘 알잖아? 반지 주신 거 아버님 돌아가시기 직전이야."

아내는 조용히 으르렁거렸다. "한 남자의 아내로만 살아오신 건 아니지만, 막상 저 양반 돌아가시게 되면 어찌될까, 생각해보는 거 당연하고, 아니라고는 했지만 그게 끈이었구나, 아셨을 거야."

"그래서?"

"모르겠어? 이제 자연스러워져야 한다고 생각하신 거지. 아니 자연스러워지고 싶으신 거야. 모든 것에서 놓여나서 물 흐르듯이 편안해지시고 싶은 거라구."

"그래서 뭐가 달라지는데?"

"이것 봐. 당신은 벌써 어머니가 달라지셔서 내게 어떤 영향이 있을까, 그거 계산하고 있잖아. 그게 궁금하고 두려운 거지? 아무튼 이런 당신을 포함해서 당신네 가족들이 어머니에 대해 얼마나 이기적이었는지 반성해야 해. 하지만 걱정 마. 아무것도 달라지는 거 없을 테니까. 여전히 어머니는 부속품처럼 보여서 그 변화를 눈치채지 못하게 하시겠지. 원래 누구에게나 그런 배려를 하시는 분이니까. 하지만 어머니가 변했다는 건 알아둬. 같은 부속품이라도 그전 부속품하고는 다르다는 거야. 무슨 말인지나 알아?"

어머니 손에서 이쪽으로 반지 하나가 건너온 것이 이렇게 복
잡한 의미를 담고 있었나, 그는 갑자기 새삼스러워져서 멍하니
창밖을 바라보았다.

"이기적이었다는 거 알아야 해. 사진만 해도 그래. 당신, 그
사진이 낳아주신 어머니와의 추억인지, 그게 궁금했었잖아. 그
냥 궁금하기만 했어? 내가 보기엔 그 어머니 숨결이라도 사진
어디에 숨어 있나 살피던걸? 어머니도 그걸 아신 거지. 당신이
돌아가신 어머니에 대해 아무렇지 않을 거라고, 아무런 그리움
따위도 없을 거라고, 그러고 지금껏 살아왔을 거라고는 어머니
도 생각하지 않으신 거라구. 실제로 당신 그랬잖아? 그걸 어찌
막을까? 당신은 돌아가신 어머니 싹 지운 것처럼 하고 그동안
살았지만 어머니는 아신 거지. 난 그것도 맘에 안 들어. 그러구
서는 마음 한구석에 은밀히 간직하고 틈 나는 대로 낳아주신 어
머니 생각하며 감상에 빠졌겠지? 어머니 무덤에 찾아가지 않은
건 대외용이고, 실제로는 그 사진을 마음속 깊이 간직하고 있었
잖아? 어머니가 그걸 모르셨을 것 같아? 당신은 어머니가 그걸
끝까지 모르길 바랐지? 웃기는 일이야, 정말. 당신 가족들 다
그랬어. 그러다가 반지가 오니까, 더럭 겁이 난 거지? 들킨 거
같아서 기분이 엉망일 거야, 지금."

아내는 마음껏 속내를 퍼내는 중이었다. 하지만 무슨 조화인
지 아내가 그럴수록 그의 마음은 편했다. 알 수 없는 일이었다.
아내가 잘못 이해하고 있는 점이 있었지만, 아내의 그 융단폭격

은 그의 마음을 편안하게 했다.

하지만 진실은 아내가 잘못 이해하고 있다는 것이었다. 그렇지만 아내가 틀렸다고 말할 수도 없었다. 어머니가 지금까지 보여온 삶의 태도를 바꾸었다 해도 그 자신이 불만할 처지가 아니었다. 아버지가 돌아가신 후, 어머니가 그런 태도를 갖게 되었다는 것은 설득력마저 있었다. 하지만 그는 어머니에게 확인하고 싶은 것이 있었다. 아내는 알 수 없을, 그 누구도 이해할 수 없을 어떤 것이 어머니와 그 사이에는 있었다.

6

그는 새벽녘까지 술을 마셨다. 어두운 거실 소파 위에 웅크리고 앉아 술을 홀짝이다가 탁자 위에 놓인 사진과 반지를 보았다. 그는 그것들을 들여다보았다. 술에 취해서였을까. 들여다보는 동안 걷잡을 수 없는 감정이 일었다. 물론 생소한 감정은 아니었다. 아주 오래전부터 가끔 있었던 일이었다. 그 점에 있어서 그는 성숙할 수 없는 피터팬이었다. 오래전부터 그는 자신의 가슴 한켠에 작은 구멍이 있다고 생각했다. 블랙홀처럼 일상의 모든 것을 다 빨아들여 생활을 엉망으로 만들어버리는 알 수 없는 구멍이었다. 가슴의 그 구멍이 일을 시작하면 그는 시린 통증 때문에 아무것도 할 수가 없었다. 그럴 때면 무엇인가로부터 위로를 받고 싶었다. 아내의 말대로 사진 속에서 어머니의 숨결을 느끼고 싶었다. 반지에서 어머니가 뭔가를 쥐었다 놓았던 그 흔적을 통해서 체온을 느끼고 싶었다. 서른아홉 살의 사내에게 이런 병이 있는 걸 아내는 이해할까.

울었던가. 흐느끼는 소리를 들었던가, 그의 아내가 안방 문설주에 기대어 서 있었다. 그가 탁자 옆에 놓인 전화기를 끌어당기는데 그녀가 다가와 손을 잡았다.

"지금 한밤중이야. 주무시다가 얼마나 놀라실까. 내일 아침에 해요."

그렇게 말하며 다가온 아내의 얼굴을 그는 물끄러미 바라보았다. 그러고는 부드럽게 말했다.

"괜찮아. 놀라시지 않아."

그는 전화기 버튼을 누르고 신호가 가는 걸 들었다. 깊이 잠드신 것일까, 싶었을 때 이윽고 목소리가 들렸다.

"여보세요."

"접니다, 어머니."

"호석이구나. 아직 안 잤나?"

"예, 어머니."

그러고 나서 무슨 말인가를 하려는데 불쑥 아내의 목소리가 불거졌다. 안방 전화기를 사용하는 모양이었다.

"아침에 하라고 해도 자꾸 지금 전활 하겠다고 그러잖아요. 놀라지 않으셨어요?"

"안 놀랐다."

"정말 안 놀라셨어요?"

"정말 안 놀랐다."

"전에는 이런 일 없었잖아요?"

"이런 일은 없었지. 하지만 백 번도 더 있었을 일을 처음이라고 놀라겠나."

"왜 전화했는지 아세요?"

"지 엄마 보고 싶어서 했겠지. 호석이는 이제 끊어라. 어멈하고 얘기할란다."

"제가 할 말이 있어 전화했어요."

"됐다 고마. 할 말 어멈이 하면 되지."

그는 잠시 망설이다가 한 번 더 채근하는 소리를 듣고 수화기를 내려놓았다. 그리고 안방에서 들려오는 아내의 음성을 들었다.

"예, 반지 고쳤어요. 아주 잘 맞아요. …… 예. …… 예. 호석 씨가 그 일로 많이 섭섭해했어요. …… 모르죠, 전."

그렇게 몇 마딘가를 하더니 저쪽 어머니 음성이 안방에서 흘러나왔다. 아내가 스피커폰을 열어둔 모양이었다.

"그게 섭섭해할 일이 아인데…… 그 반지 한동안 나도 꼈던 거라고도 말했나?"

"어머니도 끼셨어요? 그건 몰랐는데……"

"내가 더 오래 꼈던 건데…… 애비가 그건 기억 몬하는 모양이구나. 얘기해주라. 나도 껐던 거라고."

그 순간 그는 가슴 한 구석이 저려오는 것을 느꼈다. 그 저려 옴은 세상을 참 평화롭게 하는 통증이었다. 무엇으로 그 심란한 평화를 다 설명할 수 있을까. 어머니의 마지막 말에 아내는 대꾸하지 않고 있었다. 아내는 그게 무슨 의미인지 이해할 수 없었는지도 모른다. 이해할 수 없는 것에는 반응하지 못하는 천성이 그녀를 망설이게 하고 있을 것이다. 하지만 그는 이미 들었고, 그 심란한 평화 속으로 빠져들고 있었다.

그러고서도 한동안 침묵이 이어졌다. 침묵 끝에 다시 무슨 얘긴가를 하는 게 들려왔다. 소리는 귓가에 이르러 웅웅거렸다. 무슨 말인지 알아들을 수가 없었다. 얼마 후 안녕히 계시라고 말하는 아내의 음성을 들은 것도 같았다. 그 끝에 현기증 같은 것을 느꼈다. 까북 몸이 잠기는 느낌이었다. 그러고는 물속이었다. 그러더니 다시 어머니 음성이 흘러나왔다. 환청 같은 느낌이었다. 하지만 그는 그 음성을 또렷하게 들었다. 어머니는 은밀한 목소리로 아내에게 이렇게 말하고 있었다. "그 아이 가슴에 구멍이 있다이."

"구멍요?"

"니 몰랐나?"

"실제로요?"

"그러면 내가 거짓말 하겠나? 딱 손가락 하나 들어갈 만한 크긴데, 니가 그 반지 끼고 잘 막으면 딱 맞을 기라."

그는 아내의 웃음소리를 들었다. 얼핏 어머니의 웃음소리를 들은 것 같기도 했다.

"그 아이가 지금도 엄마 죽은 얘기 하나? 그 버릇이 지금도 여전하제? 내 그럴 줄 알았다. 시퍼렇게 살아 있는 지 엄마 제삿날이라고 거짓말하고 학교에서 조퇴해가지고 안 왔더나."

그는 교무실에서 선생님에게 어머니의 제삿날이라고 거짓말을 하고 있는 아이를 보았다. 아이의 얼굴은 붉게 달아올라 있었다. 그것이 희화적인 모습으로 번졌다. 시야 밖으로 벗어나면서 그 모습은 더욱 희극적으로 일그러졌다. 일그러지며 이윽고 반지 낀 손가락 모양이 되어 그에게로 날아왔다. 그는 그것을 향해 가슴을 한껏 내밀고 서 있었다.

"학교 선생님들이 그래서 한동안 내가 계몬 줄 알았다고 하더라. 그 아이 참 웃기는 아이다. 요즘에도 그 아이 그렇게 웃기나?"

아내의 웃음소리가 들려 왔다. 가슴이 시렸다. 가슴이 시리다는 걸 안 건 그 시린 통증이 사라지고 난 뒤였다. 통증이 사라지기 전까지 그는 자신의 가슴이 시린 것을 잊고 있었다. 날아온 손가락이 그의 가슴 구멍을 더듬어 제 몸을 들이밀었다. 그는 가슴에서 한차례 아릿한 압박을 느꼈다. 안방 문을 열고 나오는 아내가 보였다. 아내는 유난히도 밝은 손을 가지고 있었다. 그녀의 손에 누런 빛 덩이 하나가 매달려 있었다.

변신의 끼

1

　사진 촬영을 하고 있다. 의상 모델이다. 그럴듯한 인터넷 쇼핑몰에 내 꼬락서니가 걸리는 모양이다. 카메라를 든 K는 나를 향해 연신 몸을 뒤튼다. 셔터 소리가 총소리처럼 터진다. 차르르, 초당 열세 방 셔터 터지는 소리가 내 온몸을 훑고 지난다. 겹겹이 입은 옷은 무슨 소용이란 말인가. 그 소리는 아주 섬세하게 내 몸의 돌기들을 스치는데, 스치면서 이 빌어먹을 짜릿함을 안기는데 말이다. 나만 그럴까? 아니다.

　"입꼬리, 입꼬리. 웃어! 그렇지, 그렇지. 오케이, 돌고, 돌고. 얼굴만 돌려! 그러치이!"

　카메라를 들고 몸을 뒤트는 K 역시 온몸에 돌기가 돋아 있을 것이다. 그 섬모에 가 닿는 것은 무엇일까. 그와 나는 지금 악보 없는 즉흥연주를 하고 있는 것이다. 우리 두 개의 몸은 서로에게 악기다. 그는 내게 지시하는 것으로 내 몸을 연주한다.

“입꼬리, 입꼬리! 허리, 돌리고!”

나는 몸을 비틀고 표정을 바꾸면서 그의 몸을 연주한다. 그는 내게 지시하지만 나는 몸으로 그를 제압한다. 그러면서 율동은 붉게 영근다. 그의 허리는 내 동작에 따라 뒤틀리며, 어떤 느낌이 물결처럼 내게서 그에게로 흘러가는 것이다. 흘러가서 그를 적시는 것이다.

처음부터 죽이 맞는 것은 아니다. 카메라 앞에 서면 근육이 굳는다. 그가 원하는 것과 내가 원하는 것의 접점을 찾기가 혼란스럽다. 의상에 따라 콘셉트가 달라지는 탓도 있지만, 그보다도 그날 그와 나의 감성이 머무는 지점에 따라 큰 편차를 갖기 때문이다.

강 양의 전화를 받고 스튜디오에 도착하면 맨 먼저 의상을 점검하게 된다. 하지만 거의 그것으로 끝이다. K의 무대에는 대본이 없다. 분장을 하는 동안 그와 몇 마디 이야기를 나누는 것도 가끔 있는 일이다. 그다음은 서로 알아서 하는 것이다. 대본에 익숙한 나로서는 이 카오스가 당황스러울 수밖에 없다. 그런데도 성질 급한 그의 입에서 쏟아지는 육두문자는 도대체 기다려주는 법이 없다.

“아이 씨발…… 새끼야, 정신 좀 차리란 말이야! 밤새 술 처먹었어?”

어쩌면 나는 그의 욕설을 기다렸는지도 모른다. 그것을 약처럼 집어삼킨다.

"정신 차리고! 다시, 입꼬리, 터언! 손 들고!"

약 기운 때문일까, 비로소 천천히 혼미해지기 시작한다. 혼미해지면서 더 또렷해지는 것이 있다. 흐름이 보이는 것이다. 그에게서 내게로, 내게서 그에게로 흘러가는 물결이다.

언젠가 강 양이 말했다. 선생님은 선배가 아주 쉬운 모양이에요? 쉽다니, 무슨 뜻이지? 다른 모델들한테는 욕하는 걸 들어본 적이 없거든요. 꼭 선배한테만 욕해요. 강 양은 내게 호의적이다. 사진학과를 졸업하고 K의 조수가 된 지 3년째지만, 아직 모델을 향해 카메라를 들어본 적이 없다. 자신의 동기는 그동안 대학원 졸업하고 모교 강단에 서는데, 자긴 뭐냐며 푸념하는 걸 들었었다. 3년 동안 그녀가 익힌 것은 오직 자신의 선생인 K의 행태다. 하지만 그녀도 아직 모르는 게 있다. 다른 모델들은 욕 안 먹어? 선생님 절대 욕 안 해요. 처음 선배에게 욕했을 때 제가 얼마나 놀랐다고요. 하긴 대신에 다른 모델들한테는 한 까칠하시죠. 선배에게는 커피까지 뽑아다 안기는데……

나와 벌이는 판이 형편없었다면 K는 주저하지 않고 다른 모델을 썼을 것이다. 그런데 형편없지 않았다는 확신은 도대체 뭐지?

K는 카메라를 바꿔가며 셔터를 누른다. 시간은 물처럼 내게서 그에게로 흘러간다. 내 시선은 그의 렌즈에 붙들려 있다. 서서 뒤트는 렌즈, 엎드려 뒤척이는 렌즈, 앉아 짓뭉개는 렌즈다.

나는 무대 아래의 그를 느낀다. 물결은 토막이 지면서 끊어지고, 휘돌면서 잦아든다. 그가 발작적으로 소리를 지른다.

"오우케이! 오늘은 여기서 끝! 어이, 누가 저 새끼 땀 좀 닦아줘라."

메이크업 하는 여자가 내 얼굴에서 화장을 지우는 동안 그는 자신의 의자에 깊숙이 몸을 맡긴 채 나를 바라보고 있다. 그동안 나는 운다. 마지막 의상 콘셉트가 너무 우울했어요,라고 내 속의 누군가가 내게 말을 걸어왔기 때문이다. 우울했다. 그것을 몸 밖으로 끌어내기 위해 무엇을 떠올렸었는지는 기억나지 않는다. 무엇을 떠올려 우울한 감정에 젖어들었는지는 기억하지 못할수록 좋은 일이다. 다만 희뿌연 안개에 휩싸인 사내가 등을 보인 채 저만치 서 있던 잔상 하나가 뇌리 속에 남아 있다. 내게 늘 오는 단골손님이다.

K가 일어서는 기척이 느껴졌다. 나는 아직 감정을 추스르지 못한다. 스튜디오 안에서 움직이는 사람들, 그들이 흘깃거리는 시선을 나는 고스란히 느낀다. 그것을 느끼면서도 나는 주체할 수 없는 감정 속에서 허우적거리고 있다.

감싸 안은 머리를 무릎 사이에 묻고 있는데, K가 커피가 담긴 종이컵을 내밀며 말한다.

"너는 재능이 없어." 느끼한 목소리가 귀에 끈적하게 달라붙는다. "어쩌다가 이 길로 들어섰는지 모르겠다만……"

나는 종이컵을 받아 들며 그의 눈꼬리에 스민 들척지근한 웃음기를 보았다. 그의 눈은 충혈되어 있었다.

"니가 재능이 있는 놈인지 없는 놈인지는 딱 하나만 보면 알 수 있거든."

그가 내 얼굴을 향해 찌를 듯이 손가락을 내밀었다. 손가락에 담긴 강짜가 고스란히 느껴졌다.

"바로 이거야, 촬영 끝내고 질질 짜는 거. 넌 연기 체질 아니거든. 남들은 일 끝내고 짐 싸고 있는데, 너는 아직 안 끝났잖아. 도대체 수습이 안 돼, 감정이. 그렇게 순발력 없는 놈이 어쩌자고 이 길로 들어서서 개고생이야?"

"……"

"치고 빠지는 게 안 돼. 가볍게 치고 빠지는 걸 할 줄 알아야 하는데, 숫제 몸을 푸욱 담그는 거 말고는 되는 게 없어. 그런데 담그는 데도 시간이 너무 오래 걸려. 촬영 시작하고 한참 되었는데도 지 포지션이 어딘지 아직도 헤매고 있어요. 결국 내 입을 더럽게 만들지. 그런데 욕먹고 나면 금방 달라져요. 도대체 그건 왜 그러는 거야. 욕이 좋아?"

나는 대답하지 않는다. 그는 다행히도 나를 쓸모 있게 만들어 사용하는 법을 알고 있다. 대답을 원하는 질문이 아닌 건 나도 안다. 욕이 좋은 놈은 없다. 다만 그의 욕은 내게 약이 된다. 상황을 반전시키는 것이다. 현실의 문을 빠져나와 가상의 세계로 진입하게 하는 묘약이다. 일상이 무너지는 데는 간단한 파격이 필요한 법이다. K는 나보다 열 살이나 많다. 욕이 좋지는 않지만 견딜 수 있는 나이다. K의 목소리가 점점 커졌다. 스튜디오 안에 있던 사람들의 시선이 우리를 향해 있는 것이 느껴졌다.

"내가 너를 쓰는 이유는 딱 한 가지야. 바로 그렇게 푹 담갔을 땐 누구보다도 간지가 난다는 거지. 이건 도대체 감정의 도가니탕이야. 세상에 너 같은 놈은 처음 봤어. 아주 훌륭해. 그런데 그다음이 문제야. 거기서 헤어나는 게 또 더럽게 어렵거든."

K는 일어섰다.

"너 촬영 끝내고 울잖아, 씨발. 지금 너 울고 있잖아, 씨발. 아직도 거기서 못 깨어나고 있어요. 이건 프로가 아니야. 내가 아마추어 데리고 찍었어? 도대체 현실과 연기의 세계를 넘나드는데 너처럼 애먹는 놈은 내가 처음 봤어! 씨발, 내가 옆에서 너무 힘들어. 지켜보는 데 너무 힘이 들어간다구! 내가 촬영할 때마다 애 낳는 기분이야, 씨발. 일 좀 쉽게 하면 안 되겠냐?"

그는 흥분해 있다. 나는 대답하지 않았고, 그도 더 이상 잇지 않았다. 그가 흥분을 가라앉힐 동안 나는 고개를 숙이고 있다. 그가 이렇게 정색을 하고 말한 건 이번이 세번째다. 세 번쯤 되니까 나도 어지간한 이력이 생겼다. 처음 그가 그렇게 말하고 났을 때 다시는 강 양의 전화를 받지 못할 거라고 생각했다. 하지만 채 한 달이 가기 전에 전화가 걸려 왔다. 두번째 말을 하고 나서는 K가 직접 전화를 했다. "미안하다. 지난번에 내가 좀 지나쳤지? 연기만 잘하는 놈들 사이에서 내가 너무 오래 살았나 봐. 이해해라. 너 같은 놈은 처음 봐서 그래." 그런 지 고작 두 달을 넘기지 못한 것이다.

한동안 시간이 흘렀다. 우리에게 집중돼 있던 시선들이 흩어지는 것을 느꼈다.

나는 지금, 어쨌든, 무대 위에서 다른 사람이 된다. 이 일은 운명적으로 내게 왔다. 할머니는 그것이 내 안에 심긴 자신의 씨앗 때문이라고 말했다. 춤추고 노래를 부르는 것은 외가 쪽에서 왔을 것이다. 나이트클럽 연예부장 출신 김 씨는 할머니의 재능이 당시 연예인 중 누구도 따라올 수 없을 만큼 대단했다고 말했다. 당대 최고의 가수 김세나가 할머니와 같은 무대에 섰다가 비교된 후로 다시는 함께 무대에 서지 않겠다고 강짜를 부렸다는 이야기, 패티김이 몰래 미국으로 데려가 키우려고 손을 썼다가 자신에게 들켜 혼이 난 얘기로 겨울밤이 짧을 지경이었다. 게다가 외고조 할아버지가 판소리의 대가였던 김성조 옹이었다는 사실은 할머니를 통해 내게 전해진 이 끼의 물림을 더 이상 의심할 여지를 없게 하는 증거였다. 그렇다면 이것은 운명인 것이다. 도대체 태초로부터 몸속에 들어앉아 모든 계산을 끝낸 이것을 거역하며 사는 인간이 어디 있겠는가? 그랬다는 인간의 이야기를 들어본 적이 없다.

연기는 내 안의 또 다른 나를 발견하는 일이다. 내 안에는 일상적으로 나를 대표하는 선수 말고 또 있다. 일상에서는 잘 드러나지 않는 또 다른 형제들이다. 그들은 무대 위에서 역할을 얻어 자신을 드러낸다. 나는 이 변신을 즐긴다. 변신하는 나는 그 순간, 이전의 대표선수와 결별하는 나를 또렷하게 인식한다. 이 지겨운 대표선수를 버리는 홀가분함을 누가 알까. 희미해지는 나, 그 위로 오버랩되는 다른 나, 그것을 인식하며 형용할 수 없는 기분을 느끼는 나, 이렇게 늘어놓고 보니, 나는 셋이다.

나는 그렇게 변신하는 대가로 한 달에 80만 원을 받는다. 그것도 공연하는 연극이 있을 때만 그렇다. 공연이 없는 달에는 모델 아르바이트로 끼니를 챙긴다. 굶어 죽을 수도 있는 위험한 직업이지만, 후회해본 적이 없다. 왜냐하면 80만 원은 부수입일 수도 있기 때문이다. '니가 챙기려고 하는 것이 바로 그 홀가분함이잖아, 이 새꺄!' 하고 눈을 부라리는 '변신한 나'의 주장에 의하면 재미 챙기고 돈까지 챙기려 하는 나는 순 불량한 새끼인 것이다. 정말 그런가? 물론 사회적 판단은 아니다. 내 자신이 선택한 일을 후회하지 않는다는 뜻이다.

2

다섯 살에 나는 마이클잭슨을 따라 불렀다. 엄마는 내가 문지방에 올라서서 하춘하 흉내를 내는데 배꼽이 빠지는 줄 알았다고 했다. 엄마가 어찌 기억하든 상관없다. 아무려면 어떤가. 마이클잭슨에서 하춘하까지 어쩌면 촌스럽게 닥치는 대로 재기발랄했을 것이다. 엄마는 그걸 보고 뭐가 되든 될 놈이라고 생각했단다. 세상에 뭐든 안 될 놈이 있겠는가마는 그 희망은 정말이지 각별했다. 철든 뒤 그 희망의 깊이를 헤아리자 가슴이 아팠다. 부잣집에서 태어났으면 기어코 뭐라도 되었을 거라는 엄마의 가정은 꼭 그 만큼 절망이었다.

엄마가 쓰러져 입원했는데, 내내 엄마 곁을 지키지 못한다. 나는 처음으로 조연급 연극 배역을 맡아 연습 중이다. 낮에는 아르바이트를 해야 하고, 저녁이 되면 극단에 가서 연습을 해야 한다. 연습을 끝내고 새벽 2시, 병실에 가면 엄마는 이미 잠들어 있다. 붐벼도 괜찮을 시립병원 6인실 병실은 늘 적막했다. 어느 날인가, 잠이 오지 않아 일어나 엄마의 얼굴을 물끄러미 내려다본 적이 있는데, 도대체 운이라고는 눈곱만큼도 없는 여자다,라는 생각이 불쑥 들었다. 이태원 나이트클럽 댄서의 사생아로 태어난 것부터가 그랬다.

외할머니는 자기 배 속에 든 아이가 누구 씨인지 알지 못했다. 그냥 없앨 수도 있었는데, 운명이었던 것 같다고 했다. 마음속에서 강렬한 무엇인가가 뜨겁게 원했던 것을 그렇게 표현했다. 운명은 결국 그녀의 몸을 무겁게 해 더 이상 춤을 출 수 없게 했다. 오래전부터 치근덕거리던 나이트클럽 연예부장 김 씨의 신세를 지지 않을 수 없었다. 외할머니 보기에 김 씨는 좋은 남자였다. 그런데 시간이 지나면서 그의 본색이 드러났다. 그저 신세만 좀 지자 했는데, 김 씨는 할 수 있는 남편 행세는 다 하고 싶어 했다. 아이를 낳고 백일이 지났을까, 김 씨의 남편 행세는 도를 넘어섰다. 두들겨 팼다. 패는 이유가 황당했다. 누구 씨냐는 것이었다. 김 씨의 계산 착오였다. 시점으로 보아 그가 참견할 일이 아니었다. 도대체 뭐가 그리 억울한지 설명이 없었다. 밤낮없이 괴롭혔다. 그런데도 김 씨에게서 벗어날 수가 없었다. 처음에는 낳아놓은 딸을 길러야 했기 때문이었다. 패면서도 보상이 나름 풍성했다. 맞고 난 다음 날에는 김 씨 지갑이 통째로 넘어왔다. 시간이 흐르면서 그의 매질을 견딜 이력이 생겼고, 그게 또 거듭되면서 이상하게 그 강렬함이 싫지 않았다. 지갑 때문만은 아니었다. 그것이 거듭되면서 할머니는 알게 되었다. 김 씨가 집착하는 것은 씨였다. 외할머니가 낳은 아이가 자신의 씨가 아니라는 사실을 인식할 때마다 뒤집어지는 것이었다.

김 씨는 씨가 없는 사람이었다. 할머니는 나중에야 그 사실을 알았지만, 김 씨는 처음부터 알고 있었다. 7년을 함께 살았던 첫번째 부인이 집을 나가기 전 두 사람이 나란히 병원에 가서 확인한 사실이었다. 자신을 닮은 아이를 생산해낼 수 없는 몸을 가졌다는 사실은 그것을 한없이 동경해온 김 씨에게 큰 절망이 었을 것이다. 할머니는 김 씨가 자신을 학대하는 것을 이해하게 되었다. 세상에서 그 투정을 받아줄 수 있는 사람은 자신이 유일하다는 생각 때문이었을 것이다. 할머니의 그런 이해와 김 씨의 절망은 최상의 궁합이었다.

엄마는 고등학교 2학년 여름방학이 시작되기 전까지만 학교를 다녔다. 방학이 끝났지만 등교하지 않았다. 그것으로 엄마의 학창시절은 끝났다. 할머니는 그 이유를 궁금해했다. 엄마의 닫힌 입은 다시 열리지 않았다. 할머니는 춤추는 일을 그만둔 뒤 20년 넘게 김 씨네 아래채에 하숙을 치고 있었다. 하숙생 중에는 엄마가 다녔던 고등학교 영어 교사도 있었다. 노련한 수사관은 따로 있었다. 연예부장 김 씨는 그 영어교사에게 물었다. 짚이는 것이 있었다. "왜 영란이가 학교에 안 가는지 아는가?" 그러자 그 순진한 영어교사는 대답하는 대신 얼굴을 붉혔다. 엄마는 자신이 임신한 걸 알고 있었다. 영어교사 정 선생도 알고 있었다. 그러나 할머니 앞에 끌려와 방바닥에 무릎을 꿇은 그는 얼굴만 붉힐 뿐이었다. 무엇을 물어도 얼굴을 붉힐 뿐 대답이 없었다. 할머니 보기에 정 선생은 김 씨와는 비교할 수 없는 쪼다이자 이기심으로 가득 찬 망종이었다. 우리 집안에서 오랜 세월 '그 병신'과 '그 쪼다'로 불리는 이가 나의 아버지이다.

그가 학교를 사직하고 떠났을 때 할머니는 그를 잡지 않았다. 어디로 가는지 묻지도 않았다. 덕분에 나는 자신의 씨로 나를 남긴 그를 한 번도 본 적이 없다. 나는 그를 모른다. 어떤 사람일까, 궁금했던 적이 있다. 내게 아버지란 어떤 존재인가? 태어났을 때 이미 없었으니 그를 알 도리가 없었다. 하지만 아버지라는 존재는 세상에 존재하는 모든 것에게 의미가 있다. 그가 존재하든 이미 없든 그것과 상관없는 의미가 있는 것이다.

할머니는 정 선생의 면전에서 분연히 일어섰다.

"나는 지금 이 길로 이년 손모가지 잡고 병원으로 갈 것이다. 이년 배 속에서 지우는 건 아기가 아니라 네놈과의 인연이다. 다시는 우리 앞에 나타나지 말거라."

그길로 할머니는 정말 엄마의 손을 잡고 병원으로 갔다. 할머니의 말대로 잠시면 끝날 일이었다. 하지만 할머니가 접수창구에서 간호사와 이야기를 나누는 동안 엄마는 병원 문을 나섰다. 그로부터 1년 동안 할머니는 딸의 소식을 알 수가 없었다.

3

엄마의 병은 죽을병은 아니었다. 빈혈인데, 고질적으로 달고 사는 병이었다. 며칠 입원해 쉬면서 영양 보충을 하면 당장은 괜찮을 것이라고 했다. 영양실조란 말처럼 들려 서글펐다. 영양실조가 될 만큼 먹지 못하고 살 형편은 아니었다. 하지만 너무 바빠 제대로 먹을 시간이 없었다는 건데 결국 마찬가지 아닌가. 엄마는 집에서 가까운 곳에 있는 건물의 화장실을 청소하고 있다. 하루에 청소해야 할 화장실이 모두 스물네 개였다. 게다가 간간히 계단 청소까지 거들어야 했다.

"영양실조는 아니고, 내게 원래 있던 빈혈이 고질인 거지."

엄마는 작지만 강단 있게 말했다. 내게는 결코 약한 모습 보이려 하지 않았다. 엄마에게 묻고 싶은 게 있었다. 그저께 엄마가 쓰러져 병원으로 실려 온 후, 입원을 해야 한다는 말을 듣고 필요한 물건을 가지러 집에 갔다. 엄마 방에 들어가 장롱을 열어 이것저것 챙기는데, 옷장 구석에 조그만 상자 하나가 눈에 들어왔다. 낡은 속옷 상자였는데, 그저 속옷 상자처럼 보이지가 않았다. 지금은 나이 들어 주로 중년의 아버지 역을 하는 남자 배우의 청년 시절 사진이 박혀 있는 상자였다. 상반신 사진이었는데, 몸매가 고스란히 드러나게 속옷만 입었다. 엄마가 남몰래 흠모하는 배우였나? 흠모로 가닥이 잡히자 모서리가 닳은 품세가 예사로 보이지 않았다. 어쭈, 우리 경자 씨 이런 면이 있었네, 하면서 집어 들었는데 제법 묵직했다. 열려고 애쓸 필요도 없었다. 집어 드는 순간 뚜껑이 열리면서 내용물이 쏟아졌다. 가장 먼저는 남자 속옷이었다. 요즘 남자들은 입지 않을 투박한 보온용 내복이었다. 그리고 에리히 프롬의 『사랑의 기술』 문고본 한 권, 알 수 없는 자잘한 장식이 달린 목걸이 하나, 작은 액자에 들어 있는 사진 한 장이었다. 사진에 눈이 갔어야 했는데, 속옷이 먼저였다. 한 번도 입지 않은 새것이었다. 누군가가 입었어야 할 그것은 주인을 못 찾고 오랜 세월 동안 상자 안에 들어 있었을 것이다. 도대체 그동안 이 속옷은 누군가의 몸을 덥히는 대신 상자 속에 들어앉아 어떤 역할을 한 것일까. 사진에

눈길이 머무는 순간 한숨이 터져 나왔다. 눈에 익은 얼굴이었다. 비밀이랄 것도 없는 출생에 관한 사연을 알게 된 뒤, 엄마가 보여주었던 정 선생 사진이었다. 몇 살이었는지 기억나지도 않는다.

문고본 뚜껑 너머 속표지에 '경자에게'라고 쓰고, 그 아래에 '1979년 12월 성탄절' '정 선생이'라고 썼다. 책 형편은 멀쩡했던 속옷과는 많이 달랐다. 찢어진 곳, 함부로 낙서 된 곳 없이 그렇게 예쁘게 낡은 책은 처음 보았다. 수천 권의 책을 읽었어도 수신하지 못한 인간들은 그 독서가 너무 가벼웠기 때문이다. 하지만 이 한 권의 책을 수없이 거듭 읽어 도에 이를 수도 있는 것이다. 도서관의 잘 관리된 인기 도서의 모습이 그렇겠지. 연필로 줄을 그은 곳이 간간히 보였다. 꼼꼼히 여러 번 읽은 흔적이었다.

"왔니?"

침대맡에 서서 창밖을 바라보고 있는데, 엄마의 여린 목소리가 들렸다.

"깼어?"

"잠이 안 와. 너 올 시간 돼서 기다리고 있었어. 매일 이렇게 오지 않아도 되는데, 뭐하러? 죽을병도 아닌데."

기운 없어도 할 말은 다한다. 윤기 없이 메마른 목소리다. 벽시계를 보았다. 새벽 2시를 지나고 있다. 이 시간에 깨어 있는 사람들끼리는 서로 속내를 감출 필요가 없다. 그저께 엄마에게 필요한 물건을 챙겨다가 침대 탁자 위에 늘어놓았더니, 속옷을 보고는 깜짝 놀라 말했었다. 너, 장롱까지 뒤졌니? 뒤졌니,라는 말을 뱉어놓고 자기 스스로 더 놀란 것 같았다. 하지만 나는 '뒤졌니'의 '졌'에서 엄마의 목소리가 도리 없이 뒤집힌 걸 이미 느낀 후였다. 내가 또박또박 말했다. 입원을 했으니 겉옷은 필요 없고, 속옷은 필요할 것 아니우. 속옷 찾으려면 장롱 뒤져야 하고…… 샅샅이 뒤졌수다. 그중에 내가 못 볼 거라도 있었수? 그랬더니 목소리가 대번 잦아들며, 다 큰 녀석이 엄마 속옷을 들고 왔으니 하는 말이지,라고 했다. 그런데 나는 그 대목에서 목구멍으로 기어오른 말을 막지 못했다. 남자 속옷 얘기 아니고? 끝내 그 얘기를 해버린 것이다. 하지만 그러고는 끝이었다. 피차 그것의 여운을 느끼며 생각해볼 필요가 있었던 것이다. 어제 왔을 때는 내가 너무 늦어 엄마가 깊이 잠든 후였고, 그리고 오늘 이 새벽 2시는 아주 그럴듯한 시각이었다.

"아주 상자가 반질반질 닳았던데, 속옷 상자 말이야."

내 입에서도 수월했고, 엄마도 어렵지 않았던 모양이었다. 가볍게 그 얘기를 시작할 수 있었다.

"원래는 거기 뒀던 게 아닌데, 내가 이런 일이 있을 줄 몰랐어."

"그럼 어디 뒀었는데?"

"깊이깊이 묻어뒀었지. 할머니나 네 손 안 미치는데."

"왜 그리 감춰야 하는데, 이제 나도 좀 알아야 하지 않나?"

“시효가 끝난 일이거든. 더 이상 알 필요도 그래서도 안 되는 것이거든.”

“시효라니?”

묻자 눈을 감는다. 야무지게 닫힌 눈꺼풀을 나는 오래 바라보고 있었다. 눈을 감은 채 엄마가 말했다.

“니 아부지는 너 태어난 줄 모른다. 할머니 손에 끌려 병원에 갔다가 도망쳐 나올 때는 너 낳아 나중에라도 알리면 무슨 좋은 일이 있을 거라고 생각했다. 그 사이에 니 아부지가 결혼이라도 하면 그건 운명인 거고.”

“그러게, 결혼하기 전에 빨리 찾았어야지.”

“찾았지. 많이도 찾았다. 아부지 고향에도 사람을 보내 수소문을 하고, 아부지 나온 학교에도 사람을 보내기도 하고. 아부지 고향에는 이미 아무도 안 계시더라. 결국 아부지 모교 근처에서 문방구점을 하던 동창생인가 하는 사람으로부터 소식이 전해졌는데, 산에 계신다더라. 충청북도에 있는 무슨 산이었는데, 그곳 암자에 계신다는 거였어. 난 거기서 고시공부하시나 보다, 했지. 가보니 스님 되셨더라. 여기서 떠나 바로 스님 되셨다더라. 먼발치서 승복 입은 모습만 보고 돌아왔다.”

“스님?”

“니 아부지가 그런 사람인 걸 모르지 않았는데……”

원래 스님 되는 게 그 양반 꿈이었을 리 만무하고, 여기 떠나면서 바로 산으로 들어갔다는 것은 여기서 있었던 일이 그 일을 꾸몄다는 것이니, 엄마 말의 '그런 사람' 또한 이해하기 어렵지 않았다. 이해하기 어렵지 않았다는 생각 끝에 '그런 그 사람'이 마음에서 느껴졌다. 가슴이 아렸다.

"먼발치에서 보고만 돌아온 것은 뭐래? 어렵게 찾았으면 만나는 봤어야지."

"만나보고 싶었지. 하지만 조금 생각해보니 그건 안 되겠더라. 내가 그 양반을 몰랐다면 몰라도, 그 사람이 어떤 마음을 가진 사람인지 아는데, 그건 아니지 싶더라."

언젠가 할머니가 내게 조곤조곤 들려준 이야기가 있다. 내가 니 애비를 내쫓았다고 말하고 다니는 사람이 있는데, 너는 그 말 절대로 믿으면 안 된다. 김 씨를 두고 하는 말이었다. 할머니와 다투고 난 뒤 김 씨는 언제나 할머니 성깔이 지금껏 무슨 일을 저질러왔는지를 끌어다 대곤 했는데, 그중 정 선생을 매정하게 내쫓던 밤을 묘사하는 것이 나름 효과가 있다 여기는 눈치였다. 할머니가 말했다. 사실은 김 씨 말과는 정반대다. 니 애비는 니 에미를 사랑하지 않았다. 니 에미를 사랑했다면 내가 추궁을 했을 때 그렇게 끝까지 입 다물고 앉아 있지는 않았겠지. 잘못했습니다. 경자는 제가 책임지겠습니다, 그랬겠지. 그런데 니 애비 입에서 나온 말은 한결같았어. "잘못했습니다, 죽고 싶습니다." 그뿐이었다. 정말이지, 제 앞가림만 하는 망종이었던 거다. 할머니는 내 앞에서도 거침없었다. 그런데 중요한 것은 엄마도 할머니의 그 말에는 동조했다는 사실이다.

"할머니 말이 맞다. 니 아부지는 날 사랑하지 않았다. 내 잘못이 컸다. 어느 날 밤 내 허술함에 그만 실수를 하셨던 거지. 할머니가 정확하게 보셨다. 하지만 제 앞가림만 했던 사람은 아니지. 그랬다면 그 양반이 산에 들어가셨겠니? 무엇이든 정직하게 정식이지 않으면 그 무엇도 안 되는 사람이었다. 날 여자로 사랑하지 않았으니, 사랑하느냐는 말에 대답을 못 했을 거고, 하지만 자신의 실수는 여전히 큰 죄로 여겼으니, 산으로 가신 거지. 물론 책임질 일이 있었다는 것을 아셨다면 당연히 책임지셨을 것이다. 하지만 그것은 내가 마땅치 않았다. 기꺼워해야 할 일이고, 축복받아야 할 일인데, 그것을 억지로 떠안겨 책임지게 할 수는 없었다. 죽어도 그러고 싶지는 않았다. 어쨌든 니 아버지가 떠난 것은 니가 태어나지 않았다는 사실을 전제로 한 것이다. 정직한 선택이었고, 니 아버지다운 선택이었다. 그걸 아니까 나도 자식 내밀어 되돌리고 싶은 생각이 없었던 거고."

문제의 결말이 이리도 선명하니, 나도 덧붙일 말이 없었다. 정 선생도 똑 부러지고, 엄마도 똑 부러졌다. 세상일이 모두 다 이렇다면 얼마나 쉬운가.

잠든 엄마의 얼굴을 한 번 들여다본 후 병실을 나섰다. 비누와 수건을 들고 씻으러 가던 중이었다. 저만치 병실 복도 끝에

176

푸른빛이 번졌다. 벽 아래쪽에 설치되어 바깥 계단으로 나가는 곳을 알리는 비상구 표지에서 퍼진 불빛이었다. 비상구 따위나 알리려 존재하는 것이 아니라는 당돌한 기세가 느껴지는 그것은 병원 빌딩에 가미된 조형성을 고려한 설치물 같아 보였는데, 내게는 제법 성공적이어서 은은히 어떤 분위기를 느끼게 하고 있었다. 어떤 느낌이었을까, 하고 생각하다가 수렁처럼 미끄러져 들어간 것은 허망함이었다. 복도 가장자리에 놓인 벤치에 주저앉았다. 불빛이 깜빡일 때마다 내 그림자가 복도에 길게 늘어졌다, 사라졌다. 카메라를 든 K의 눈빛이 떠올랐다. 난 도대체 네 속에 있는 걸 모르겠다. 어느 병실에서 나온 사내 하나가 기다랗게 등을 늘어뜨린 모양새로 그 불빛을 향해 걸어가고 있었다. 이 시립병원은 짠하디 짠한 사연들이 모인 곳이다.

4

　나를 깨운 것은 강 양의 전화였다.

　"선배, 일어났어요? 제가 좀 일찍 전화했죠? 사정이 있어서…… 선생님이 출근하면 바로 전화하실 것 같아서요. 이따가 선생님한테 들으면 아시겠지만, 일감이 하나 생겼는데, 제가 아무리 생각해도 선배 일감은 아니거든요. 선생님이 일주일 전부터 고민했단 말이에요, 누가 적당할까, 모델로요. 일주일 내내 생각해도 적당한 모델이 없다고 하시더라고요. 그런데 어제 갑자기, 현식이 스케줄 좀 알아볼래? 그러시는 거예요. 알아본다고는 했는데, 제가 생각하기에는 절대로 선배는 아니거든요.”

“난지 아닌지는 니가 판단할 문제가 아니지. 너는 시키는 대로 내 스케줄 먼저 물어야 하는 것 아니냐?”

“선배 스케줄이야 이미 알죠. 저녁에 연극 연습하는 것 빼면 없잖아요. 어차피 여기 일은 낮에 하는 거니까.”

“아이, 짜식이. 그래서 무슨 일인데?”

“디자이너 강봉식 선생님 작품인데요. 선배도 알잖아요, 강 선생님 작품. 이번에 강 선생님이 자신의 디자이너 삼십 년 인생을 정리하는 작품집을 만드신대요. 그 작품집 사진을 찍는 것이 이번 일인데요. 그런데 이번 작품집 제목이 뭔지 아세요? ‘알렉스 오딧세이’래요. 알렉스, 어디서 많이 듣던 이름 아닌가요?”

“글쎄…… 어디서 들어본 것 같기도 하고. 워낙 흔한 이름이잖아. 강 선생 예명인가?”

5

나는 일찍이 김 씨를 아빠로, 외할머니를 엄마로 부르며 자랐다. 처음에는 사람들이 있는 곳에서만 그랬는데, 나중에는 그런 구분을 할 필요를 느끼지 못했다. 열여덟의 나이에 나를 낳은 엄마는 누나였다. 누가 봐도 '누나'라는 호칭이 정상이었다. 오직 엄마만 그 호칭에 불만이었다. 그 후 외할머니는 엄마가 좋은 남자를 만나기를 원했지만, 그런 일은 끝내 일어나지 않았다.

김 씨와 나는 사이가 좋지 않았다. 사춘기를 지나면서 그와 모질게 틀어졌다. 그와 틀어지기 시작한 것은 초등학교 4학년 때였다. 가정방문 왔던 담임 선생님이 현식이가 아빠보다 엄마를 많이 닮았구나, 했었다. 누구나 할 수 있는 말이었다. 커피잔에 설탕을 넣어 젓고 있던 김 씨의 눈이 화등잔만 해졌다. 놀랐다는 것인데, 그것은 결코 그가 놀라야 할 말이 아니었다. 하지만 그의 머리는 어떤 설정을 하고 실행하는 순간 그것을 사실로 믿어버리게 되는 이면 기능을 가지고 있었다. 그는 조용하게 그러나 결기에 찬 음성으로, 자식이 애비 닮지 않았다는 말은 뭘 뜻하는 거냐,고 선생님에게 물었다. 20여 년 동안 잠들어 있던 그의 놀라운 착오가 자연스럽게 되살아나던 순간이었다. 하지만 너무 조용하고 침착한 어투여서 우리 중 누구도 그의 태도를 의심하지 않았다. 하지만 그것이 시작이었다.

김 씨는 지금 살고 있는 동네에서 50년 째 살고 있다. 그러니 동네 사람들이 이 집 핏줄의 형편을 모를 리 없었다. 김 씨의 첫번째 부인이 집을 나가면서 동네 사람들에게 억울하게 학대를 당하고 살았던 7년을 구구절절 설명했던 까닭이었다. 그 과정에서 그가 못 가진 씨에 대한 형편이 두루 알려진 것이다. 그 사실을 모르는 사람은 오직 김 씨뿐인 듯했다.

그해 6월, 동네 구장 댁 대문 앞에 서 있던 미루나무 그늘 아래 의자들을 내다 놓고 앉아 잡담을 나누는 어른들 사이에서 늘 반짝이는 것은 김 씨였다. 실제로 반짝이는 포마드 헤어스타일 말고도 그의 튀는 언사는 늘 싱그러웠다.

"인자 오나? 일 온나."

그가 내 손에 백동전 몇 개를 쥐어 주면서 말했다.

"이거 가아가서 아이스크림 사 온나. 아부지는 안 묵는다. 아무도 주지 말고 니 혼자만 묵끄라이. 특히 니 누나는 절대로 주지 말그래이. 우야튼 오늘도 더운데 수고했대이."

그에게 가방을 맡기고 지척에 있는 가게를 향해 가는데, 다시 그의 투실투실한 목소리가 들렸다.

"참, 사람이 간사하데이. 저놈아 딱 놓고 나니, 경자는 그냥 경잔기라. 핏줄 땡기는 건 정말 묘하데."

독해하기가 좀 까다로운 말이었지만, 자주 듣다 보니 적절히 무뎌져 있었다. 정말 묘하기 짝이 없는 '핏줄 땡기는' 거 경험하지 못한 사람들만이 그의 진정한 청중일 뿐이었다.

동네 사람들 누구도 그의 말에 딴죽을 거는 사람이 없었다. 그가 무엇을 원하는지 아는 까닭이고, 그 원하는 것이 얼마나 절실한 것인지마저 알기 때문이었다. 그렇더라도 그의 말마다 동의할 수는 없었다. 현식이가 그의 아들이 아니고 경자 아들인

것을 번연히 알면서 어찌 그의 말마다 맞장구를 칠 수 있겠는
가. 그저 한두 번으로 족할 일이었고, 그러니 그 후로 보일 수
있는 적절한 반응은 침묵뿐이었다. 그런 형편 속에서도 그의
'핏줄 땡기는' 이야기는 계속 되었다. 그것이 반복될수록 사람
들의 침묵도 질겨졌다. 그 질김의 질감이 간혹 노골적일 때도
있었다. 김 씨의 속이 뒤집히는 것은 그럴 때였다. 그의 착오가
진정성을 가지고 사실로 양생되기를 학수고대한 끝에 실제로
그것이 그의 머릿속에서 진실이 되어버린 것이었다. 그리하여
무엇이라 단언할 수는 없지만, 김 씨는 그 침묵들이 께적지근해
견딜 수가 없었을 것이다. 그리하여 기획된 것이 '아빠와의 상
봉' 퍼포먼스였다.

　학교 끝나고 돌아오는 길. 언덕길을 힘겹게 오르면 저만치 미
루나무가 보인다. 그 아래 어른들의 시선이 길 따라 집중되
면…… 물론 어른들의 시선이 한꺼번에 내게 집중될 리 없었
다. 어쩌면 그것은 김 씨가 이렇게 말하는 순간일 것이다. 아이
고, 저기 내 늦둥이 새끼 오네. 어이 저기 내 새끼 온다고. 그렇
게 시선이 집중되는 것을 확인한 순간 나는 그곳을 향해 달리는
것이다. 아침에 등교했다가 오후에 돌아오는 느낌으로는 아무
런 감동을 주지 못할 것이다. '아부지'를 부르며 그의 품에 안기
는 것은 전쟁통 피난 행렬에서 잃어버린 부자의 상봉 못지않아
야 한다는 것이 연출 포인트였다.

　실제로 리허설이 시작되기 전, 할머니는 나와 엄마를 방으로 불러들였다.

　"저 영감 성질 잘 알지. 이거 아주 중요한 거다. 이걸 하고 이 가정의 평화를 얻을 것인가, 아니면 이 하찮은 일을 해내지 못해 악몽 같은 나날을 보낼 것인가? 저 영감이 얼마나 이 일에 집착하는 줄 안다면 경자 너도 협조해야 할 거다. 알았나?"

　엄마는 마지못해 고개를 끄덕였다. 그러자 할머니는 내 손을 잡았다.

　"현식이는 잘할 거다. 너는 이 할미 닮았잖아? 너 노래하고 춤추는 거 보면 이 할미 그대로 판박이다. 너한테 거짓말 하게 해서 미안한데, 이건 연기다. 연기하는 거다. 할아버지한테 '아부지이!' 하고 큰 소리로 한 번 부르고 뛰어가서 포옥 안기는 거다. 그것으로 끝이다. 너 노래하고 춤추는 거에 비하면 이건 아무것도 아니다. 알겠나? 대답해봐라, 알겠나?"

　할머니가 말하는 동안 윗목에 쪼그려 앉은 엄마는 물끄러미 나를 바라보고 있었다. 엄마의 그 서글픈 눈빛에서 나는 모든 것을 읽었고 결심을 했다. 그때쯤 나는 이 왜곡이 나의 출생의 비극성에 기초하고 있지 않다는 것을 이미 간파하고 있었다. 할머니와 나 그리고 엄마는 내 출생의 문제를 이미 훌륭하게 극복하고 있었다. 오직 그것은 김 씨를 위한 것이었다.

　그러나 나는 그것을 끝내 해내지 못했다. 거듭된 리허설 속에 날이 밝을 지경이었지만, 그를 '아부지'라고 불러야 하는 대목에 이르면 그만 목이 잠기고 마는 것이었다. 뛰어와 김 씨의 품에 안긴 것은 부지기수였지만, 아부지 소리는 끝내 잠긴 목구멍 속에서 헤어나지 못했다. 저녁밥 먹고 시작된 리허설은 새벽이 되어서도 끝날 줄을 몰랐다. 하춘하 뺨치게 노래하고 춤추던 놈이 도대체 이게 어찌된 일인지, 알고 싶은 것은 김 씨나 급기야 나를 쪼다 병신이라고 부르기 시작한 할머니뿐만이 아니었다. 나 스스로도 궁금한 일이었다. 엄마는 저만치 앉아 걱정스러운 표정으로 나를 바라보고 있었다. 할머니로서는 퍼포먼스를 성사시키는 것보다 이 병신 쪼다를 사람으로 만들어 키우는 일이 더 걱정스러웠을 밤이었다.

김 씨는 일이 자기 마음대로 되지 않으면 그 표현을 주로 자해로 드러내는 편이었다. 그날도 주저 없이 자신의 머리를 벽에 짓찧었다. 그가 머리를 벽에 찧기 시작하자 그 상황을 더 이상 견디기 어려웠던지 엄마는 내 손을 잡고 마루로 나왔다. 청명한 초여름 밤이었다. 방 안에서 들려오는 머리 찧는 소리만 아니었다면 더없이 평화로웠을 밤이었다. 방 안의 소란이 잦아들자 엄마는 내게 말했다.

"난 너 이해한다. 안 하는 게 아니라 못 하는 거니, 되게 하려고 애쓸 거 없다."

그 일로 인해 김 씨와 나는 끝내 화해할 수 없는 길로 들어섰다. 그날 이후 그를 한 번도 아버지라고 불러본 적이 없다. 그

전에는 곧잘 불렀던 그 호칭이 무슨 연유인지 그 이후로 내 입에서 자취를 감췄다. 일이 그렇게 되고 나니 그를 할아버지라고 부르기도 멋쩍게 되어버렸다. 할아버지라고 부르면 그의 기분이 어떨까를 상상하는 일은 늘 유쾌하지가 않았다. 그 일로 인해 그가 내 아버지가 아니라는 사실이 더욱 도드라지게 되었고, 그 바람에 덩달아 친할아버지가 아니라는 사실까지도 새삼스러워진 까닭이었다.

6

엄마가 아침밥을 먹는 것을 옆에서 좀 거들다 병원을 나섰다. 병원 앞 국밥집에 들러 한술 뜨고 갈까 했지만, 괜히 마음이 조급했다. K의 스튜디오에 도착해 보니, K는 아직 출근 전이었다. 강 양은 이미 도착한 알렉스의 의상을 정리하고 있는 중이었다. 붉은 고딕체로 '알렉스 오딧세이'라고 쓰인 포스터가 벽에 붙어 있었다.

나는 디자이너 강봉식 선생의 의상을 입어본 적이 없다. 모델이라면 한 번쯤 입어보고 싶어 하는 옷이었다. 특히 나처럼 연기하는 모델에게는 더 없이 좋은 기회였다. 그가 주로 영화 의상을 만드는 디자이너였기 때문이다. 영화 의상은 캐릭터를 살리기 위해 존재하는 것이다. 스탠리 큐브릭 감독에 매료되어 영화계에 입문했다는 그는 텍스트를 깊이 있게 해석하는 디자이너로 평가받고 있었다.

알고 보니, 알렉스란 스탠리 큐브릭 감독이 만든 영화「시계태엽 오렌지」에 나오는 인간이었다. 오래전 나도 그 영화를 봤었다. 하지만 강 선생처럼 매료되지는 않았다. 그 영화가 만들어진 1971년은 나를 기준으로 말하자면, 태어나기로 운명의 싹이 튼 백악기 무렵이었다. 아주 먼 이야기이지만, 내 존재는 이미 싹이 터 있었던 것이다. 왜냐하면 내가 한 번도 보지 못한 아버지가 교사가 되기 위해 사범대에 입학해서 왕성하게 공부를 하고 있었을 무렵이었기 때문이다. 그때 벌써 그런 비주얼이 가능했다니, 큐브릭이 놀랍다면 바로 그 점이었다. 내게는 모호하기 짝이 없었던 그의 영화들이 강 선생에게는 스승이었다니, 함부로 말할 일은 아니다.

어쨌든 나는 모호한 것이 싫다. 둘 중 하나겠지. 사건을 논리적으로 개연성 있게 끌고 갈 능력이 없어서 뭉치던 중에 사람들이 거기에 뭐가 있겠거니 하고 알아줘서 그냥 그 길로 갔거나, 그런 모호한 안개 속을 헤매는 것에 처음부터 의도하고 계획된 무슨 뜻이 있었거나. 하지만 그걸 누가 알랴. 어쨌든, 말하려는 것이 무엇인지 알 수 없게 한 것은 큐브릭의 노림수라고 치자. 하지만 영화를 보면서 공부를 해야 하는 신출내기 배우인 나는 등장인물의 캐릭터에 분석적으로 접근할 수 없다는 점에서는 짜증이 일었다. 언젠가 그 얘기를 K에게 했다가 뒤통수를 얻어

맞은 적이 있었다.

"너는 딱 그게 병이야, 새끼야. 큐브릭 영화 어지간히 다 골라 봤다는 새끼가 말하는 거 좀 봐라."

그러나 그 영화를 보는 내내 내 속에서 퍼덕였던 것은 무엇이었을까. 내 속에서 무엇인가가 퍼덕였던 게 그 이전에도 그 이후에도 없었던 점은 두고두고 의문이었다. 귓전에 남아 한동안 나를 괴롭혔던 베토벤 교향곡은 지금도 여전히 극복할 수 없는 것이었다.

살인과 강간 절도가 업인 인간 망종 알렉스가 바로 강 선생 작품의 주인공이었다. 나는 디자이너 강 선생의 옷을 입는 순간 알렉스가 되어야 한다.

"세상에 이게 가능이나 한 일이에요?" 강 양이 옷걸이에 걸린 옷을 들어 보이며 말했다. "선생님이 뭔가 판단을 잘못하신 거라구요."

강 양이 무엇을 걱정하는지 알 수 있었다. 조금 후 스튜디오 안에서 벌어질 신산스러운 꼴을 더 이상 보고 싶지 않은 것이다.

"오늘 강 선생도 오시나?"

"강 선생님은 안 오신대요. 모든 것을 우리 선생님에게 맡기셨대요."

의상은 오직 검정색과 흰색이었다.

K가 왔다. 눈이 시뻘겋게 충혈되어 있었다. 그의 충혈된 눈

에 관해서는 대체로 익숙한 편이다. 그래도 말한다.

"눈이 많이 충혈되었네요?"

"피곤해서 그래."

강 양이 옆에 있다가 내게만 속삭이듯 말했다.

"알렉스 캐릭터 연구하느라 밤샜겠죠."

나는 기다란 의자의 등받이를 누이고 반쯤 드러누워 눈을 감았다. 그런 채로 메이크업을 받고 있는 중이다. K의 지시에 의해 나는 아주 얇은 살구색 팬티만 입고 있었다. 메이크업을 하는 여자는 가늘고 긴 손가락을 가졌다. 내 얼굴에 닿는 그 손가락은 매우 섬세한 리듬을 가지고 있었다. 다리 쪽에서도 누군가가 만지고 있는 것이 느껴졌다. K 역시 내 옆자리에 길게 누워 있었다. 그는 내내 눈을 감고 있었다. 두 사람이 나란히 누워 있는 모습만으로는 서로 상통하는 무슨 의식이 행해지는 것처럼 보였을 것이다. 그는 눈을 감은 채 말했다. 내게 하는 말이었으나 혼잣말처럼 들렸다.

"알렉스는 사람이 아니야. 어떤 상황이 혼합되고 압축되어 만들어진 캐릭터라고 생각해라."

"알았어요. 저도 그 영화 봤어요."

순간 K는 말을 멈췄다. 그러더니 토막토막 분절된 그의 음성이 입술을 비집고 나왔다.

"영화 속 알렉스 얘기가 아니다. 이건 내 알렉스야. 알아?"

"알았어요."

“큐브릭도 버지스에게 물어보지도 않고 마음대로 했듯이 나도 그렇게 한다. 큐브릭에게서 약간만 빌려오고 나머지는 내 마음대로 한다. 너도 마찬가지야. 내가 말한 것, 그다음에 니가 그걸 해석하는 거야. 해석은 해도 좋아. 하지만 내 취지를 왜곡하진 마라. 알아듣겠니?”

앤서니 버지스는 같은 제목의 소설 원작자다. 취지…… 수없이 들어왔던 이야기, 알아듣지 못했을 리 없다. 사실 나는 소설 이야기를 하고 싶었다. 큐브릭보다 버지스가 마음에 들었다. 하지만 나는 다소곳이 말한다.

“알았어요.”

“잘 들어라. 그러니까 뭐냐…… 자유의지를 상실한 인간이다. 인간의 본성은 사라지고 오직 태엽을 감아야 움직이는 인형 같은 존재를 떠올리면 된다. 그런데 여기서 중요한 것은 ‘우리가 버릴 수 없는 알렉스’라는 점에 공감할 수 있는 어떤 느낌이 실려야 한다는 거다.”

“……”

“그는 포악하면서도 순진하지. 그의 포악한 행위, 짐승 같은 성 충동을 해소한 뒤, 그는 매우 슬프다. 슬픔…… 아니, 아니다. 슬픔은 아니야. 문득 비집고 들어온 어떤 감정. 하지만 이게 뭐지? 이런 감정 뭐지? 알 수 없는…… 그런데 그게 슬픔 같은 거. 뭔지 알아? 그런 거야. 내가 너를 향해 카메라를 들이대고 있는 동안 너는 내내 그런 표정이어야 하는 거지. 알겠니?"

그런 감정이 존재할 수나 있는지, 알 수 없었다. 슬픔이 아니라는 것은 그저 일반적인 슬픔이 아니라는 뜻일 게다. 슬픔은 슬픔인데, 알 수 없는 그런 거? 미처 자각하지 못한 슬픔?

헤매고 있는 동안 이미 메이크업은 끝나 있었다. 하지만 거울에 내 모습을 비춰볼 시간이 없었다. K가 벌떡 일어나 카메라 위치로 갔기 때문이다. 나는 강 양과 코디네이터가 집어 주는 옷을 입었다. 검정색과 하얀색의 옷이었다. 앞에서 보면 스커트 같은 모양이었는데, 사실은 바지였고, 상의는 등이 통째로 드러나게 디자인된 옷이었다. 의상을 입고 무대로 올라가는데, 저만치 소품실 커튼 뒤에서 희뜩 누군가의 시선이 느껴졌다. 나는 그가 누군지 알 수 있었다. 디자이너 강 선생일 것이었다. 안 온다더니, 알렉스가 궁금했던 모양이지?

카메라로 총처럼 무장한 K가 나를 향해 셔터를 누르기 시작했다. 차르르. 초당 열세 방의 셔터 소리가 내 온몸을 훑고 지나간다. 하지만 이것은 그저 리허설일 뿐이다. 아직 나는 나였다. 현실에서 연기의 세계로 나가는 문은 열리지 않았다.

"오케이, 오케이. 돌고 돌고. 얼굴 돌리고 그러치이!"

K의 연주가 다시 시작되었다. 내 몸에서 그에게로 흘러가는 물결은 느껴지지 않는다. 포악하면서 순진한? 문득 비집고 들어온 감정. 슬픔 같은 거…… 그게 뭐지? 알렉스의 슬픔이라고?

"아이, 씨발…… 새끼야. 정신 안 차릴래?"

그의 욕설이 시작되었다. 이제 나는 그의 욕설에 익숙해졌다. 하지만 나는 여전히 혼돈 속이다. 혼돈 속을 유영하며 그를 찾는다. 내 안에 알렉스도 있을까. 무의식의 저 깊은 곳에서 건져 올린 한 조각의 DNA, 완벽하다. 무수히 중첩되어 있는 그 이야기의 지층 속에 알렉스의 이야기도 숨어 있을까. 알렉스의 분노, 알렉스의 슬픔, 알렉스의 쪼다? 나를 버리고 알렉스가 되는 게 아니다. 내 안의 알렉스를 찾는 일인 것이다. 내 육신의 목구멍을 가득 메우고 있는 무엇이 있다. 그때 갑자기 눈에서 불이 번쩍 일었다. 무대 위로 올라온 K가 내 뺨을 갈긴 것이다.

"야, 이 새끼야. 너 정신 안 차릴래?"

나의 비루함, 어둠 한 줌 저편 엄마의 숨소리. 나는 문이 열리는 것을 느낀다. 변신하는 나는 이 순간 이전의 나와 결별하는 나를 또렷하게 느낀다. 희미하게 멀어지는 나, 그 위로 오버랩되는 알렉스. 그것을 느끼는 나는 공기를 타고 신선처럼 부양한다.

"좋아, 좋다. 알렉스! 돌고 돌고. 그러치이! 오케이!"

K의 카메라 셔터 소리가 내 온몸을 적신다. 이제 시간은 물처럼 흐른다. 내게서 그에게로, 그에게서 내게로. 나는 이미 알렉스다.

K는 일에 몰입하면 몸을 함부로 한다. 모델 앞에 몸을 던지는 것은 예사고, 카메라를 든 채 뒹굴거나 땅바닥을 긴다. 카메

라를 바꿔가며 셔터를 누르던 그의 얼굴은 이미 땀으로 범벅이
되어 있다.

그러던 어느 순간 셔터 소리가 멈춘다.

"좋았어. 오늘은 여기서 끝! 어이, 누가 저 새끼 땀 좀 닦아
줘라."

불과 두어 시간 만에 끝난 일이었다. 누군가가 무대 위에 쓰
러져 있는 나를 부축하려 하고 있었다. 나는 그를 밀어냈다. 걷
잡을 수 없이 퍼덕이는 내 속의 알렉스를 끌어안고 일어섰다.
화장실을 향해 가는데 다리가 풀려 후들거렸다. 거울 앞에 섰
다. 그리고 고개를 들었다. 그런데 거울 속에는 내가 없다. 얼
굴은 온통 붉은색으로 칠해져 있고, 그는 알렉스다. 입술과 눈
주변은 까맣게 칠해져 있다. 슬픈 피에로다. 옷을 벗었다. 옷을
벗자, 내 붉은 알몸이 드러난다. 왜 이렇게 한 거지? 옷에 다
가려질 몸에 붉은 칠을 한 이유를 알 수 없다. 영화 속 알렉스
보다 더 처절한 알렉스다. 슬픔에 젖은 눈동자를 드러낸 흰자위
는 붉게 충혈되어 있다. 까만 마스카라가 눈물에 기다랗게 얼굴
을 타고 흐른다. 눈물이 타고 흐른 흔적이 하얗게 드러나면서
얼룩이 졌다. 나는 내 얼굴을 바라보며 어깨를 들썩였다. 그때
힐끗 거울 속에서 누군가를 보았다. K다.

"죽이진 마라."

거울 속 저만치서 그가 말했다.

"물론, 죽일 일은 없지, 아주 훌륭한 알렉스였으니까" 하고

내가 말했다.

하지만 나는 이미 알렉스 따위에는 관심 없다. 다시 나는 나의 현실 속으로 돌아오고 있었다. 그러나 그게 쉽지 않다. 들어갈 때도 나올 때도 나는 내 의식의 문턱에 걸려 단말마의 용을 써야 하는 것이다. 하지만 나는 천천히 더디게 진행되는 이 공정에서 일어나는 그 어떤 것도 놓치고 싶지 않다. 이 시간에는 조물주가 내게 허락한 나만의 세레모니가 있는 것이다. 나는 천천히 타일 바닥에 엎드린 채 머리통을 감싸 안았다. 그러고는 내 속의 이야기를 감지했다.

누구에게나 이야기가 있다. 그것이 그 자신을 삶 속에서 변조하는 것이다. 그러니 내가 하는 것은 연기가 아니다. 내 안의 알렉스를 찾는 것일 뿐.

천천히 나를 감싸오는 이야기 속 그를 느끼는 것이다. 그 병신 쪼다, 나의 깊은 곳, 그 태초로부터 은밀한 통로를 따라 그가 온다. 그것을 인식하는 것은 매우 큰 고통이지만, 나는 이미 그 통증이 감미롭기만 하다. 하지만 누가 알겠는가. 저만치서 객관적으로 관조하는 나는 없다. 그곳은 이미 하얗거나 검게 물든 흑백이었다.

푸른 여로

1

　저녁 공기는 제법 시원했다. 하긴 거의 숲 속에 들어앉은 것
이나 진배없는 아파트였다. 잘 골랐다, 그렇게 생각하면서 계단
을 내려왔다. 계단을 내려와 주차장을 지났다. 공중전화박스 곁
에 긴 의자가 놓여 있는 것을 알고 있었다.

　공중전화박스 뒤편에 연두색 모닝이 서 있었다. 그곳은 외진
곳이었다. 정원등의 불빛이 가 닿지 않은 곳은 어둠이 짙었다.
주차장이 아직은 넉넉한데 왜 이 외진 곳에 차를 세웠을까, 하
고 생각하며 나는 의자에 엉덩이를 걸쳤다. 처음 본 차가 아니
었다. 몇 차례 그곳에 연두색 차가 서 있는 것을 보았었다. 차
색깔이 인상적이었다. 그때 어디선가 말소리가 들렸다.

　"아니라니까, 푸른여로가 맞아요. …… 그래요, 파란여로도
있고요. 노란여로도 있는걸요? …… 그래요, 내일 보면 알 수

있어요. 확인해보자고요. 후훗."

공중전화박스 쪽을 돌아보았다. 그곳은 비어 있었다. 건너편 벤치 쪽에서 들려오는 목소리였다.

"병원에서는 뭐라고 해요? …… 그래요? 아이 좋아라. 글쎄 그럴 줄 알았다니까. …… 조금 있다가 올라갈게요. 아직 은…… 그래요. 경비실에 김 씨 아저씨가 있어요. 다시 확인해 볼게요. 알았어요."

여자가 일어섰다. 나는 여자를 바라보고 앉아 있었고, 그녀 는 숲을 보고 앉아 있었다. 그녀는 내가 그곳에 앉아 있는 것을 몰랐을 것이다. 여자가 뒤돌아 나오면서 나를 보고는 깜짝 놀라 는 시늉을 했다. 괜스레 미안해졌다. 감추고 싶은 이야기를 들 은 셈이었다. 남의 얘기를 엿들었다는 자책감이 들었으나 사과 할 일은 아니었다.

문제는 그다음이었다. 내 병적인 호기심에 발동이 걸린 것이 다. 순식간에 나는, 여자의 전화 상대는 아픈 사람이다, 여자는 남자의 방으로 올라가는 문제를 두고 경비실 직원의 눈치를 보 고 있다는 사실을 접수하고 있었다. '남자'라고? 누구도 그런 정보를 주진 않았다. 하지만 남자인 것이 낫다. 여자가 정원등 불빛 아래에 이르렀을 때 나는 재빠르고 탐욕스럽게 그녀의 외 모를 살폈다. 인상적인 용모는 아니었다. 그녀의 푸른색 구두가 눈에 띄었다. 사십대 중반쯤 되어 보였다.

그러고도 해결되지 않은 것이 있었다. 그것은 '푸른 여로'였다. 푸른 여행길이겠지? 참 싱그러운 나그네 길이다. 아니라니까, 하고 그녀는 상대의 말을 부정했었다. 그러고는 푸른여로가 맞아요, 했다. 그러고 난 후, 그래요, 하고 긍정한 뒤, 파란여로도 있고요, 라고 했다. 두 사람 사이에서 푸른여로와 파란여로가 한 번씩 왔다 갔다 했을 것이다. 핑퐁핑퐁. 그 아래 그들의 통증이 숨어 있었다. 경쾌한 승화는 가능하나 피할 수는 없는, 푸르거나 파란 그 어떤 것. 그렇게 생각한 부분에서 어떤 울림 같은 것이 만들어졌다. '푸르다'는 말과 '파랗다'는 말은 실제로 전혀 다른 이미지였다. 어울리지 않은 그 두 색깔이 정원등이 밝힌 솔숲 오솔길을 향해 핑퐁핑퐁 스미듯 사라졌다.

2

　내 방은 12층에 있다. 내 위로 5층이나 더 있는 17층 원룸 구조의 아파트다. 일주일에 나흘을 이곳에 칩거하며 일을 한다. 이곳에서 한 달 넘게 지냈지만, 이 건물에 방이 몇 개인지 알지 못한다. 중앙 로비를 중심으로 서쪽과 남쪽으로 구부러진 기역자 모양의 거대한 이 건물에는 엘리베이터가 세 대다. 이 세 대의 엘리베이터 사이에는 촘촘하게 방들이 늘어서 있다. 마음먹고 세어보면 알 수 있겠지만, 남쪽 끝에서 중앙 로비까지, 다시 중앙로비에서 서쪽 끝까지를 오가며 방 문짝에 삿대질을 해야 할 만큼 절박한 사정은 없었다.

내 관심을 붙잡고 있는 것은 다른 것이다. 내 귀는 소나Sonar 처럼 예민하다. 한 여자의 울음소리와 한 남자의 한탄이었다. 그 두 소리가 같은 방에서 나는지 확인할 길은 없었다. 하지만 그 소리들이 가지고 있을 심사는 같은 종류여서 서로 어떤 형태 로든 관련이 있을 것이라고 여겨버렸다. 하지만 터무니없는 오 지랖이었다. 아무려면 어떤가? 울음소리 끝에 한숨 소리가 들 렸는지, 한숨 소리가 나고 울음소리가 이어졌는지 따져보지도 않았다. 이 두 소리에 관한 한 나는 무책임하기 짝이 없는 사람 이었다. 사실 들었달 뿐이지 아는 것은 하나도 없으면서 그것이 가졌을 온갖 것들을 상상하기 시작한 것이다. 실제로 나는 그 소리를 언제부터 듣기 시작했는지도 기억하지 못한다. 어느 날 밤 문득 내가 그 소리를 듣고 있다는 것을 의식했다는 편이 정 확하다. 내 무의식 속에 그 소리들이 이미 있지 않고서 그것에 그토록 익숙할 수는 없다. 내 속에 있는 것과 매우 닮았다. 그 때 내 반응은 이랬을 것이다. '오늘은 저 집에 도대체 무슨 일 이 있었을까?'

내가 처음으로 의식한 것은 울음소리 쪽이었다. 고단한 일상 을 잠자리 위에 내려놓는 순간 그 뿌듯함을 느낄 수 있다면 그 삶은 참 행복하다. 하지만 수면 유도제를 챙겨먹고 이제는 자지 않을 수 없어 잠자리에 부리듯 몸을 내던지는 삶은 안쓰럽다. 그날도 나는 멜라토닌을 먹고 잠자리에 들었다. 하지만 온갖 생각들이 머릿속을 횡행하고 있었다. 분절된 이야기의 토막들이 벽을 기어오르고 입체파의 그로테스크한 이미지들이 천장 아래에 비행하고 있었다. 그때 문득 '흑' 하는 소리가 터졌다. 약간의 공명을 꼬리처럼 달고 울린 '흑'이었다. 나는 그 소리가 저 밑 어딘가에서 나는 것이라고 생각했다. 소리는 아래에서 위로 올라온다. 바로 아래층이거나 옆방은 아니었다. 벽 한두 개를 통과해서는 그런 공명이 따라붙을 리 없었다. 나는 그 울음소리에 '세련된'이라는 형용사를 붙여주었다. 거듭되면서 군더더기 없이 간소해진 울음소리였기 때문이었다. 자신에게 위로가 되게 하기 위해 주술처럼 쓰이거나 넋두리처럼 쓰일 울음소리였다. 그러면서도 이제 제 스스로에게마저도 다짐받을 이유를 잃어버린 허허로운 울음소리였다. 통곡에서 시작했을 것인데 남은 것은 껍데기뿐인 진화 과정이 거기에 고스란히 배어 있었다. 이 속 깊은 의미를 지녔을 울음소리를 듣고 앉아 있었던 시각은 새벽 2시였다.

3

　이 작은 도시는 내 고향의 군청 소재지다. 이곳에서 20킬로미터쯤 떨어져 있는 고향을 가기 위해서는 반드시 지나야 하는 검문소 비슷한 곳이기도 하다. 블랙홀처럼 인간들을 빨아들이기만 하는 저 수도 서울로부터 귀향하게 되면 열차를 타고 고향의 도청 소재지를 지나 이곳 군청 소재지에서 내려 버스를 이용하거나 택시를 타게 되는 것이다. 그러면서 택시 기사를 하거나 역전에서 이런저런 장사를 하는 고향 선후배나 친구 들에게 검문 비슷한 것을 당하게 된다. 일은 잘되는지, 건강은 괜찮은지, 가족들은 모두 무고한지. 고향 집에 당도하기 전에 내가 왔다는 소문이 집에 먼저 도착하는 경우도 있었다. 역전에서 누군가를 만나 차라도 한잔하면서 지체하게 되면 영락없이 그렇게 되었다.

내 고향에 기차가 서는 역이 없는 것은 아니다. 있지만 서울에서 오는 빠른 열차는 이제 그곳에 서지 않는다. 우리가 떠날 때는 고향의 기차역에서 떠났었다. 밤새 서울을 향해 꽥꽥거리며 가는 완행열차였다. 지금은 서울 가는 완행열차가 없어졌다. 군청 소재지쯤 되어야 서는 특급열차만 살아남아 있을 뿐이다. 열차는 내 고향을 버렸지만, 내가 다녔던 고향의 국민학교는 초등학교로 이름을 바꿔가며 지금도 여전히 그곳에 살아남아 있다. 그것이 그렇게 살아 있어 매우 기껍다. 초등학교라는 것이 살아남아 있기 쉽지 않은 곳이 '고향'이다. 사람들의 고향에서 초등학교가 사라지고 있다. 물론 대도시를 고향이라고 부르는 사람이 있다면 그건 예외다. 아이 낳았다고 자축하는 플래카드를 내거는 실정을 이해하고 보면 고향에 자신이 졸업한 초등학교가 살아남아 있는 사실에 기꺼워하는 것 역시 이해하게 될 것이다. 아이들이 지천이어서 아들딸 구별 말고 둘만 낳아 잘 기르자, 하던 시절이었다. 한 반에 예순다섯 명 콩나물시루 같은 교실이었는데, 그러고도 공부 끝나고 집에 가는 하굣길에 그제 야 등교하는 2부 아이들을 만나던 때였다. 면민이 모두 2만 명 이었던 우리의 고향 초등학교 학생은 모두 2천 명이었다. 지금 은 백 명쯤이라고 들었다. 나머지 천 9백 명은 태어날 수 없었 던 셋째였거나 우리의 아이들처럼 수도 서울 아류의 대도시로 쏠려가 태어났을 것이다. 그곳이 아름답고 여전히 희망이 있다 고 믿었던 시대의 관점에서 보면 이건 여간 간교한 힘의 작용이 아니다.

　우리들은 민들레 씨앗 같은 존재들이었다. 봄날 꽃이었다가 씨앗이 되면 한 움큼 바람에도 몸이 가벼워져 흩날리듯 난 자리 에는 흔적도 없었다. 성질 급한 씨앗은 초등학교만 졸업하고 날 아가버리기도 했고, 늦어도 중학교를 졸업하면 집을 떠났다. 고등학교에 진학해도 떠나야 했고, 어느 도시 공장이나 가게의 도제가 되어도 떠나야 했다. 씨앗이 날아간 방향은 철로 쪽이었 다. 그 선이 가지런했다. 가장 멀리 날아간 것이 수도 서울이 고, 그다음이 도청 소재지였고, 가장 가까이는 군청 소재지인 이곳 P시였다. 물론 바람의 방향을 잘못 타 엉뚱한 곳에 떨어진 씨앗도 있을 것이었다. 가장 먼 서울로 가장 많이 날아갔다. 그 다음 많은 수가 도청 소재지인 J시이고, P시에는 아주 조금만 날아와 살고 있다. 어쨌든 고향에 남아 있는 씨앗은 손가락으로 꼽을 만큼 몇몇뿐이었다.

최근에 나는 고향의 군청 소재지인 P시에 머물며 일할 곳을 마련했다. 일주일을 절반으로 나누어 서울과 P시를 오간다. 가족과 떨어져 호젓하게 일할 수 있는 곳을 마련한 것이지만, 이곳에서는 숨어 산다는 편이 맞을 것이다. 표면적인 이유야 알려져서 방해받고 싶지 않다는 것이었지만, 속사정은 달랐다. 고향에서 너무 멀리, 그리고 너무 오래 떨어져 살았다. 그 때문에 고향의 모든 것들과 서먹해져 있었다. 그것들과 다시 관계를 맺기엔 시간이 많이 걸릴 것이다. 그저 서먹한 채로 지내는 것도 나쁘지 않겠다는 생각을 한 것은 그 때문이었다.

어쨌든 숨어 살기에 적당한 곳이 바로 이 방 한 칸 구조의 아파트였다. 안으로 들어오면 별 느낌 없이 흔한 원룸이겠지만, 건물 전체를 두고 보면 좀 색다른 면이 있었다. 첫머리에서도 말했지만, 어지간한 아파트는 압도당할 수밖에 없는 방의 숫자가 그렇다. 아파트 부지로만 본다면 작지 않은 주차장을 가지고 있지만, 늦은 시간에는 차가 넘쳐 도로에까지 밀려나와 있었다. 지상에만도 어지간한 아파트만큼 주차장을 갖췄고, 지하에도 그만한 주차장이 있었다. 그런데도 저녁이면 차들이 도로에까지 길게 줄을 서는 것이다. 각 방에 한 명씩이 기본이겠고, 많다 해도 신접살림 정도일 것이다. 그 정도로도 차는 넘쳤다. 이렇게 밀도가 높으니 시선이 분산되어 내 거처가 보다 은밀해지는 느낌이었다.

나는 고향을 코앞에 두고 도둑고양이처럼 서식하고 있다. 이 익명성을 방패로 은근히 훔쳐보기를 즐기고 있는 중이다.

아파트는 시내에서 조금 떨어진 외곽에 있었다. 여기에 이런 아파트가 왜 필요했을까? 근처에 새로 생긴 대학이 있었다. 신생 대학들이 대개 그렇듯 이 학교도 학생모집이 어려워 날로 쇠락해가는 느낌이었다. 이 아파트도 대학과 사정이 비슷했다. 처음에는 비싼 월세에도 학생들이 제법 있었을 것이다. 하지만 대학의 학생 수가 줄면서 세입자도 줄었다. 덕분에 월세가 가벼워졌다. 서울의 같은 규모 원룸에 비하면 절반에도 못 미쳤다. 월세가 가벼워지면서 읍내에 살던 사람들이 들어와 살게 되었다. 지금은 그들이 학생 수보다 많다. 가끔은 노인들도 보였지만 대부분 시내로 출근하는 젊은 사람들이다. 아침이면 썰물처럼 나가고 저녁이면 밀물처럼 몰려들었다. 그 썰물과 밀물은 때가 일정해서 그때만 피한다면 아주 호젓했다. 복도로 통하는 철문 하나를 닫으면 세상은 오직 방 한 칸이었다. 단절감이 구중 궁궐 못지않아서 그 점에서는 서울에서도 누리지 못할 호사라고 여겼다. 적어도 '혹' 소리를 듣기 전까지는 말이다.

4

서울에서 타던 자전거를 가지고 내려왔다. 가벼운 산보도 좋았지만, 이미 자전거에 익숙해진 몸이었다. 점심을 먹은 뒤 자전거를 타고 아파트를 나선다. 경비실 문 앞에 앉아 졸던 경비원이 벌떡 일어선다. 하지만 그뿐이다. 나를 잠시 쳐다보더니 씩 웃고는 그만이다. 그가 씩 웃었던 것은 내게 보내는 호의가 아니다. 그냥 우습다는 거였다. 반바지에 타이즈를 신고 울긋불긋한 헬멧을 쓴 내 모습이 그리 보였을 것이다. 하지만 그는 부지런한 사람이었다. 거의 일하는 모습만 보여줬다. 가끔은 관리실 문 앞에 앉아 졸거나 중앙 현관 계단에 앉아 담배를 피우는 모습을 보기도 했지만, 그 외에는 늘 일을 하고 있었다. 앞뜰의 풀을 베거나 복도와 계단을 청소하거나 엘리베이터 앞에 쏟아놓은 오물을 치우거나 페인트칠을 하고 있었다.

우선 방학이어서 한적해진 학교를 둘러보고 싶었다. 종합대학이었지만 규모는 그리 크지 않았다. 인문학이나 사회학 쪽은 학생 모집을 거의 포기한 것 같았다. 그나마 학교가 유지될 수 있었던 것은 나란히 붙어 있는 의과대학과 보건대학 덕분이었다. 한 무리의 학생들이 내려왔다. 모두 여학생들인 것으로 보아 간호학과일 것이라고 생각했다.

두 차례 정문을 통해 학교를 빠져나간 경험이 있었다. 하지만 이번에는 다른 통로를 찾아보고 싶었다. 비껴가는 그들 너머로 햇살이 눈부시게 쏟아지는 운동장이 보였다. 온통 푸른 잔디밭이었다. 웅웅웅, 기계음이 들렸다. 다섯 명의 남자들이 일렬로 서서 예초기로 잔디를 깎는 중이었다. 건너편에서는 한 무리의 아낙들이 역시 일렬횡대로 앉아 잔디 사이에서 자란 잡초를 뽑고 있었다.

보건대학 건물을 돌아서니 체육관이 나타났다. 체육관을 옆구리에 끼고 돌았다. 문득 정면으로 문 하나가 나타났다. 그곳에 밖으로 통하는 문이 있는 것을 처음 알았다. 나는 문 바로 앞까지 갔다가 핸들을 돌려 다시 문에서 멀어졌다. 그러고는 조금 떨어진 곳에서 그곳을 바라보았다. 보건대학 건물과 체육관이 막아선 때문인가? 그 왕성하던 예초기 소리가 모기 소리만큼 작아져 있었다. 그 모기 소리만 한 예초기 기계음을 빼놓고는 우리를 방해하는 것은 아무도 없었다. 우리라고? 그것은 그저 작은 문이었다. 울창한 숲에 가려져 있지 않았다면, 나무들 위로 내려앉는 햇살의 고고한 느낌이 아니었다면, 그 숲에서 흘러나와 아스팔트를 적신 물, 그 수면 위의 무수한 반짝임이 아니었다면, 그저 평범했을 작은 문이었다. 이유를 알 수 없었다. 나는 그 문 앞에서 돌아선 것이다. 그리고 노려보고 있는 것이다. 우리는 그렇게 서로 대치하고 있었다. 도대체 이상한 느낌이었다. 그 문을 함부로 나가서는 안 될 것처럼 느껴졌다. 함부로 나가서는 안 될 것처럼 느껴지는 저 문이 문제인가, 그렇게 느끼고 있는 내가 문제인가?

문 바깥쪽에 알 수 없는 어떤 세상이 숨어 있는 느낌이었다. 예상치 못했던 4차원의 세계로 빨려드는 '구멍'이 바로 저곳일까? 그때 한 남자가 내 뒤쪽에서 뚜벅뚜벅 걸어왔다. 그러고 나를 비켜 지나 그 문을 향했다. '여보시오!' 하마터면 그렇게 부를 뻔했다. 내가 목울대에 걸려 있는 그 말을 되삼키는 순간 사내는 문을 나섰다. 사내가 문을 나서는 순간 그 위로 쏟아지는 강한 햇살이 그를 하얗게 만들었고, 다음 순간 다시 그를 투명하게 만들었다. 사라졌다. 나는 허탈하게 웃었다.

자전거를 바로 세우고 페달을 밟았다. 문설주 양쪽으로 햇살이 커튼처럼 걸려 있었다. 햇살의 커튼을 빠져나오자 그곳은 놀랍게도 오래된 숲길이었다. 아스팔트가 깔려 있고 가로수로 여겨지는 나무가 일정한 간격으로 자라고 있는 것으로 보아 이 길은 '도로'였다. 이를테면 버려진 신작로였다. 어쩌면 한때는 많은 자동차들이 이 길을 질주해 갔을 것이다. 버려져 있는 동안 도로 양쪽의 나무들이 울창하게 자라 길 위를 터널처럼 뒤덮고 있었다. 길은 시작부터 야트막한 오르막이었다. 오호라, 제법 운동을 하게 생겼군. 페달에 실리는 힘이 만만치 않았다. 울창한 숲이 아주 천천히 내 곁을 지났다. 숲의 정령이 바로 내 곁에서 꿈을 짓는 느낌이었다.

내 곁을 지나쳐 먼저 간 사내가 길가에 놓인 벤치에 앉아 있었다. 나는 그를 향해 가볍게 목례를 했다. 그러자 그가 모기만

한 목소리로 답례를 보냈다.

"안녕하세요."

수줍음이 많은 사내라고 생각했다. 그러지 않았다면 나는 자전거를 멈췄을 것이다. 길은 계속해서 구불구불 오르막이었다. 길이 구부러진 간격이 고만고만했다. 좌로 구부러지거나 우로 구부러지거나 간에 비슷한 거리였다. 길은 구부러지면서 그다음 구부러진 길을 감추고 있었다. 구부러진 지점에 닿으면 새로 나타날 길에 대한 기대감을 갖게 되었다. 기대는 언제나 충만하게 채워졌다. 울창한 나무들 사이로 드러나는 푸른 여백이 싱그러웠다. 모퉁이를 돌면서 눈을 감았다. 피부에서 공기가 일렁이며 바람이 되는 순간을 느꼈다. 순간 잠시 감았던 눈을 뜨자, 온통 진분홍이었다. 때는 8월이었고, 자미화가 제철이었다. 군데군데 무더기로 꽃을 피워낸 오래된 나무들이었다. 누군가가 이 길을 꾸미기 위해 오래전 심었을 것이었다. 이미 고목이 된 배롱나무에서 피어난 진분홍 꽃에 취해 서 있는데, 마주 오던 승용차가 옆에 와 섰다.

"말씀 좀 묻겠습니다. 혹시 근처에 대학교가 있지 않나요?"

"있지요."

"어떻게 가지요?"

"그냥 이 길로 쭉 가시면 됩니다."

내가 왔던 방향을 가리켰다. 싱거운 질문에 싱거운 대답이었다.

"아, 그렇군요. 이쪽으로 가면 학교로 들어가는 길과 만나는
교차로가 나옵니까?"

나는 다시 또박또박 말했다.

"교차로는 없습니다만, 학교로 들어가는 문이 나옵니다."

"교차로가 없다고요? 길을 건너야……" 하면서 그의 표정이
답답해졌다. 결국 자동차 문이 열렸다. 그럴 필요까지는 없는
상황이었다. 내가 손을 내저었으나 그는 막무가내로 차에서 내
렸다. 조금 상기된 표정으로 그가 말했다.

"제가 조금 전에 큰길에서 좌회전을 해 도로 반대편에 있는
대학교 정문으로 들어가야 했었는데, 얘길 하다가 그만 놓쳤어
요. 그래서 가장 가까운 이 샛길로 우회전해서 들어왔습니다.
이 길로 가다 보면 그 큰길과 만날 수 있는 교차로가 나오겠지
하고요. 방향은 어쨌든 학교 방향이니까요."

그가 문제를 지나치게 과장하고 있다는 생각에 다소 긴장이
되었다. 하지만 그저 긴장할 뿐 다른 도리는 없었다. 나는 조금
전 그 학교의 작은 문에서 나왔고, 그 문을 통해 그가 그 학교
에 들어갈 수 있으리라는 확신이 있었기 때문이었다. 그가 내
말을 믿지 못하는 것까지 책임질 이유는 없었다. 나는 차분하게
대응했다.

"이 길이 맞습니다. 제대로 오셨어요. 이 길로 가시면 바로
학교가 나옵니다. 길을 건너실 필요가 없습니다. 그러니 교차로
따위는 없고요. 이 길 어딘가에 바로 학교로 들어가는 구멍이

뚫려 있습니다. 오른쪽을 잘 살피고 가시면서 그 구멍을 찾으세요."

내가 말을 마치자 그는 어깨를 으쓱해 보였다. "귀신이 곡할 노릇이네" 하고 중얼거렸던 것 같다. 별로 유쾌한 표정이 아니었다. 자동차 문이 닫히고 엔진 소리가 멀어졌다. 다시 한적해지면서 자미화의 자태가 눈에 들어왔다. 그런데 나는 왜 '구멍'이라고 했을까? 어쩌면 그것이 그의 심기를 어지럽혔을지도 모르겠다는 생각이 들었다. 왜 나는 그것을 문이라고 하지 않고 구멍이라고 했지? 그곳을 '빠져나왔다'라고 했던 것과 상관이 있지 않을까. 빠져나왔다면 그것은 문보다 구멍이어야 제격일 테니까. 그랬을 것이다. 그 정도에서 털어버렸다.

다시 자동차가 서는 소리에 뒤이어 말소리가 들려왔다. 그곳에 아까 모기만 한 소리로 내게 "안녕하세요?" 했던 창백한 사내가 있었다. 내게서 해결하지 못한 문제를 사내에게서 해결하는 모양이었다. 모기만 한 소리가 들릴 리 없었다.

나는 조금 더 오르막을 올랐다. 핸들에 달린 계기를 보니 4킬로미터쯤이었다. 그 고갯마루 아래에 작은 광장이 나타났고, 그곳에 휴게소 비슷한 건물이 있었는데 중국집이었다. 점심 한 번 저녁 한 번을 해결한 적이 있는 식당이었다. 이 집 의자에 걸터앉은 것이 이로써 세번째다. 지난주에도 왔었다. 그때 '휴가중'이라는 팻말이 걸려 있었다. 그날 이 집에 와서 얻어먹을 궁리를 하고 물을 가져오지 않았었다. 갈증이 난 나는 옆집 주막을 기웃거렸다. 오래전 이 길로 서울을 오르내릴 적 이곳 뒷밤재에는 중국집이 없었다. 재를 넘는 나그네의 허기를 달래준 것은 오직 이 주막이었다. 난 이 주막만 기억하고 있었다. 단순히 기억만 하고 있는 집이 아니었다. 이 집은 나와 같은 고등학교에 진학했던 동기생의 집이기도 했다. 그와 친했다면 더 많은 추억을 떠올릴 수 있을 텐데, 별로 가까이 지낸 친구는 아니었다. 기차를 타거나 버스를 타고 통학을 할 때 저만치 손을 흔들어 안부를 전하는 정도였다. 그렇더라도 나는 그가 홀어머니의 외아들이었다는 것을 기억하고 있었다. 공부는 곧잘 했지만 형편이 어려워 대학 진학을 포기하고 공무원이 되었다. 영민했던 그가 말단 지방공무원에서 시작해 중앙부처 사무관이 되었다는 소식을 들어 알고 있었다. 거기까지였다.

주막을 지키고 있던 노인이 물 사발을 내밀었었다. 병약해 보이는 노인은 그의 어머니일 것이었다. 그 친구의 소식이 궁금했지만 물 사발을 받아든 나는 묻지 않았었다. 그 친구의 소식을 물으면 내 신원을 밝혀야 하는데, 그것이 마뜩지가 않았었다. 뱃속까지 서늘하게 했던 냉수였다. 그날 주막 앞에 연두색 모닝이 서 있었다.

"그 집 며느리 차예요. 색깔이 요상하지요?"

며느리라면 그 친구 안사람이겠다. 내가 보기엔 중국집 아낙의 미소가 더 요상했다.

210

"병든 시어머니 보살피겠다고 짐 싸가지고 들어왔대요. 얼마 전까지만 해도 읍내에 혼자 살고 있었는데……"

"읍내에? 혼자 살다니?"

"죽었지요, 남편이. 남편 죽고 고향으로 내려왔지요."

"죽다니, 왜?"

놀랐다. 뜻밖의 부음이었다.

"부지런한 사람이라 무리했던가 봐요. 과로사였대요. 몇 년 됐어요."

"며느리도 이곳 사람인가요?"

"그렇지요. 지금은 없어진 동강 술도가 딸인데, 근데 차 색깔 한번 요상하지요?"

그녀의 후렴 또한 이상했다. 어라, 동강 술도가 딸이라고?

"그럼 이름이 영휘데."

불쑥 그녀의 이름이 입 밖으로 나왔다. 주막집 아들이 죽었다는 대목에서는 가슴이 짠했다. 아무리 가까이 지낸 사이가 아니라 해도 동기생인데, 왜 그것을 그의 옛집 앞에서, 그것도 이 생경한 중국집 아낙에게 들어야 하나, 그런 생각 때문이었다. 그런데 그의 처가 동강 술도가 딸이라는 대목에서 더 크게 가슴이 철렁했다.

나는 술도가의 고명딸을 잘 알고 있었다. 내 곁에는 주막집 아들보다 먼저 그녀를 좋아했던 친구가 있었다. 몇 년 전 동창회에서 사라져 소식을 알 수 없게 된 또 다른 친구, 과수원집 아들이었다. 과수원집 아들은 그녀와 맺어지지 못했다. 그녀의 아버지와 두 오빠의 반대 때문이었다. 반대했던 이유가 있었을 것이지만 듣지는 못했다. 그 친구는 술도가 앞에 앉아 "'꽃부리 영' 자 '기쁠 희' 자"를 외치며 몇 날 며칠을 울었다. 나도 그가 그 1인 시위에서 철수하기로 한 마지막 날, 위로차 술도가 앞에 갔었다. 고통스러운 실연을 가까스로 수습하고 난 뒤여서 그는 헬쑥한 얼굴이었다. 하지만 내게는 해맑은 미소를 보여주었다. 그 뒤 그의 행동은 친구들 사이에서 유명한 일화였다.

그런데 이 친구에 관한 마지막 소식은 동창회에서 사라졌다는 것이었다. 누군가가 그랬다. 동창회에서 사라졌다고. 1년에 한 번쯤 동창회에서 얼굴을 보곤 했었는데, 이제 그럴 수도 없는 형편이 되어버렸다. 가족은 알고 있나 해서 수소문을 해보니 그의 가족도 그의 행방을 모르고 있었다. 가족으로부터 그가 운영했던 회사가 부도난 뒤 잠적했다는 말을 들었다. 벌써 10년도 넘은 일이었다.

그동안 모두들 바빴는가. 단지 혈맹의 우정까지는 아니더라도 사진관에 들어가 사진을 찍고 백 년이 지나도 우리의 우정만은 변치 말자는 다짐들이 있었지 않은가. 그때는 한없이 절실했을 그 동맹의 진정성이 이리도 허망하게 퇴색되었더란 말인가. 위에서 말한 죄책감이란 바로 그런 뜻이었을 것이다. 우정에게만이 아니라, 고향에 대해서도 우리는 비슷한 감정을 지니고 있을 것이었다.

몇 가지 새로운 소식으로 헝클어진 머리를 정리하기 위해 중국집 아낙이 내온 물 한 잔을 마시고, 다시 '교차로'에 골몰하기 시작했다. 따지고 보면 내 머리를 헝클어뜨린 주막집 아들과 술도가의 딸도 이 '교차로'와 전혀 무관하달 수는 없겠다는 생각이 들었다. 터무니없었다. 어떤 이유로 이 문제가 그 문제와 관련되었다고 여겼는지 설명할 길은 없다. 하지만 이 모든 문제의 핵심에 교차로가 있다는 믿음이 시간이 흐를수록 또렷해지고 있었다.

자동차를 끌고 이 길로 들어온 그에게는 교차로가 있어야 했고, 학교에서 막 나온 내게는 교차로가 없었던 것이다. 길은 교차로를 지나지 않고도 이미 만나 있었다. '이미'에서 내 팔에 소름이 끼쳤다. 그것이 살아 있어서 일을 꾸몄거나 만약 그게 아니라면 우리는 이 단순한 법칙에서마저도 소외된 자들일 것이기 때문이었다.

앞의 '그것'은 자미화가 화려하게 장식한 길이다. '버려진'이라는 말 또한 앞에 덧붙이는 것이 좋겠다. 이 신작로는 일제 강점기에 만들어진 J시로 통하는 국도였는데, 4차선으로 시원하게 큰길을 만들고 난 뒤 버린 길이었다. 이 길도 철로와 마찬가지로 결국 수도 서울에 닿게 되어 있었다. 모든 길은 서울로 통하게 되어 있는 것이다. 버려지기 전에는 이 길에서 자미화를 본 적이 없었다. 그 길에 자미화가 피기 시작한 것은 버려진 후

일 것이다. 누가 나무들을 가져다 그리 꾸몄을까, 궁금했다. 역시 쓸모없는 궁금증이었다.

5

앞에서도 말했지만, 나는 그 길을 거슬러 와 고향의 문턱 근처에 머물고 있다. 정확히 30년 전에 떠난 고향이었다. 주로 승용차로 오가기 때문에 열차 역이나 버스 터미널에서 고향 사람들 눈에 띌 가능성은 없었다. 대중교통을 이용해야 할 불가피한 사정이 있을 때는 모자를 깊이 눌러썼다. 내가 여기에 와 있다는 사실을 들키고 싶지 않았다는 얘기는 앞에서 이미 했다. 그건 진심이다. 나는 지금 고향을 숨어서 보고 듣는다.

다시 울음소리 얘기를 해보자. 나는 아파트 방바닥에서 들려오는 그 울음소리가 수반하는 것들에 관해 관심을 가졌었다고 말했다. 울음의 종류도 여러 가지다. 억울해서 우는 울음, 슬퍼서 우는 울음, 누군가가 짠해서 우는 울음, 하지만 그 울음소리는 그런 울음소리가 아니었다. 그저 흑흑이었다. 세상에서 가장 일반적인 울음을 말하라면 나는 이 여인의 울음을 꼽을 것이다. 세상의 모든 울음들을 끌어모아 그것들이 가지고 있을 개성적인 것들, 울음이 수반한 것들을 모두 다 제하고 나면 바로 그 여인네의 울음이 될 것이다. 말하자면 기호화된 울음이었다.

그렇다면 한숨소리는? 한숨소리도 마찬가지였다. ‘아이고’ 하지 않았다. ‘이걸 어쩌면 좋나!’ 하지 않았다. ‘하 참, 이거 큰일이구먼!’ 하지 않았다. 그저 ‘하!’ 했을 뿐이다. 도무지 그 한탄이 어디에서 나온 것인지 알 수 없었다. 역시 이 세상의 모든 한숨 소리를 모아 그것들이 가지고 있을 차이들을 다 없애고 나면 바로 그 남자의 한탄이 될 것이다. 그저 나오는 한탄이었다. 그의 삶이 곧 한탄이고, 그의 몸뚱이가 곧 한탄이고, 그가 기억하고 있는 모든 것 또한 뭉뚱그려져 터진 한탄이었다. 하지만 두 사람의 입에서 나온 것이 그랬다는 것일 뿐, 한탄과 울음의 이유에 차이가 없다는 뜻은 아니다. 그저 그것은 내 느낌일 뿐이다. 어쩌면 나는 그 두 사람의 한탄과 울음소리에서 내 한탄과 울음소리를 듣고 있었는지도 모른다.

6

“찾았다. 여기 있네. 당신이 말했던 근처인 것 같은데? 맞아, 꽃이 푸르네. 근데 파란여로는 뭐지? …… 아, 그렇구나. 맞아, 자색 원형 무늬는 없어. 그럼 이건 푸른여로네.”

참 염치없는 일이었으나 일어설 수가 없었다. 난 그 남자가 구부러진 길 저쪽에 앉아 있는 것을 몰랐다. 자미화 아래 앉아 중국집 아낙에게 얻어 온 물을 마시기 위해 마개를 막 열었던 참이었다.

"응, 괜찮아. 조금 쉬고 있는 중이야. 오늘은 좀 많이 걸었어. …… 시내 나갔었구나. 그럼 돌아오는 길에 만날 수도 있고. …… 저녁에는 올 거 없어. 낮에 남은 밥도 있고."

물 마시는 소리마저도 죽여야 했다.

"조금 있다가 들어갈 거야. 그 사이에 오면…… 알았어."

나는 조용히 일어섰다. 그리고 소리 나지 않게 자전거를 끌고 중국집 방향으로 다시 올라갔다. 2, 3백 미터쯤 올라왔을까, 그곳에도 한 무더기의 자미화가 피어 있었다. 자미화는 배롱나무의 꽃이다. 자색이 아닌데 왜 자미화라는 이름이 붙었는지 궁금했었다. 부처꽃과에 속하는 낙엽교목이다. 수피(樹皮)가 홍자색을 띠고 있어서 자미(紫薇)라는 이름이 붙었다는 걸 나중에 알았다. 어느 여인의 피부처럼 매끄러운 홍자색 표면의 감촉은 내 손에 익숙하다. 간질이면 홍자색의 몸이 반응을 한다. 간지럼나무라고도 불렀다. 며칠 전 아파트 정원에서도 이 나무를 보았다. 부지런한 경비원이 그 아래의 풀을 뽑고 있었다.

"배롱나무는 햇볕을 좋아해서 양지에 심어야 하는데, 여긴 해가 잘 안 들어요. 그래서 나무가 시원치가 않아요."

"그래도 꽃 빛깔은 제대로 났네요."

"옛날에 한 청년과 처녀가 사랑을 했어요. 청년의 직업이 상인이어서 멀리 물건 팔러 떠나며 돌아오면 결혼을 하기로 약속을 해요. 하지만 풍랑이 심해 살아오기 힘든 곳이었는지, 돌아오는 배에 흰 깃발이 걸리면 내가 살아 있는 것이고, 죽었다면 붉은 깃발이 걸릴 것이라는 희한한 예언을 남겨요. 하루가 십년 같았을 처자가 언덕 위에서 기다리지요. 저 멀리 배가 돌아옵니다. 그런데 붉은 깃발이 걸렸어요, 이런! 그걸 본 처자가 절망해 언덕 아래로 몸을 던져요. 사실은 돌아오는 길에 해룡과 싸우다가 해룡의 목을 베었는데, 그 피가 깃발을 적신 거지요. 청년은 살아 있었답니다. 돌아온 청년은 슬피 울며 처자의 장례를 치렀는데, 후에 묘 옆에 나무 한 그루가 자랐어요. 많이 듣던 얘기지요? 어쨌든 그 나무의 꽃이 바로 이 자미화랍니다. 이 꽃은 가을이 되기까지 세 번을 피고 진대요. 한 맺힌 울음이지요. 한이 맺혔으니 꽃 색깔이 한결같이 이렇지요."

그러니까 지금 두 번쯤 피었을 시기였다.

30분쯤 지났을까. 아래쪽 길에서 다시 말소리가 들렸다. 아니, 웃음소리였다. 말소리를 들을 수 있는 거리는 아니었다. 나는 이제 돌아가야 할 시각이었다. 저녁 일거리를 준비해야 했다. 저녁 먹기 전에 그날 밤에 일할 목록을 만드는 것이 중요한 일과였다. 아래 학교로부터 뒷밤재 주막까지 야트막한 산 하나를 올라온 셈이었다. 돌아가는 길은 계속해서 내리막이다. 얼굴을 향해 시원한 바람이 불어왔다. 나는 그 느낌을 즐긴다. 아까 내가 조용히 자리를 떴던 그곳에 연두색 차가 서 있었다. 차를 보는 순간 괜히 가슴이 뛰었다. 두 사람이 자미화 그늘에 놓인 벤치에 앉아 있었다. 나는 애써 그들을 외면했다. 그들과 시선을 마주치지 않기 위해 애썼다. 내가 지나는 동안 그들도 말을 멈추었다. 두 사람은 말을 멈추었고, 나는 그들을 외면한 채 그곳을 지나쳤다. 그들의 모습을 주변시로 확인할 수 있었다. 외면했지만 내 온 신경은 그쪽을 향해 열렸다.

나는 그를 보지 않았지만, 본 것 같았다. 얼굴색이 창백했던, 수줍음이 많다고 생각했던 바로 그 사내였다. 내게 옆모습을 보이며 구멍을 빠져나갔던 그 사내였다. 그런데 그뿐만이 아니었다. 어쩌자고 내 상상력은 이리도 질긴 것일까. 나는 끝내 묻고 말았다. 네가 바로 그냐? 나는 허공 속 사내에게 물었다. 네가 바로 술도가 앞에 진을 치고 몇 날 며칠을 울었던 바로 그냐? 갑자기 가슴이 뜨거워졌다.

그 십 리 길을 어찌 내려왔는지 알 수가 없었다. 아파트 주차장에 도착했을 때 경비원이 관리실 계단에 앉아 있었다. 며칠 전에도 그 연두색 차가 공중전화박스 뒤편에 서 있는 것을 보았다. 그가 그 차를 보지 못했을 리 없었다. 경비원에게 물었다.

"저기 아저씨, 혹시 공중전화박스 뒤편에 가끔 서 있는 연두색 모닝 말이죠."

경비원이 고개를 들어 나를 올려다보았다. 내친 김에 나는 일을 저지르고 있었다.

"연두색 차?"

"예, 혹시 그 차를 아세요?"

"왜? 그 차에 볼일 있소?"

안다는 뜻이다. 속에서 쾌재가 일었다. 슬그머니 그 앞에 쪼그려 앉았다.

"아니, 그게 아니고." 그러자 경비원의 표정이 망연해졌다. "그 차가 몇 호에 온 차인지 궁금해서⋯⋯"

경비원이 되물었다. "궁금하다니?"

"글쎄, 그냥."

그 순간 그의 표정이 싸늘해졌다. 저 위 '연두색 모닝'에서 달라진 그의 표정을 읽었어야 했다.

"신경 *끄세요.*"

그는 내 호기심에 아주 대못을 박았다. "세상에 궁금한 걸 못 참는 것만큼 천박한 게 없답디다. 당신 일 아니면 쫑! 아시었소?"

하지만 내 궁금증은 천박하기가 이를 데 없었다. 나는 다시 질문을 디밀었다.

"그 사람 많이 아픕니까?"

그러자 경비원의 눈이 화등잔만 해졌다. 나를 곧 집어삼킬 것 같은 표정이었다.

"아픈 걸 알면 그걸로 끝!"

몸이 아프다고?

"그러면 서울에서는 언제 내려왔는지⋯⋯?"

"서울? 아니, 이 사람이 알면서 탐문하는 거야, 뭐야? 당신

도대체 누구야?"

누구냐고? 그가 내게 묻고 있었다. 나는 오직 그 부분에서
화들짝 놀랐다. 벌떡 일어나 도망치듯 로비로 들어섰다. 그리고
막 열린 엘리베이터 안으로 들어가 재빨리 닫힘 버튼을 눌렀다.
머릿속 가득 방금 내가 저지른 일들이 헝클어져 있었다. 도대체
무슨 짓을 한 거지? 경비원이 두 사람의 관계를 지키고 있다는
사실 외에는 도대체 알 수 있는 것이 아무것도 없었다. 내 실수
는 일방적이었다. 그가 서울에서 내려왔고, 몸이 아프다는 것은
모두 내 입에서 나온 것들이었다. 혹시 그의 이름이 김 아무개
아닙니까, 하지 않았던 것을 위로 삼아야 할 지경이었다.

7

나는 이 날 밤 자동차를 몰아 서울로 올라와버렸다. 누구에게
라기보다 내 스스로에게 들킨 셈이었다. 하지만 그렇다고 덜렁
빈손으로 서울로 올라와버린 것도 대책이 없는 처신이었다. 고
향 문턱에 숨어 들어가 마음 편하게 지낼 계획이 다소 어긋나버
리긴 했지만, 그만한 일로 도망까지 친 것은 분명 과민한 반응
이었다.

서울에서 며칠을 보낸 뒤 나는 다시 한밤중에 자동차를 몰고

있었다. 아내는 한밤중에 일어나 문득 P시에 가겠다고 나서는 내 행동을 이해하지 못했다. 아내에게는 '문득'이었겠지만, 나로서는 그 시각이 사람들 눈을 피할 가장 좋은, 이를테면 계산된 시각이었다. 새벽녘 도착할 생각으로 두 시쯤 집을 나섰다. 텅 빈 고속도로를 달리면서 그 옛날 술도가 앞에서 "'꽃부리 영' 자 '기쁠 희' 자"를 외치던 친구를 떠올렸다. 그가 주막집 며느리와 만나고 있는 그인지 확신할 수 없다.

그가 몇 년 전 문득 내게 전화를 했었다. 다짜고짜 몇 편의 시를 썼는데 읽어봐줄 수 있느냐고 물었다. 고등학교 시절 그가 시를 썼던 것이 떠올랐었다. 그 시절 그는 시인이었다. 하지만 그는 시인이 되지 않았다. 내게 전화를 건 그 시점도 그를 만난 지 아주 오래된 때였다. 그가 시를 썼다는 사실보다도 그가 어찌 살고 있는지가 더 궁금했었다. 시는 기억나지 않는다. 그가 내게 실제로 시를 보냈는지마저 기억나지 않는다. 그로부터 얼마 후 그의 사업체가 어려워졌다는 소문을 들었다. 그 때문에 건강이 잘못되었을 것이라는 짐작이 설득력을 얻는다.

그가 나보다 먼저 고향에 숨어들어 고치를 짓고 있었다는 사실이 놀라웠다. 회귀성 어종의 본능 같은 것인가? 하지만 이것도 한숨 소리와 울음소리를 묶어냈던 오지랖 넓은 내 상상력이 빚어낸 것이다. 주막집 아들과 결혼한 동강 술도가의 딸, 술도가 문 앞에 울려 퍼지던 "'꽃부리 영' 자 '기쁠 희' 자"를 외치던 과수원집 아들, 뒷밤재 주막집으로부터 학교에 이르는 길에

흐드러진 자미화, 그 으슥한 길에서 들었던 '푸른여로', 그리고
공중전화박스 옆에 서 있던, 자미화 꽃길에도 서 있던, 뒷밤재
그 주막 앞에도 서 있던 연두색 모닝이 내 상상력의 소품이었
다. 나는 아직 그가 그인지 확인하고 싶지 않았다.

어라!
생각에 쫓겨 길을 놓쳤다. 고속도로에서 빠져나와 J시로 가는
4차선 국도에서 대학교 정문으로 들어가는 길이었다. 그 순간
무슨 생각을 했던 것일까? 푸른 여로를 생각하고 있었다. 길을
놓쳤으니, 길을 찾아야 했다. 터널을 지나 가장 가까운 샛길로
우회전했다. 샛길 들머리에서 낯선 휴게소와 여관을 보았다. 하
지만 샛길로 접어들면서부터는 눈에 익은 풍경이 펼쳐졌다. 어,
이게 어디야! 하는 동안 내 차는 이미 뒷밤재 주막 앞에 이르러
있었다. 얼마 전 내게 학교로 가는 길을 물었던 운전자가 떠올
랐다. 그처럼 나 역시 귀신이 곡할 노릇이었다.
교차로가 없다면 길은 만날 수 없었다. 그제야 나는 그가 왜
자신의 상황을 그토록 과장했는지 알 것 같았다. 그의 말이 장
황할 수밖에 없었던 이유가 있었다. 나는 곧 되새긴 그의 말에
서 단서를 찾았다. 그는 큰길에서 좌회전을 해 도로 반대편의
학교 정문으로 들어가려 했다고 말했다. 그런데 옆에 앉은 사람
과 얘기를 하느라 그곳을 놓쳤다. 길을 놓쳤음을 바로 깨닫고
첫번째 만난 샛길로 우회전해서 들어왔다고 했다. 그 길에서 나

를 만난 것이다. 거기까지 되새긴 나는 갑자기 팔에 소름이 돋는 걸 느꼈다. 가당키나 한 얘기인가? 그 길은 바로 조금 전 내가 길을 놓쳤던, J시를 향해 뚫린 4차선 자동차 전용도로였다. 그 도로 J시 방향 왼쪽에 대학교 정문이 있다. 그 도로에서는 좌회전을 해야 학교로 들어갈 수 있다. 그런데 그 지점을 놓치고 첫번째 샛길로 우회전을 했다면 그는 여전히 큰길을 사이에 두고 학교와, 그러니까 나와는 반대편 쪽에 있어야 했던 것이다. 그런데 그는 이쪽에 있었다. 내가 지금 처한 상황이 그랬다. 도대체 이 길들은 어디서 어떻게 만난 것인가?

나는 길 저쪽이 푸르게 열려 있는 것을 보았다. 아니, 파르스름했던가? 길 끝에 자미화가 흐드러지게 피어 있었다. 나무 아래로는 융단처럼 진홍색 낙화가 깔려 있었다. 하지만 내 눈에는 그 진홍색마저 푸르렀다. 머리에 들어와 박혀 요지부동인 푸른 여로를 다시 되뇌고 있었다.

고향에 와서도 여전히 나그네일 수밖에 없다. 도무지 이 길부터기 익숙하지가 않으니. 도로가 새로 나고 옛길이 숲 속에 버려지면서 나 역시 이곳에서 버려진 느낌이었다. 도대체 어디쯤에서 길을 잃었으며 지금 나는 어디에 있는가? 그것이 주막집 아들과 과수원집 아들 사이 어디쯤인가? 그런 생각이 들었을 무렵 문득 내가 그나마 주막집 아들을 기억하고 있는 것은 바로 그 친구 때문이라는 사실을 깨닫게 되었다.

주막집 아들과 그 친구는 매우 가까운 관계였다. 그런데 어떻게 주막집 아들은 그 여자와 결혼했지? 의미 없는 질문이었다. 그러고 보니 집도 비교적 가까이에 있었다. 비로소 나는 세월을 거슬러 올라가 고향의 지도를 다시 그리기 시작했다. 새로 생긴 것들을 지우고 없어진 것들을 제자리에 놓는 과정은 지난한 전투였다. 쉽지 않았다. 거창하게 들어선 대학교를 없애고 J시를 향해 새로 뚫린 4차선 도로를 지우면서 나는 비로소 혼란 속에서 빠져나올 수 있었다. 그제야 내가 서 있는 길이 호젓해졌다.

결국 술도가의 영희를 사랑했던 그 친구 집이 산에서 구불구불 내려온 이 길의 끝에 있었다는 생각에 이르렀다. 대학교와 4차선 자동차 전용도로가 압도한 나머지 그곳에 본래 있었던 것들이 지워졌거나 초라하게 존재감을 잃고 있었던 것이다.

나는 어느새 차를 몰아 아파트 근처까지 내려와 있었다. 그곳에 차를 세운 뒤 나는 대학교가 생기면서 한꺼번에 들어섰을 원룸촌을 지우고 있었다. 그리고 그 자리에 마을을 그려 넣으니 비로소 그 친구 아버지가 하시던 과수원이 떠올랐다. 그 친구의 집은 과수원 서쪽 끝에 있었다. 지금은 사라진 과수원 서쪽, 그쪽을 바라보니 아파트가 거대하게 솟아 있었다.

내가 지난 한 달 반 동안 숨어 지냈던, 밤새 귀를 기울여 한 사내의 한탄과 한 여자의 울음소리를 듣던 바로 그 아파트였다. 어쩌면 이 모든 것이 이토록 감쪽같을 수가 있을까. 그 느낌이 정말이지 견딜 수 없이 낯설었다. 거대한 음모 속에 들어앉아

있는 느낌이었다. 떠난다고 떠나질 수 있는 것이 아니라는 것을
깨달았다. 주차장에 차를 세우고 헐레벌떡 방으로 올라갔다. 그
리고 짐을 싸는 대신 옷을 갈아입고 현관에 세워두었던 자전거
를 끌고 나섰다.

　나는 다시 뒷밤재 주막이 내려다보이는 고갯마루에 자전거를
세웠다. 내려다보이는 길이 푸르렀다. 우리가 떠났던 길이었다.
하지만 나는 아직 길 위에 있었다. 비로소 산 아래로 질주하는
자동차 소리가 들렸다. J시로 향하는 4차선 도로 위의 자동차들
이 산속으로 질주해 들어오는 소리였다. 자동차들은 무서운 속
도로 쳐들어왔다. 교차로가 없다면 길은 만날 일이 없었다. 터
널, 교차로는 땅속에 숨어 있었다. 그리고 나는 그 뫼비우스 띠
위에서 망연했다. 길은 여전히 푸르렀다.

* 여로는 멜란티움과의 여러해살이풀이다. 여름에 자색 꽃이 피는데, 꽃 색깔에 따
　라 푸른여로 파란여로 노란여로 등으로 불린다.

국경,
취우령 이야기

1

나는 스토리텔러다.

　말하자면 광고 카피라이터와 비슷한 직업이다. 카피라이터가 상품의 이미지를 꾸미는 사람이라면, 스토리텔러는 상품에서 이야기를 캐내어 서사의 골격을 만드는 사람이다. 사람들은 이야기를 좋아한다. 무엇이든 이야기로 설명되어지기를 원한다. 이것이 이야기가 상업적인 용도로 가공되어 매우 쓸모 있는 재화가 된 배경이다. 이야기를 캐내는 나는 매우 민감한 감성의 전사이고, 후기산업사회의 촉망받는 역군이다.

　지금 나는 한반도 남녘, 인구 4만의 작은 도시에 와 있다. 이야기를 따라왔다. 직업적으로 이야기를 쫓아다니는 일 속에 사니 당연한 일이다. 그러나 지금부터 내가 하려는 이야기는 내 직업적 잇속과 관련된 이야기가 아니다. 그러나 아주 오래전 내 감성을 인상적으로 자극했던 이야기이다. 나는 그 자극을 오래 기억했다.

우리 동네에서 신라의 선화공주가 죽었다는데……

뜬금없었다. 서동요의 선화공주가 자기 동네에서 죽었다는 이야기였는데, 믿을 수 없었다. 서동요의 선화는 익산이거나, 그때 이름으로는 사비 지금은 부여라고 부르는 곳에서 왕비가 되어 잘 살았다고 삼국유사에 적혀 있다. 그런데 그녀는 내게 선화가 자신의 고향에서 객사한 것이라고 고집했다. 어쨌거나 나는 지금 그 동네에 와 있다.

회사에서 거처를 마련해주었다. 서울을 떠나 있는 것이 좋겠다고 말한 것은 김 전무였다. 일에 집중하려면 좀 한적한 곳이 었으면 좋겠다는 이야기를 나눴던 것이 그 며칠 전이었다. 어디가 좋겠느냐는 질문에 '거창'이라고 말했다. 그 대답에 따로 간절한 계산이 있진 않았다. 하지만 그것은 마치 준비해두었던 것처럼 자연스러웠다. 이 고을의 이름은 오랜 세월동안 내 기억 속에서 한없이 가늘어졌으되, 지워지지는 않았다. 인상적이지도 않았던 것이, 허물없이 그날 그렇게 내 입에서 불거졌다.

내가 지낼 집은 최상층인 22층에 있었다. 땅값 비싼 대도시도 아니고 무엇 때문에 저리 높이 지어 전망을 가릴까, 아래에서 올려다보면서 그런 생각을 했던 집이었다. 아파트 뒤에는 아홉산이라 불리는 산이 병풍처럼 펼쳐져 있었다. 그런데 이 아파트가 읍내에서 바라보이는 그 산의 중동을 자르고 기다랗게 올라서 있는 것이었다. 하지만 입장을 바꿔 조건을 뒤집으니 평가가 달라진다.

“전망 죽이죠?”

너무 높아 현기증이 일어 거실의 말간 창 쪽으로 다가서는 일이 쉽지 않았다. 내게 고소공포증이 있었나? 때맞추어 문득 거실 바닥이 창 쪽으로 경사지게 기우는 착각이 일었다. 잡을 곳이 마땅치 않아서 바닥은 미끄럽지 않아야 하고 창틀은 튼튼해야 할 텐데. 갑자기 내가 앉은 바닥이 스르륵 사라지면 어떡하지? 하지만 시간이 지나면서 눈 둘 곳이 많아졌다. 혼자 지내기에는 너무 넓은 집이었지만, 앞뒤로 펼쳐진 창밖의 그림은 매우 흡족했다. 앞 거실 창은 읍내 시가지를 한눈에 전망하게 해주었고, 뒤창은 병풍처럼 드리워진 산을 끌고 들어왔다. 무엇인가가 결정되기 전에는 그것이 무엇이든 바둑판 위의 무수한 수처럼 카오스의 흑암 속에 있다. 서쪽으로 노을이 지고 있었다. 발코니에서 바라본 그 풍경은 집을 물색한 회사 박 부장의 말처럼 매우 아름다웠다.

“좋습니다. 이 집으로 하죠.”

나는 흔쾌히 결정했고, 며칠 후 이사를 했다. 노을이 지고 있었고, 황량했지만 무엇보다 조용했던 것이다. 이 집에서 나는 한동안—1년쯤? 아니면 3개월쯤? 기간이야 아무려면 어때—내게 오는 모든 것들을 즐길 것이다, 하고 살기 시작한 지 벌써 9개월째다. 지난가을에 왔는데, 벌써 여름이 시작되고 있다.

2

점심을 먹은 후, 집을 나서 산에 오른다. 건흥산이다. 아홉산이라고도 부르는데, 또 다른 이름으로 거열산이라고도 한다. 이곳에 있는 산성의 이름이 거열산성이어서 그런 모양이다. 하지만 아홉산이라고 부르는 것이 좋다.

산에 오르며 휘이, 얼굴을 스쳐 지나는 바람 소리를 듣는다. 늘 나는 소리이긴 하지만 늘 듣는 소리는 아니다. 귓등에 살랑대는 바람 소리는 귀를 기울여야 들을 수 있다. 산골짜기를 따라 바람의 길이 나 있다. 이곳에 이르면 나는 편한 자리를 잡고 앉아 허리를 곧추세우고 귀를 기울인다. 그리고 바람의 소리를 듣는다. 천 년 전에도 바람은 이 길을 타고 왔다가 사라져 갔을 것이다. 눈에 보이는 것들은 사라지거나 변화되었다. 하지만 눈에 보이지 않는 것들은 천 년의 세월 속에서도 그대로였다. 이곳에서 바람이 움직이는 이치가 그랬다. 말 그대로 바람의 길이다. 천 년 동안 바람은 단 하루도 이 길을 버리지 않았다. 바람의 길을 따라 자세히 보니 다랑논의 흔적이 있었다. 이곳은 한때 논이었고, 거기에 누군가 있었다.

나는 사내 하나가 다랑논 가운데에 서 있는 것을 상상한다. 그도 흰옷을 입었다. 이맘 때쯤 모내기를 했을 것이다. 그는 허리를 굽혀 촘촘하게 모를 심고 난 뒤 이윽고 몸을 세우고 귀를 기울여 바람 소리를 들었을 것이다. 바람이 자신의 귓등을 스치는 동안 눈을 감는다. 저만치 솔숲을 훑고 지나온 바람이 굴참나무 숲에 이르러 제 존재를 드러낸다. 그는 농투성이답지 않게 섬세한 사람이다. 바람 소리를 헤아리는 표정만 봐도 알 수 있다. 지식인은 아니지만, 지성적 풍모를 지닌 사람이다.

흰옷의 사내는 사물의 이치를 알고 있다. 그리고 그것들의 관계를 알고 있다. 안다는 것이 즐겁다. 즐겁기만 하랴. 온 세상의 것들이 다 제 몫을 하면서도 서로 관계하고 있다는 것을 온몸으로 느끼는 것은 희열이다. 바람이 그것을 실어 온다. 소나무와 굴참나무는 잎을 흔들어 바람과의 관계를 증명한다. 사내의 오른손에는 모단이 들려 있고 왼손에는 이제 막 심을 몇 촉의 모가 있다. 그런 채로 그는 천천히 팔을 벌린다. 그러고는 깊숙이 숨을 몰아쉰다. 숨을 몰아쉬고는 고요 속으로 빠져든다. 그는 이 산의 모든 나무와 새를 알고 있다. 스치는 바람결이 잎사귀를 흔드는 소리를 듣고도 그것이 무슨 나무인지를 안다. 소나무와 굴참나무뿐이랴. 자잘하게는 이제 잎을 제법 제대로 편 싸리나무나 조팝나무에 이르기까지 그들만의 온갖 소리들을 알고 있다. 가끔 이름 모를 새들의 추임새도 빠지지 않는다. 멀리서 들려오는 뻐꾸기의 장단이 결을 일궜다. 거기에 사내가 자신의 목소리를 섞어 넣는다. 그의 팔이 무게를 잃고 허공으로 둥실 떠오른다. 춤을 춘다. 다랑논 한가운데서 천 4백 년 전 그가 춤을 춘다. 아니다. 춤은 그가 추는 게 아니라 내가 춘다. 팔이 천천히 공중으로 떠오르는 게 느껴진다. 느낌이 있었다. 느낌은…… 아름답고, 처연했으며…… 가슴이 아렸다.

그의 이름은 '술'이었으며, 그것은 오래전 내 이름이다.

3

달래를 처음 만났을 때의 모습이 잊히지 않는다.

봄날, 명동 입구였다. 지하도에서 나서니 비가 내리고 있었다. 그녀가 우산을 펼쳤었다. 엉거주춤 반쯤만 우산 안으로 몸을 밀어 넣었다.

"내가 우산을 가져오지 않았으면 어쩔 뻔했어요?"

"그럼 내가 가져왔겠죠."

그녀는 파스텔 톤의 주황색 체크무늬 원피스를 입고 있었다. 버스 정류소 앞에는 그녀의 옷 색깔과 비슷한 주황색 창을 가진 빵집이 있었고, 그 2층에는 '늘봄'이라는 연두색 창의 찻집이 있었다.

입학한 지 일주일이 채 되지 않았을 때였다. 돌아가면서 자기소개를 하는 시간이었다. 그녀는 강의실 남쪽 창가에 앉아 있었다. 마지막으로 자신을 소개했다.

"제 이름이 조금 촌스러워서요. 달래거든요."

여기저기서 조심성 없는 웃음이 터졌다. 그녀의 이름이 촌스러워서가 아니었다. 그녀의 말 때문이었다. 조금 부끄러운 듯 콧등에 주름을 만들며, 제 이름 진짜 촌스럽죠? 어쨌든 달래랍니다, 하고 덧붙였다. 나는 그녀의 표정을 놓치지 않았다. 부끄러워하는 듯했지만, 정작 그녀의 표정은 장난스러웠다. 과대표가 출석부를 들어 보이며, 그런데 이름이 없네요, 라고 말했다. 성이 뭐죠? 박이요. 그가 출석부에 이름을 적어 넣으며 그녀의 이름을 되뇌었다. 박. 달. 래. 이번에는 조금 크게 웃음이 터졌다. 그 순간 가까이 앉아 있던 나와 그녀의 시선이 마주쳤다. 그녀는 어깨를 으쓱해 보였다. 얼굴에는 여전히 장난기가 어려 있었다. 나는 종이에 커다랗게 '達來'라고 써서 그녀에게 보여 주었다.

"맞아요" 하고 그녀가 웃었다.

"제대로 지어진 이름이네요. 이름대로 될 거예요. 큭큭."

그렇게 해서 그 찻집까지 가게 되었다. 작은 인연이라도 귀하게 여겨질 때였다. 시간이 흐르면 친구가 생길 것이었지만, 그것을 위해 무슨 시도라도 하지 않으면 안 될 것처럼 느껴지던 때였다. 우리는 말없이 커피를 마셨다. 입으로 가져온 커피 잔 너머로 그녀를 보았다. 순박한 차림이었지만, 단정하게 빗어 묶은 그녀의 머리카락에서 올곧은 뼈가 느껴졌다. 순박하다 그리고 뼈처럼 올곧다.

대화하는 시간보다 침묵이 늘 더 길었다. 하나의 화제로 이야기가 끝나면 거기서 서버렸다. 아직 하나의 화제로 시간을 늘여갈 재주가 없던 때였다. 연관 있는 다른 화제를 찾는 기술도 모자랄 때였다. 하지만 가만히 보니 재주 없는 쪽은 그녀가 아니었다. 그녀는 침묵을 즐기고 있었다. 침묵에 안달하는 쪽은 나였다. 그녀의 한없이 느긋한 표정이 그것을 말해주고 있었다. 그날 저녁 늦게까지 우리는 그 찻집에 앉아 있었다.

그해 6월이었다. 그녀와 함께 소공동 지하도를 나섰는데, 코끝이 매웠다. 저만치 을지로 쪽에서 한 떼가 달려오는 것이 보였다. 뒤이어 최루탄이 어지럽게 날아올랐다.

"가보자."

내가 그쪽을 향해 몸을 트는데 그녀가 거칠게 내 옷소매를 당겼다. 그 바람에 손에 들려 있던 팝콘 봉지가 하늘을 날았다. 그녀의 얼굴이 파랗게 질려 있는 것을 보았지만, 영문을 알 수 없어 나는 그저 웃었다.

"왜?" 나는 그녀의 손을 가볍게 뿌리쳤다. "무슨 일인지 알아야 하잖아."

그러자 달래는 비명을 질렀다. 나는 그녀의 비명을 이해하지 못했다. 그 비명이 무엇을 대신하는지 몰랐다. 우리 앞에 벌어진 상황도 이해할 수 없었고, 그녀의 얼굴에 어린 공포도 이해할 수 없었다. 그녀의 비명과 공포는 내게 무한히 낯선 것이었다. 도로를 질주해 오는 떼거리의 분노만이 내가 이해할 수 있는 전부였다. 달래 얼굴의 그 푸른빛은 너무 낯설었다. 도로로 나서며 그녀를 바라보았다. 달래는 머리를 감싼 채 소리를 질러대고 있었다.

현실에서 '지금'은 '조금 전'의 것을 반영한다. '조금 전'의 어떤 것이 '지금'의 태를 이뤘을 것이다. 우리의 인식 체계는 그 바탕 위에 놓여 있다. 하지만 한 떼가 도로를 덮치는 순간 상황은 완전히 반전되었다. 조금 전 우리는 소공동 지하상가의 골동품들을 구경하며 천천히 걷고 있었다. 평화로웠다. 그리고 그 느긋함을 즐기며 계단을 올라와 인도로 막 나서려던 참이었다. 어쩌면 그녀의 손이 내가 들고 있던 팝콘 봉지 안으로 들어와 있었을 것이다. 누구도 방해할 수 없는 행복과 평온함이 깃든 시간이었다.

하지만 한 떼의 무리가 도로로 달려 나오면서 돌연히 세상이 바뀌었다. 그녀는 공포에 빠졌고, 나는 그것에 이미 적응하고 있었다. 그 상황은 오랫동안 내 속에 축적되어 있던 것들을 쉽게 발화시켰다. 가슴속에서 격렬하게 반응하는 적의를 따라 도로로 뛰어나갔다. 어쩌면 팝콘이 들려 있던 손에 분노를 거머쥐게 되기까지 몇 분의 1초도 걸리지 않았을 것이다.

어쩌면 그리도 순간적으로 적응하고, 격렬했을까. 두 떼거리들이 진퇴를 거듭하며 남대문에 이르렀다. 나는 어느 순간 진영의 맨 앞이었다가 어느 순간에는 진영 안으로 푹 파묻히곤 했다. 진영 안으로 파묻혔을 때는 긴장이 이완되었다. 누군가가 물병을 건네주었다. 물을 마시는데 우르르 진영이 무너지는 느낌이 들었다. 뒤이어 물병을 들고 있던 손목에 둔탁한 느낌과 함께 감각이 없었다. 다른 손으로 그 손목을 쥐고 고개를 숙이는 순간 가슴께로 먹먹한 통증이 날아들었다.

"난 알아. 내가 겪지는 않았지만……"

시퍼렇게 부어오른 내 눈두덩에 얼음찜질을 하며 넋두리처럼 달래가 말했다. 그녀의 목소리가 터널 속처럼 웅웅거렸다. 서울역 앞 여인숙이었다. 눅눅한 습기가 느껴졌다. 부어오른 것은 눈두덩뿐만이 아니었다. 팔목이 부러지지 않은 게 다행이었다. 가슴은 숨을 쉴 때마다 통증이 몰려들었다. 달래의 표정은 다시 편안해 보였다.

그녀는 내게 무엇인가를 말하려 했다. 세월이 흘러서도 나는 그것을 또렷하게 기억하고 있다. 달래는 얼음주머니로 내 눈두

덩을 지그시 누르는 일을 반복하며 선생님처럼 말했다.

"사람 하나하나는 믿어. 좋아, 다. 하나하나 각기 있을 때에는 다 좋은 사람이지."

산전수전 다 겪은 사람의 말투였다. 나는 다소곳해졌다.

"그런데 그 좋은 사람들이 하나로 뭉치면서 굉장히 단순해지는 거야. 좋은 일로 단순해지면 좋은데, 나쁜 일로 단순해지면 물불을 못 가리지. 피 튀겨. 그 일로 누구 하나 죽어도 눈 깜빡 안 해."

달래는 길게 한숨을 내쉬고는 학교 앞 순두부집 이모처럼 말했다.

"나는 그게 무섭다고, 이것들아."

지하도 입구에서 자신이 왜 비명을 질렀는지에 관한 해명이었다. 그녀는 차분한 음성으로 할아버지 이야기를 했다. 아련한 이야기였다. 뒤이어 아버지의 이야기를 그보다 조금 짧게 했고, 오빠 이야기를 길게 했다. 그리고 어머니와 자신의 이야기는 아주 짧게 덧붙였다.

그녀의 오빠는 그 고을에서 널리 알려진 수재였다. 일류대학에 입학한 것이 고향의 자랑이기도 했었다. 그런데 대학 2학년 여름방학 때 고향 집에 내려와 있다가 체포되었다. 학생운동을 하고 쫓기던 수배자였던 것을 나중에야 알았다. 달래는 단둘이 있던 집에서 백주대낮에 오빠가 끌려가는 걸 보았다. 기척이 들리자 오빠가 방에서 뛰쳐나왔고, 군화를 신고 툇마루로 올라서

던 경찰이 그의 팔을 낚아챘다. 마당에 나딩군 오빠를 타고 앉아 수갑을 채운 경찰은 군복을 입고 있었는데, 친구 아버지였다. 수갑을 채우고도 욕설과 발길질이 끝없이 이어졌다. 처음에는 공포였지만, 나중에는 상황이 헤아려지지 않는 백치 상태가 되었다. 그가 쓰게 내뱉었다. 할배도 빨갱이, 아부지도 빨갱이, 니가 될 기 뭐 있겠노? 엄마는 그해 가을까지 시름시름 앓다가 죽었다. 달래는 공황장애를 앓고 있었다.

새벽 창가로 희부옇게 밝은 빛이 번졌다. 그제야 우리는 편안해져 있었다. 말을 하면서 그녀는 간혹 내 겨드랑이에 손을 넣어 간질이곤 했다. 나는 편안해지면 서서히 드러나는 욕망을 감추지 않았다. 따뜻한 손길이 내 이마로 내 눈두덩으로 부은 내 입술로 분주히 오가는 동안 그녀의 가슴에서 나는 살내를 맡았다.

"저쪽 사람들 눈 뒤집히는 거는 나 상관 안 해. 그런데 니 눈이 뒤집히는 건 정말 상상하기도 싫다. 너무 무섭다."

나는 달래의 살내에 취해버렸다. 내 손이 집요해졌다. 그녀는 거부하지 않았다. 옷을 벗고 벗겼다. 그러고는 그녀 안으로 파고들었다. 나는 달래가 말하고 있는 상황과 여인숙 방에서 벌어지고 있는 지금 이 상황이 어쩌면 이렇게 닮았을까, 혼곤해진 정신머리가 분별력을 잃을수록 그 생각은 더욱 또렷했다. 사회적 가면을 부수고 욕망의 하이드가 되는 것이다. 무너지는 것을, 누군가의 말대로 죽는 것을 즐기는 것이다. 눈 뒤집히는 그 변태점(變態點)에 오롯하게 고여 있는 열락으로 모든 것이 용서되는 절차를 밟으며…… 공부하는 섹스였다.

"세상에 불확실성이 가진 공포보다 사람을 돌게 하는 건 없다."

그녀는 계속해서 말하고 있었다. 거친 시간이 흘러갔다. 두 떼거리가 밀고 밀리는 동안 몸을 관통하는 전율을 느꼈다. 순간 나는 무한한 범람과 극도의 착란에 휘말렸다. 그 범람과 착란 속에서 나는 처음으로 죽었다. 달래가 첫 여자였다.

4

그러므로 내게 이 작은 도시는 낯설지 않다. 이미 한 번 와봤던 스무 해 전과는 시가지 모습이 많이 달랐다. 하천을 따라 오르내리던 길과 가장 오래된 다리에서 번화가로 들어서는 구시가지의 길은 알 것 같았다. 하지만 그 외에는 기댈 곳 없는 이방인이었다. 그렇더라도 낯설지 않을 수 있었던 것은 달래가 내게 들려주었던 수많은 이야기들 덕분이었다.

나는 아홉산의 거열산성 위에 누워 있다. 산성은 흰옷 사내 술이가 춤을 추던 다랑논으로부터 20분쯤 능선을 따라 올라오니 나타났다. 산성은 마름모꼴로 쌓여 있었는데, 윗면의 폭이 족히 4, 5미터쯤은 되어 보였다. 그런 돌 성곽의 길이가 1.5킬로미터나 되었다는 얘기를 들었었다. 마지막 전투에서 이곳에 있던 백제 군사 7백 명이 참수되었다고 전한다. 그것은 거창양민학살사건보다 더 아련한 이야기였다. 그곳에서 바로 느낀 현장감을 제한다면 저만치 피어오른 봄날의 아지랑이 같은 이야기였다. 나는 지금 백제군 7백 명의 죽음을 이야기하려는 것이 아니다.

선화 이야기를 하고 싶은 것이다.

신라의 선화공주와 백제의 서동왕자 이야기를 하고 싶은 것이다. 그러나 마를 캐던 서동이 신라 땅으로 숨어들어, 선화가 서동을 밤마다 품었다는 노래를 아이들에게 가르쳐 퍼뜨리게 해서 쫓겨난 선화를 백제로 데려왔고, 훗날 왕과 왕비가 되어 선화의 뜻에 따라 익산에 미륵사라는 큰 절을 지었다는 이야기 또한 하고 싶지가 않다. 그것은 고려시대 일연이라는 스님이 쓴 삼국유사에 나오는 이야기일 뿐이다. 이곳은 따로 이곳의 선화 공주 이야기를 가지고 있었다. 그것은 익산의 서동 이야기가 아니었다. 일연의 이야기도 서동의 고향 익산의 이야기도 아닌 '국경, 아홉산 취우령의 선화 이야기'인 것이다. 신라의 수도 서라벌의 논리가 아닌, 백제의 수도 사비 혹은 익산의 논리도 아닌, 의뭉스러운 물꼬가 트여 알 듯 모를 듯 성스럽게 몸이 섞이던 곳, 바로 국경의 이해관계 속에 전해진 전혀 다른 이야기인 것이다.

5

　산성에 서서 내려다보니 내가 9개월 전 이사한 아파트가 보였다. 참 좋은 곳에 둥지를 틀었다. 일하기에 좋은 곳이었다. 다시 말하되, 내 직업은 스토리텔러다. 원하는 것에서 이야기를 찾아 구성해주는 직업이다. 어렵지 않은 일이다, 한 가지 사실만 믿는다면. 세상의 모든 사물이 이야기를 가지고 있다는 것을 믿는 것, 세상에 존재하는 그 어떤 것도 고유의 이야기를 가지고 있지 않은 것이 없다는 사실을 믿는다면 말이다. 나는 사물과 대화하며 그것이 가지고 있는 이야기를 듣는다. 듣고 종이에다가 들은 대로 베껴낸다. 사물과 대화할 수 있다면 이 또한 어렵지 않은 일이다. 스토리텔러라는 것이 내 작업의 결과를 규정하는 것에서 비롯한 이름이라면, 방법을 설명하는 다른 이름을 하나 더 가져도 괜찮겠다. 커뮤니케이터라고 하면 어떨까. 사물과 소통하고 전달하는 직업이니까.
　하지만 이것은 매우 상업적인 발상에서 시작된 직업이다. 일찍이 감성과 이야기의 사회가 열렸다고 말한 어떤 미래학자식

사고의 터널에서 시작된 직업인 것이다. 맞았다. 세상은 사실보다 이야기를 더 믿었고, 이성보다 감성을 더 따랐다. 세상이 왜 이렇게 되었을까 하고 나이 든 이들은 걱정을 했다. 조금 세게 걱정하는 사람들은 감성 따라 값이 매겨지는 세상이 '미쳤다'고 말하기에 서슴없다. 20세기의 지성은 저 혼자만 네모반듯했을 뿐 아무것도 책임지려 하지 않았다. 사람들은 아주 얇은 옷을 입었거나, 아예 벗었다. 그들의 피부는 잘 익은 성감대처럼 열려 있다.

언젠가부터 사람을 만나게 되면 그 사람이 가지고 있을 이야기를 궁금해하고 끝내 들려주기를 청하게 되는 버릇을 갖게 되었다. 이런 버릇은 도시에서는 영 불편한 버릇이다. 하지만 이 한적한 산골의 소읍에 온 후로는 이것이 즐겁다. 밭두렁에 앉아 막걸리 한 사발 얻어먹으며 할머니 이야기를 듣다가 목이 메는 경우가 많은데, 슬픔도 나쁘지가 않았다. 세상의 어떤 슬픔도 이야기 속에 있으면 괜찮다. 그래서 나는 막걸리병을 들고 들을 배회하다가 밭에서 일하는 할머니를 만나 이야기를 듣는다. 이야기를 들으며 질질 짜다가 그 끝에 산으로 들어가는 것이다.

산에 오르면 거기에도 이야기가 수두룩했다. 천 4백 년 전 그 사내 술이, 신라 진평왕과 백제 무왕 당시에 진퇴하고 또 진퇴했을 그 수많은 군사들, 그리고 선화공주, 그뿐일까. 그곳이 국경이었다지 않은가?

선화 이야기를 시작하기 전에 달래 이야기부터 하자.

달래가 사라진 것은 첫 기말고사를 며칠 앞둔 어느 날이었다. 내 곁에 누워 국경 아홉산 얘기를 밤새 하던 달래는 그날 새벽 사라진 것이다, 마치 지우개로 지워진 것처럼. 그전에 그녀가 존재했던 그곳들로부터 깨끗하게 사라졌다. 도서관에서도 강의실에서도 그녀의 자취방에서도 그녀를 찾을 수가 없었다. 집주인은 그녀가 벌써 일주일 전 이사를 갔노라고 말했다. 하지만 그녀가 그 방에서 어디론가 짐을 옮긴 후, 줄곧 내 하숙방에 있었으므로 집주인을 추궁하는 일은 정말 바보 같은 일이었다. 나를 바보로 여길 일은 그뿐만이 아니었다. 그녀가 사라지고 난 뒤 따져보니 도대체 그녀에 관해 제대로 알고 있는 것이 하나도 없었다. 하나도 없다는 사실은 교무행정처에서 확인이 되었다. 그녀가 떠난 지 사흘 째 되던 날이었다.

"없는데, 그런 이름."

행정처 직원은 바보처럼 두꺼운 안경을 끼고 있었다. 표정까지도 조금 멍해 보였으므로 나는 그의 말을 신뢰할 수가 없었다.

"없다뇨. 그럴 리가요. 박달래. 다시 한 번 찾아봐주세요."

"없어." 그가 고개를 흔들었다. "그리고 나 지금 좀 바쁘거든."

그가 돌아섰다. 이해가 되지 않았다. 벌써 한 학기를 다 다닌

학생의 이름이 학생원부에 없을 수가 있단 말인가?

"이것 보세요!" 목소리를 조금 높였던 것 같다. 나중에 확인된 바이지만 그는 우리 학교 동문으로 까마득한 선배였다. "이게 말이 됩니까? 한 학기나 수업을 들었는데, 그리고 출석부에도 이름이 있었는데, 청강생이든 정식 학생이었든 무슨 서류가 있을 것 아닙니까? 무슨 학교가 동네 대서방도 아니고."

"뭐야? 이 미친 바보새끼가?"

그가 돌아서며 휘두른 두툼한 학생원부가 내 머리통을 갈겼다. 그리고 상황은 끝났다. 왜냐하면 얻어맞는 통증보다 그가 말한 '미친 바보'라는 말이 내 뇌리에 가득해서 다음 할 말을 찾지 못했기 때문이었다. 미친 바보라니, 바보가 미치기까지 했다는 뜻이었다.

난 무슨 일이든 돌연히 벌어지는 것을 가장 못 견디는 편이다. 왜냐하면 그 순간 맛보는 혼란이란 그 상황의 진실은 물론 내 멀쩡한 정체성까지도 무지막지하게 위협하며 달려드는, 끔찍하기 이를 데 없는 형식을 가지고 있기 때문이다. 나는 그런 형식이 싫다.

그해 여름방학을 거의 이 작은 도시에서 보냈다. 생전 처음 온 곳이었다. 서울에서 기차를 타고 김천까지 와서 하루 밤을 잤다. 서울에서 너무 늦게 출발해서 목적지로 가는 버스가 끊겼기 때문이었다. 다음 날 아침 다시 버스를 타고 두 시간 가까이

터덜거리고 난 뒤에야 이곳이었다. 사흘 동안은 여관에서 자고 바로 옆에 있는 시장에서 국수와 만두, 찐빵, 순대 같은 것으로 끼니를 때우며 읍내를 수사관처럼 훑고 다녔다.

하지만 이곳에서 내가 한 일은 그녀에게 들은 이야기를 졸졸 따라다니거나 사람들이 많이 지나다니는 본정통 입구에 나가 앉아 있거나, 시장에 북적이는 인파를 물끄러미 바라보는 일뿐이었다. 정말이지 그녀의 신상에 관한 것은 하나도 아는 것이 없었던 것이다. 그녀 아버지 성함은 고사하고, 고향 마을 이름 조차도 모르고 있었다.

그때 버릇은 20년이 지난 지금도 여전하다. 나는 지금도 읍내 마켓에 가면 우리 또래의 여성들을 물끄러미 바라본다. 달래가 나이 든 모습까지 계산에 넣어 비교를 해야 했기 때문에 바라보는 시간이 좀 걸리는 일이었다. 하지만 지금은 일별하는 것으로 족하다. 그녀를 찾고 있는 나를 의식하게 되면 그때와 마찬가지로 여전히 가슴이 아프다.

6

선화공주가 자신의 동네에서 죽었다는 이야기가 놀랄 일은 아니었다. 그러나 좀 엉뚱한 이야기였다. 선화는 서라벌에서 죽었거나, 아니면 사비성에서 죽었거나, 그도 저도 아니게 처음부터 아예 존재하지 않았을 인물이었다.

 "서동은 법왕의 아들이다"라고 말한 사람은 일연이다. "지혜가 출중했으며, 기골이 장대했다"고 말한 건 김부식이다. 더불어 "불과 2년 후면 왕위에 오를 서동이 '마나 캐'러 다녔겠는가" 하고 말한 건 단제 신채호이다. 이들을 정리해 말하자면 598년, 신라의 궁중법연에 참석했던 서동은 당당한 왕자 신분이었다. '598년'은 이리저리 따져 계산해낸 어림짐작이다. 서라벌에서 열린 궁중법연에서 서동은 선화를 만났고, 반했다. 이때 신라와 백제가 좋은 사이였다는 건 삼국유사와 여러 자료를 종합해 만들었을 연대기표를 비교한 결론이다. 579년, 알야산성 전투 이후로 백제와 신라는 20년 동안 전쟁을 하지 않았다. 백제와 신라는 함께 중국 수나라와 화친하고 있었고, 596년에는 사이좋게 일본에 기술자를 연합 파견하여 법흥사를 완공했다. 그랬으므로 서라벌 깊은 궁중 어느 모퉁이에서 첫눈에 반한 서동과 선화가 사랑을 나누었다 해도 이상해할 일이 아니다. 그들은 밤마다 사랑을 나누었고, 더 이상 나뉠 수 없는 사이가 되었다.

 그런 후 서동은 선화를 서라벌에 남겨둔 채 먼저 백제로 떠난다.

 바로 이 부분부터가 국경 아홉산의 취우령 이야기이다. 선화와 서동이 함께 국경을 넘지 않고 먼저 서동이 떠나왔다는 것. 취우령은 한자로 取雨嶺이다. 비를 취한다는 뜻을 가졌는데, 이 이름의 '비'가 상징하는 것은 눈물이다. 눈물이란 대체로 슬픈 것이다. 기쁨의 눈물이라는 것이 있긴 하지만, 그 속내를 들여다보면 그것도 슬픈 일과 닿아 있기 마련이다. 상 받고 우는 건 그 이전의 고통이 떠올랐기 때문이고, 만나서 우는 건 만나지 못해 가슴에 맺혔던 것이 있었기 때문이며, 성공해서 우는 건 불우했던 지난날의 질곡이 너무 서러웠기 때문이다. 취우령, 이 고개에도 슬픈 일이 있었다. 선화가 바로 여기에서 죽었다. 서동과의 사랑을 눈치챈 아버지 진평왕의 궁에서 쫓겨난 선화는 서라벌을 떠나 국경에 이르렀지만, 서동은 이미 국경을 넘은 후였다. 선화는 이곳에 머물며 서동을 기다렸지만, 그는 되돌아오지 않았다. 오지 못할 형편이 있었거나 선화가 궁에서 쫓겨난 사실을 몰랐을 것이다. 님을 향한 길은 삼엄한 국경이었고, 궁으로 돌아가기에는 아버지 진평왕의 분노가 너무 깊었다. 절망이 독처럼 그녀의 몸에 퍼졌다. 지친 선화는 결국 이곳에서 쓰러졌다.

고개는 이 슬픈 일을 오래 기억했다. 이름이 말하듯이 그 어느 곳보다 자주 구름을 취해 비를 뿌렸다. 슬픈 일을 기억하고 있는 고개의 눈물이었다. 덕분에 사람들은 그 이름과 함께 고개가 겪었던 슬픈 일을 대를 물려가며 기억했고, 그곳에 내리는 비를 예사로 보지 않게 되었다.

무왕은 즉위한 지 3년 후, 선화의 아버지인 진평왕의 나라 신라를 공격한다. 전쟁은 계속되었다. 24년 동안 무려 열두 번의 공격이었다. 이것은 역사적 사실이다.

나는 아침에 일어나면 버릇처럼 부엌 창문을 열고 취우령을 바라본다. 여덟 개의 작은 봉우리를 좌우에 거느린 가운데의 큰 봉우리가 취우령이다. 산은 들에서부터 완만하게 시작된다. 봉우리들이 들을 끌어당기는 모습이다. '서서히' '눈치채지 못하게'라고 표현하는 것이 옳을 듯하다. 눈치채지 못하고 서서히 끌어 올려지는 얕은 경사면을 따라 수많은 사과 과수원들이 펼쳐져 있다. 과수원들 사이로 작은 길들이 서로 만났다 헤어지기를 반복하면서 산속으로 기어 들어간다. 길들이 숲 속으로 몸을 숨기는 그 지점이, 이를테면 들이 산으로 눈치채지 못한 채 끌려 들어간 마지막 부분이다. 들은 그쯤에서 자신이 산에게 끌려 들어가고 있다는 사실을 눈치챘다. 눈치를 챈 들은 사정없이 멱살이 잡힌 채로 일어서면서 용을 쓰다 제 스스로 산이 된다. 그 저항이 매우 가파르다. 나는 그 가파른 저항을 바라보고 있다. 아니 그 가파른 저항 속에 있었다.

얕은 경사면을 따라 펼쳐진 사과밭 샛길을 따라 산책을 하는 4월은 상상만으로도 즐겁다. 지천으로 핀 사과 꽃 터널을 따라 산으로 간다. 사과는 9월부터 익는다. 그래서 9월이 되면 실제로 이 산책길에서 사과 향을 느낄 수도 있다. 취우령의 깊은 맛을 느끼기 전까지만 해도 내게 이 길은 그저 사과 향을 좇던 길이었을 뿐이다. 사과밭이 본격적으로 시작되기 전 작은 마을들이 펼쳐져 있다. 마을마다 이름들을 가지고 있지만 통틀어 가지리라고 부른다.

하지만 내가 가지리의 산책길을 좋아하는 이유는 이 산 아랫동네에 많은 이야기들이 숨어 있기 때문이다. 내게 이야기를 들려주는 것은 구불구불 오래된 논두렁이거나 오래된 집터이거나 역시 천 4백 년 씩이나 그곳에 의미 없이 버려져 있던 기왓장 같은 것들이었다. 군사(郡史)를 보면 아홉산 아래에 아주 오래된 마을들이 있었고, 그곳에서는 그 천 4백 년의 역사를 알려줄 유물들이 출토되었다고 기록되어 있다. 이곳이 바로 신라와 백제의 국경 마을이었던 것이다.

7

20년 전 여름 어느 날, 이 소도시의 번화가인 농업협동조합 건물 앞 길바닥에 앉아 졸던 나는 벌에 쏘인 듯 화들짝 놀라 일어섰다. 그 생각이 왜 이제야? 그곳에 쭈그려 앉아 하릴없이 오가는 이십대 여성들의 얼굴을 살핀 지 사흘 째 되던 날이었다. 문득 섬광처럼 그녀의 고향을 한 번 찾아보자는 기특한 생각이 뇌리를 스쳐 지나간 것이다. 하지만 그녀가 들려준 몇 가지 정보를 취합해보면 그리 어려울 것도 없겠다는 생각에 미치자, 나는 다시 바보가 되어버린 느낌이었다.

그 쉬운 것을 왜 이제야 떠올렸지? 그녀로부터 얻어들은 것들을 종합해보니 그녀의 고향을 확인할 수 있는 정보로 대충 세 가지 단서가 포착이 됐다. 첫번째는 취우령이라는 고개를 경계로 서쪽은 백제, 동쪽은 신라 땅인데, 그 백제 땅 첫 마을이 자신의 고향이라는 것이었다. 그리고 그곳에 선화공주 설화가 전해지고 있다는 것이 두번째 단서였다. 또한 마을 앞을 흐른다는 하천 얘기, 마을 앞에 늘어선 노송들을 비롯한 여러 지형지물에 대한 정보가 그 세번째 단서였다. 특히 두번째 단서의 경우는 특이사항까지 붙어 있었다. 선화공주 설화를 설파하는 전 씨 아저씨는 말을 하면서 코를 찡긋거리는 틱 현상을 가지고 있다는 사실이었다.

떠오른 정보를 머릿속에서 정리하고 보니, 달래를 찾는 것은 시간 문제였다. 첫번째 단서인 '취우령 서쪽'에서 사실상 이 문제는 거의 항복하고 있는 것이나 마찬가지였다. 취우령 서쪽의 첫번째 마을인 것이다. 나는 도로 가에 서 있던 택시로 다가갔다. 택시를 탈 형편이 아닌 것은 알았지만, 조금도 지체할 기분이 아니었다. 뒷좌석에 오르면서 기사에게 "취우령 갑시다" 하고 호기롭게 말했다.

"취우령?"

"예, 취우령."

그러자 택시 기사는 난감한 표정을 지었다. 한동안 그런 표정을 짓고 있던 그는 차 문을 열고 내려 지나는 택시를 붙잡고 물었다.

"어이, 취우령이 어디야?"

취우령을 찾는 일부터가 쉽지 않은 일이었다. 택시 기사는 이리 저리 사람들을 붙잡고 취우령을 물었다. 한동안 사라졌다 돌아온 그가 말했다.

"학생, 진짜 취우령 갈 기가?"

"예."

"지금 거기 올라가면 어두워져서 못 내려와. 아니, 택시 타고 앉아서 산꼭대기 가자는 사람 첨 봤네. 학생이 정 원한다면 산 아래까지는 태워줄게. 그런데 이 시각에 거긴 무리지. 일단 차에서 내려봐."

그는 농협 건물에 가려 보이지 않는 산을 보여주기 위해 건물 뒤편에 있는 주차장까지 나를 끌고 갔다.

"저기 저 산 보이나?"

그 산이 바로 지금 내가 살고 있는 아파트 뒤편에 펼쳐진 아홉산이고, 그 아홉산의 가장 높은 봉우리 이름이 취우령이었다. 취우령이라는 이름도 최근에야 등산로 입구 표지판에 씌어져 알려지기 시작했지, 당시에는 읍내 사람들조차도 잘 알지 못했던 봉우리 이름이었다. 그러나 난감할 이유가 없었다. 내 목적지는 취우령이 아니었던 것이다. 나는 다시 택시 기사에게 내가 가고자 하는 곳을 설명했다. 지금 내가 있는 방향은 취우령 동쪽이니, 취우령 서쪽 첫 마을로 가면 되는 것이었다. 나는 땅바닥에 아홉산을 그리고 그 가운데 취우령을 지목해서 그 서쪽에 있는 첫번째 마을 이름을 물었다. 그랬더니 기사의 표정이 환하게 밝아졌다.

"영승?"

"거기 갈 수 있습니까?"

"갈 수 있지, 당연히. 씨악실 모티 돌면 바로 영승이라. 십 분도 안 걸리."

나는 택시에서 내려 마을로 들어가 전 씨를 찾았다. 한 젊은 아주머니가 친절하게도 전 씨의 집까지 안내해주었다. 마당을 질러가며 툇마루에 앉아 이쪽을 유심히 바라보는 그를 보았는데, 당신이 전 씨 아저씨냐고 물을 필요도 없었다. 연신 코를 찡긋거리며 자신이 전 씨임을 알려오고 있었기 때문이었다. 툇마루 아래에 선 나는 당시 이십대가 갖출 수 있는 최대한의 예의를 차렸다. 그리고 우선 정중하게 선화를 아느냐고 물었다. 그 순간 마치 선화가 달래로 가는 입구인 것처럼 느껴졌다.

"알지, 알고말고."

그 입구가 멀었다. 달래에게 당도하기 위해 그 정도는 충분히 인내할 수 있었다. 이미 달래에게 들었던 이야기들이었다.

나는 바람 같은 존재다.

하긴 바람 같지 않은 존재가 있을까. 이 시대를 사는 대부분의 사람들이 바람 같은 존재이다. 태어난 곳을 떠나 일을 좇아 이리 저리 옮겨 다니는 21세기의 유랑민인 것이다. 누구도 그렇게 살기를 원하지 않았겠지만, 세상은 그렇게 하기를 원했다. 원하지 않는다면 동의하지 않을 수도 있었을 텐데, 이상하게도 모두들 저항 없이 받아들였다. 마치 무슨 마법에 휘말린 것처럼 그렇게 산업국가의 충직한 신민들이 되어간 것이다. 도시에는 그런 신민들로 가득하다. 그런데 시골에 가면 그 시원의 삶을 살고 있는 인디언들이 있다. 그들이라고 해서 전혀 산업사회의 영향을 받고 있지 않다고 할 수는 없지만, 그렇더라도 그들의 삶에는 아직 농경사회의 평온이 깃들어 있다.

아홉산 기슭 영승 마을은 천 4백 년 전 당시에는 뼛속까지 시렸을 긴장으로 밤을 지새우던 마을이었다. 그곳에서 만난 전 씨는 매우 귀한 사람이었다. 이 산만하기 짝이 없는 산업사회의 온갖 불미한 소리에 길들여져 있던 내 귀에 그의 그 음성은 청량하기 이를 데가 없었다.

"김 선생, 우리 조상이 이곳에 살기 시작한 것은 고려시대 이전의 일인 것이 분명해요. 족보의 제일 윗대 할아버지가 이곳에 묻혀 계시니 다른 증거가 나오지 않는 이상 족보 이전의 할아버지들도 이곳에 살았다고 생각하는 것이 옳지 않겠소?"

이곳에 사람 살았던 것이 끊이지 않았으니, 이곳에 전해지는 이야기 또한 그랬을 것이다. 이곳에 전해지는 선화 이야기가 그랬다.

"달래?"

그러나 내가 달래를 물었을 때, 그의 목소리는 의구심에 가득 차버렸다.

"예, 달래라고…… 이십대 중반쯤 된 처년데요. 이 동네 산다는 얘기를 들었는데……"

조바심 때문에 나는 알고 있던 이야기들을 한꺼번에 다 털어놓았다. 할아버지가 양민이었는데도 국군에게 학살되었다는 이야기, 그래서 그의 대학까지 나온 아버지는 좌익으로 찍혀 평생을 실업자로 지냈다는 이야기, 그래서 그의 어머니는 일찍이 집을 나가버려 불우하기 이를 데 없는 아동기를, 그리고 청소년기를 지냈다는 이야기 등이었다. 그러자 전 씨는 아주 인상적인 답변을 내놓았다.

"어디서 많이 듣던 이야긴디?"

하지만 그것으로 끝이었다. 많이 들었다는 말의 뜻은, 그 정보로서는 어떤 인물 하나를 특정할 수 없는, 그러니까 누굴 찾겠다는 정보로서는 별 쓸모가 없는, 이 동네에서는 몇 종류의 이야기 중의 하나로 전형적인 이야기일 뿐이라는 뜻이었다. 결론은 아주 단호했다.

"그런 이름 몰라, 달래."

'어디서 많이 듣던 이야기'라는 말은 당시 나로서는 답답하기 이를 데가 없는 대답이었지만, 20년이 훌쩍 지난 지금 나는 그의 대답을 새로운 감각으로 되새김질해볼 만하다고 생각하고 있었다.

"아버지가 대학 안 나왔어도 모두들 숨죽여 살 수 밖에 없었으니까. 다들 처지가 비슷비슷하지."

마치 선고처럼 들렸다. 달래는 신원 불상의 여자였다. 하지만 묘한 느낌이었다. 정체를 알 수 없다든가 하는 단순한 느낌이 아니었다. 이를테면 엷어지는 것이었다. 슬그머니 엷어져 주변의 것들로 흡수되어버리는 것이었다. 서울에서는 또렷했던 달래가 이곳에 오니 그녀가 가진 정보들로 인해 오히려 점점 그녀의 특색을 잃고 엷어지면서 흐릿해지는 것이었다. 그녀는 '보편성'이라는 투명 옷을 입고 사라져 갔다.

8

산성 위에 누워 있던 나는 몸을 일으켰다. 오늘도 산 정상까지 가볼 생각이었다. 산의 능선에 올랐으니 정상에 이르는 것은 식은 죽 먹기였다. 따로 또 계획이 있었다. 능선을 따라 오롯한 오솔길이 나 있고, 그 오솔길을 호젓하게 걷다보면 정상인 취우령에 이를 것이다. 지난번에 왔을 때는 정상인 취우령에서 서쪽

계곡 길을 타고 영승으로 내려갔었다. 영승 마을 회관에 벌어진 술자리에서 흥미로운 얘기를 들었다. 오늘은 산 정상까지 갔다가 동쪽으로 내려가볼 생각이었다. 동쪽은 가지리였다. 산에서 내려가면 죽림정사를 만나게 될 것이다. 그곳에서 영승에서 들었던 이야기를 확인해볼 생각이었다.

나는 이 소읍에 다시 온 이후로 이미 여러 차례 자전거를 타고 '씨악실 모티'를 돌아 영승에 가거나, 아홉산에 올랐다가 취우령에 이르러 동쪽으로 내려갈까 서쪽으로 내려갈까 망설인 끝에 영승으로 내려간 일이 여러 차례 있다. 갈 때마다 그냥 가지 않고 막걸리병을 들고 간 덕에 이미 노인이 된 전 선생과는 꽤 가까운 사이가 되었다. 그리고 보니 그는 달래가 딱 지목해서 특정한 단 한 사람의 실존 인물이었다. 그 외에는 선화이거나 서동이거나 이름을 알려주지 않아 양민으로서의 대표성만이 오롯한 그의 할아버지나 아버지이거나 또한 난폭한 하이드인 국군 병사이거나 신라 병사, 백제 병사인 불특정 인물들이었다. 그러므로 전 선생은 달래가 내게 제공한 가장 믿음직스러운 정보원인 셈이었다.

며칠 전 나는 취우령에서 서쪽으로 몸을 틀어 영승으로 가자하고 산을 내려가기 시작해서 20분쯤 후 마을에 이르렀었다. 손에 막걸리병이 들려 있지 않은 것이 조금 섭섭했지만, 어쨌든 전 선생을 찾아갔다. 그는 회관에서 동네 사람들과 어울려 술잔을 돌리던 중이었다.

"시간 맞춰 잘 오셨네." 그가 말했다. "마을에서 오늘 아침에 돼지를 한 마리 잡았어. 하루 종일 그것을 손질하고 지금 막 한 잔 하려던 참이어."

내가 합석을 하고 술자리가 무르익었다. 맨정신에 할 수 없는 농담이 오가는 푼수로 보아 술판이 무르익었다는 걸 알았다. 그 무른 자리에 불쑥 내 20년 전 궁금증을 다시 밀어 넣었다.

"저기…… 한 가지만 여쭙겠습니다."

왜냐하면 내가 이 질문을 가지고 왔던 당시에는 대답할 사람이 전 선생밖에 없었고, 그의 기억력이 온 동네를 대표할 만큼 완벽한지도 알 수 없는 노릇이었으며, 또한 지금쯤은 내 궁금증에 관련한 새로운 정보가 생겨났을 수도 있겠다는 생각이 들었던 것이다.

"혹시 달래라고…… 아시는 분이 계실까요?"

"누구?" 앞에 앉은 나이 지긋한 어른이 되물었고, "이름이 달래고 아버지가 대학까지 나왔는데도 할아버지가 좌익으로 처형되어서 직업이 없이 평생을 지냈다고 하던데요"라고 내가 말했다. 그러자 저만치 어떤 어른이 말했다.

"좌익인지는 몰라도 달래, 내가 알지." 갑자기 팔에 소름이 돋았다. 그가 말했다. "달래, 술이 마누라 아니어?" 그러자 여기저기서 맞장구가 터져 나왔다.

"맞어. 어디서 많이 들어본 이름이다 했더니, 바로 술이 부인 이구먼."

아까 나는 술자리가 무르익었고, 무르익었다는 사실을 알게 된 것은 농담이 오가는 분위기 때문이었다고 말했다. 그랬다. 농담이었다. 20년 전의 전 선생은 농담하지 않았다. 그때도 그는 달래가 술이 마누라라는 것을 알고 있었을 것이다. 하지만 달래 이름 앞뒤에 붙은 양민학살과 그녀의 가족력이 매우 진지했기 때문에 '술이 마누라 이야기'를 꺼낼 농담의 여지가 없었던 것은 아닐까?

"내가 이야기를 해줄게, 잘 들어요, 김 선생" 하고 그가 꺼낸 이야기를 간략하게 간추려보면 다음과 같다. 영승의 노인 말을 따르자면, 서동 즉 백제의 무왕이 선화의 아버지인 신라의 진평왕을 때 없이 공격하고 있을 무렵이었다. 술이라는 청년은 이웃 마을 달래라는 처녀의 늙고 병든 아버지가 군역을 져야 할 처지에 놓인 딱한 사정을 알게 되었다. 늙었고 병마저 들었으니 전쟁에 나가면 살아 돌아오기 어려울 터였다. 낙담한 한숨 소리와 처연한 울음소리를 이웃 마을의 술이 듣고 있었다. 평소 달래에게 마음을 두고 있던 술은 망설이지 않았다. 찾아가 대신 군역을 지겠노라고, 그러나 3년 후 돌아오면 달래에게 청혼을 할 터인즉 허락해달라고 하고 정표인 양 말 한 마리를 내어놓고 전쟁터로 떠났다. 3년이라는 시한은 모호할 수밖에 없는 전쟁터, 술이의 생사를 구분할 분기점이었다. 3년이 지났다. 또 3년이 지났다. 기다리고 또 기다렸지만 달래의 마음속 그 청년은 돌아오지 않았다. 그동안 일찍이 달래를 첩실로 들어앉힐 생각을 먹고 있던 신임 관장은 회유와 협박을 더욱 노골화하고 있었다. 그 사이 아버지는 유서를 써두고 자결을 했다. 하지만 그 혹독한 세월을 다 겪고 나니 술이 돌아왔다. 전쟁터에서 눈을 잃어 장님이 되어 있었다. 헤어지기 전에 반을 갈라 나누어 가졌던 거울을 맞춰보고야 상대를 알아본 두 사람은 끌어안고 서럽게 울었다. 그리고 사라졌다. 그들이 어디로 가 무엇을 하는지 아는 사람은 아무도 없었다. 다만 이 기구한 사랑 이야기만 천 4백 년이 넘도록 이 마을에 전해져 오고 있었다.

"이 마을에 전해져 오는 또 하나의 전설이야. 달래와 술이 이야기. 달래라면 바로 그 달래가 맞네."

나는 실망하지 않았다. 물론 기대하지도 않았던 데서 기인한 것이긴 하지만, 달래에 대해서는 새로운 것을 하나 더 보탠 셈이었다.

"그러니까 김 선생이 만났다는 그 여자가 백제의 술이 마누라였다는 거지?"

둘러 앉아 있던 사람들 중 누군가가 그렇게 말했고, 몇 사람의 웃음이 함께 터졌다.

달래는 천 4백년 전 그 이야기 속에 자신의 존재를 묻었다, 마치 타임캡슐처럼. 그녀의 옅어진 존재감이 시간의 틈에 안개처럼 흩어지는 것을 느낄 수 있었다.

서산에 노을이 물들 무렵 나는 술자리에서 일어섰다.

"왜, 가시게?"

"예, 잘 마셨습니다. 다음에는 제가 막걸리 사 들고 오겠습니다."

그리하고 일어서 돌아서는데 달래와 술이 이야기를 했던 그 노인이 다시 나섰다.

"그런데 내 이름은 뭔지 아시나?"

그저 영승의 나이든 어르신이라는 정보만으로도 분별이 충분했기 때문에 따로 그의 이름을 기억해야 할 필요를 느끼지 못했었다. 그 역시 자신의 이름까지 알려야 할 이유가 없을 터였다. 그런데도 그는 말했다.

"지명이야, 석지명(釋知命)."

이름을 말하고는 껄껄 웃었다. 그 곁에 앉아 있던 또 다른 노인도 따라 웃었다. 하지만 나는 웃지 않았다. 그가 머쓱해져 다시 말했다. 아, 참. 그는 뭔가 잊고 있었다는 듯이 말했다.

"요 아홉산 꼭대기 취우령을 넘어 가면 가지리인데, 그곳에 가면 죽림정사라는 절이 있어. 그 절 옆에 오래된 사당이 한 채 있어요. 그곳에 젊은 보살이 한 사람 살고 있는데 한 번 가보시오."

죽림정사는 이미 익숙한 간판이었다. 이건 또 무슨 변수일까.

죽림정사는 아홉산의 얕은 경사면을 따라 펼쳐지는 내 자전거 길에 있었다. 걷기에는 좀 먼 거리였다. 산의 계곡 주름을 따라 경사면도 얕은 구릉을 만들어 가지고 있었는데, 그 얕은 구릉 서너 개를 넘어 가면 죽림정사의 팻말이 보였다. 오래된 절은 아닌데, 그곳 분위기 탓인지 상당히 고풍스러워 보이는 사찰이었다. 사당이 절 옆에 있단 말이지? 하지만 이미 몇 번씩이나 그곳에 갔었던 내 눈에 띄지 않았다면 그다지 인상적인 사당은 아니었던 모양이다.

산성에서 출발하여 이윽고 아홉산 정상에 이르렀다. 거열산성에서 이곳 정상인 취우령까지는 30분쯤 걸렸다. 정상에 있는 산불 감시 초소에 기대어 읍내를 내려다보았다. 바로 산 아래에 있는 중촌이나 영승은 보이지 않는다. 내려가는 길이 매우 가팔랐다. 도무지 소통하던 국경이랄 수 없는 곳이었다. 백제와 신라가 서로 척지고 싸워내던 역사를 고스란히 반영하고 있는 험난한 길이었다. 산을 내려왔을 때 마이당골에 따스한 오후 햇살이 가득했다. 내 자전거 길에 들어 있는 목록에는 죽림정사 외에도 아홉산 아래에 있는 마이당골이 들어 있었다. 아무것도 없는 산 아래 텅 빈 땅이지만, 턱 괴고 앉아 달래를 추상(抽象)하기에 좋은 장소였다. 마이당골은 삼국시대 당시 많은 사람들이 거주했던 흔적이 남아 있었다. 지금은 사라지고 없지만, 그곳에 산재한 토기 파편들이 그것을 증거하고 있었다.

죽림정사의 담장을 끼고 도니 작은 숲이 나타났다. 사당이 있다면 숲 안에 있을 것이라고 생각했던 것이 맞았다. 숲 안에 사당이 있었다. 작은 숲이 딱 그만큼이어서 사당을 감추기 위해 조성된 숲이 아닐까, 하는 느낌을 주었다. 그렇게 생각하고 보니 그 의도가 의심스러워졌다. 무엇 때문에 감추려 한 것인가? 적막했다. 숲 이쪽의 햇살에 비해 숲 안쪽은 적막한 만큼 어둡고 서늘했다. 불쑥 이쪽을 향해 누군가가 나타날 것 같은 느낌도 일었다. 숲은 나에게 조금 내키지 않은 행동을 요구했다. "들어 온나." 나는 숲의 요구를 들어주었다. 숲 안쪽으로 걸어 들어가며 발에 스치는 풀포기들이 성가시게 내 신경을 건드리는 것을 알았다. 길에 이토록 성성하게 풀포기들이 자라 있는 것은 사람의 왕래가 거의 없다는 뜻이고, 지금 사당 안으로 들어간다 한들 만날 사람이 없다는 의미가 아닌가? 돌아보니 실제로 지금 막 내가 지나온 흔적이 있을 뿐, 사람이 드나든 흔적이 없었다. 빈집이었다. 가로질러야 할 마당이 워낙 작은 탓에, 빈집이었다, 하는 끝에 벌써 사당의 툇마루에 도착해 있었다.

"계십니까?"

안에 아무도 없을 것이라는 생각이 나를 안심하게 했다. 계십니까? 그래도 나는 거듭해서 누군가를 향해 물었다. 보살님, 계십니까? 이쯤에서 부르기를 그쳐야 한다고 생각했다. 이만하면 되었다고 나 스스로를 막 타이르던 중이었다. 그런데 안에서 기척이 들렸다. 그리고 덜컹 문이 열렸다.

"오셨소?"

얇은 흙색 고깔을 쓰고 있었다. 한복인 듯 보이는 저고리와 치마도 그냥 흙색이었다. 검다고도 황토라고도 할 수 없는 그야말로 흙색이었다.

"지나는 길에 들렀습니다. 산 너머 영승에 갔더니 이곳 사당과 보살님 얘기를 하시더군요. 궁금했었는데, 이곳을 지날 기회가 생겨 들여다보았습니다."

고깔 안에 숨은 보살의 하얀 피부를 언뜻 보았을 뿐이다. 안에서 무엇인가를 주섬주섬 챙기더니 사발을 툇마루에 내어 놓고 맑은 물을 따라 내게 내밀었다.

"산에서 내려와 목이 마르시지요? 그렇지 않아도 우리 공주님 행적을 궁금해하는 분이 서울에서 오셨다는 말씀을 듣고 있었답니다."

보살은 낮은 음성으로 천천히 말했다.

"예, 선화 이야기는 영승에서 들었습니다" 하고 내가 말했다. "그러면 이 사당의 당주는 선화공주이신가요?"

"예, 그렇답니다. 저는 공주님을 모셨던 궁녀 정연의 현신이고요."

나는 문득 그녀의 눈을 보았다고 생각했다. 맑은 눈이었다. 마음이 편해졌다. 세상을 살면서 어떤 인물로 살 것인가를 정해두고 사는 사람은 많지 않을 것이다. 하지만 가끔 그런 이들을 만난다. 두 종류다. 눈이 깨끗한 사람, 눈빛이 지저분한 사람. 신념은 눈빛을 만든다. 그런 점에서 믿음이란 궁극의 행동선이다.

툇마루에 앉은 나와 고깔을 쓴 그녀 사이는 매우 깊었다. 너무 깊어 건너기 힘들었다. 나는 그녀의 무채색 차림이 무엇인가를 말하고 있다고 믿었다. 나는 20년 전 달래를 찾다가 지쳐 읍내 외곽에 있던 박물관에 간 적이 있었다. 그곳에서 인근 둔마리에서 출토되었다는 고려시대의 고분벽화를 보았다. 벽화 속 여인은 한 손에 과일 접시를 받쳐 들고 옷자락을 휘날리며 서 있었다. 윗옷은 유복 혹은 복삼이라고 불렀던 통수 우임의 저고리로 평민의 차림이었다. 나는 한눈에 그녀를 알아보았다. 달래가 마치 꽃처럼 눌려, 그 입체를 가장 얇게 만들어 평면에 붙이는 압화처럼 그 벽화에 스며 있었다.

이를테면 나는 오래전 현실 속에 존재하는 2차원 세계를 만난 것이다. 텍스트는 구체화된 평면인 사진이나 그림을 추구하고, 그다음에는 평면에 시간을 넣은 활동사진을 추구하고, 그 다음에는 평면을 거부하고 입체를 추구해온 이것이 순차적으로 진행된 산업사회의 관음증, 비주얼에의 욕망이 아닌가.

그러나 그 반대의 것을 추구하는 새 입맛이 있었다. 입체인 현실을 평면의 그림으로 옮기고 그 그림으로부터 이야기를 캐낸다. 밤이면 밤마다 호롱불 아래에서 이야기로 살아나던 그 상상력에 귀의하는 것이 그 삶의 본질이자 현상인 입맛들이다. 나

는 3D가 대세인 세상에서 2차원의 전략이 통하는 이야기의 세
계를 만났다. 그곳에 자신을 선화의 몸종 정연이라고 말하는 보
살과 나중에 알게 된 것이긴 하지만 또한 자신을 가리켜 서동을
후원했던 법사 지명(知命)이라고 말했던 노인과 그리고 달래가
있었다. 모든 이야기는 평면의 기억에서 오며 입체의 기억을 향
해 나아간다. 세상에 기억만큼 이야기를 지켜줄 완강한 성채는
없다. 따라서 이야기는 결코 소멸하지 않는다. 작은 기회라도
그 생존 확률은 매우 높으며, 강한 활성화 능력을 가지고 있다.
이것이 이야기가 모든 것을 이기게 된 이유이며, 그것이 가진
힘이다.

9

그날 이후, 나는 매주 수요일이면 사당에 간다. 그곳은 현실
에서 텍스트의 세계로 나를 안내하는 비밀의 문이었다. 죽림정
사 담장에 자전거를 기대어 놓고 바로 옆 작은 숲으로 스며든
다. 그곳을 지날 때 몸피가 한없이 얇아지는 것을 느낀다. 종이
처럼 가볍게 숲을 지난다. 툇마루에 이르면 작은 기침으로 그녀
의 천 4백 년 깊은 잠을 깨우고, 자리에 앉아 말없이 그녀가 따
라주는 맑은 물 한 대접을 얻어 마시는 것이다. 그녀는 변함없
이 그 자리에 앉아 있다. 여전히 흙색 고깔에 흙색 유복을 입

고, 입 매무새 야무지게 '오셨소?' 한다. 신혼 첫날 집 나간 신
랑을 수십 년 동안 기다리다 재가 되어버린 신부처럼 그녀는 그
자리에서 아득하기만 했다.

그곳에 다녀온 날은 나는 밤늦도록 거실에 홀로 앉아 술잔을
기울인다. 아니, 혼자가 아니다. 내가 사는 집 뒤에는 아홉산이
병풍처럼 드리워져 있고, 앞에는 그 아홉산의 이야기를 밤새도
록 들어주는 작은 도시가 있기 때문이다. 읍내 시가지에서 보면
내가 사는 아파트가 아홉산을 떠억 가리고 서 있는 것처럼 보이
지만, 실은 이 집은 아홉산과 읍내를 중재하기 위해 여기 존재
하는 것이다. 나는 그 꼭대기 22층에 앉아 있다. 새벽 2시, 스
르륵 내 밑자리가 사라진다. 그리고 부양하듯 공중에 떠오른다.
그런 채로 아홉산과 그 산 아래 불을 밝힌 읍내가 밤새 두런거
리는 소리를 듣는다.

내 이름은 술이다.

* 취우령은 경남 거창읍에 있는 아홉산의 정상이다. 주변에 많은 유적과 오래된 이
  야기들이 있다.

이야기를 욕망하는, 욕망의 이야기

김진수

> 이것은 이야기를 욕망하는 우리 안의 어떤 성질에 관한 이야기이다. 그때 우리는 한 줄기 이야기 속에 있었다. 내게는 그것이 인계철선 같은 끈이었고, 당겼을 때 운명인 것처럼 느껴졌다. 그 끈 끝에 다시 욕망하는 이야기가 매달려 있었다. (「완전한 그림」, pp. 44~46)

이제까지 발표된 총 8편의 장편소설을 제외하고, 중단편 소설집으로는 첫 작품집이 될 이명행의 『마치 계시처럼』에 실린 작품들은 무엇보다도 먼저 '설화적'이라고 해야겠다. 하기야 모든 문학과 소설이 신화와 설화와 민담의 직접적인 후예이긴 하지만, 이 소설집에 실린 작품들은 그런 원론적인 의미에서가 아니라 각별히 설화적이라고 해야만 할 어떤 특징들이 도드라져 있다는 점에서 그러하다. 소설적 방법론에 있어서나 작가의 문학적 태도와 지향점에 있어서 『마치 계시처럼』에 실린 7편의 작품들은 공통적으로 설화적 이야기의 원형들을 풍부하게 함축하고 있어서 마치 그러한 원형들의 다양한 변주처럼 보이기도 하기 때문이다. 방금 언급된 '작가의 문학적 태도와 지향점'에 대해서는 이 소설집에 실린 '작가의 말'을 참조하기로 하자.

'관계'와 '이야기'에 관심을 가지고 썼습니다. 세상의 그 어떤 이야기도 '관계'에서 벗어날 수는 없겠습니다만, 그중에서도 제가 관심을 가졌던 것은 프랙탈이니, 엔트로피니, 엔텔레키 같은 것으로 설명될 '운명적 관계'입니다. 관계에서 시간은 '엔트로피적'이며, 이야기에서 혈연은 '엔텔레키적 신뢰' 속에 있다는 식의 관점이지요. 그러고 보니 이것들은 모두 '질서'에 관한 이야기가 되는군요. (pp. 286~87)

신화와 설화와 민담은 모든 문학적 이야기들의 원형적 구조를 형성한다. 세계 곳곳에서 전해지는 다양한 민족의 신과 영웅 들에 대한 이야기는 인류 공통의 원형적 이미지, 그러니까 다시 말해 어떤 특정한 구조로 이루어져 있음을 우리는 이미 알고 있다. 그러나 '설화적'이란 용어의 또 다른 사용은 우리의 삶 속에 개재된 어떤 운명이라거나 인연의 신비 혹은 신비로운 삶의 운행을 전제한다. 모든 설화에는 피할 수 없는 인연과 운명 혹은 우연을 가장한 어떤 필연의 질서가 작동하고 있는 것처럼 보인다. 그리하여 이 같은 우연적 필연 혹은 필연적 우연에 의해 우리의 삶은 이성의 논리로써 올곧게 풀어낼 수 없는 '신비스러운 어떤 것'으로 드러난다. 모든 삶과 생명이 그렇듯이, 설화적 이야기는 이 해결할 수 없는 신비에 대한 인간적 이해의 소산일 터이다.

270

설화적 이야기에서 모든 사건들은 우리가 이해할 수 없는, 그러나 이야기의 전개상 마땅히 그렇게 되어야 할 것처럼 보이는 어떤 필연적인 방향으로 전개된다. 우연과 필연, 모험과 운명, 표면상의 단절과 심연의 내속 관계들은 이러한 이야기 속에서 상호 모순된 채 결합된다. 그러한 이야기 속에서 삶은, 그리고 실제 우리 삶이 그렇듯이, 그 자체로 모순된 채 통일성을 획득한다. 모순, 대립된 것들의 통일로서의 삶은 변증법적인 상호 지양과 종합을 알지 못하는 것처럼 보인다. 삶은 그저 모순된 채로 통일되어 있을 뿐이다. 이 '모순의 통일'이 바로 설화적 이야기가 지닌 신비스러운 속성의 뿌리가 된다. 설화에서 신비는 제거될 수 없으며, 오히려 이야기의 필연적인 구성 성분이 된다. 그리하여 이 설화적―미토스적 세계는 논리적―로고스적 체계로 환원 불가능하게 되며, 역으로 저 논리적 체계는 이 설화적 세계와 맞부딪히는 자리에서 자신의 무력함을 인정하지 않을 수 없다. 그런 의미에서 이명행의 작품 세계 전반을 휘장처럼 두르고 있는 저 도저한 '신비'의 아우라는 이성적 체계로 환원 불가능한, 그리하여 마침내는 해독이 불가능한 것처럼 보이는 이 세계와 삶에 대한 경외감의 표현으로 이해되어야 한다. 『마치 계시처럼』에 실린 작품들을 각별히 설화적이라고 하는 근거가 여기에 있다.

소설집에 등장하는 한 화자는 다음과 같이 말하고 있다. "이렇게 되짚어나가다 보면 운명이라는 것이 얼마나 보잘것없는지 금방 들통이 난다. 우리가 운명이라고 부르는 것들은 대부분 이렇게 시시하게 시작되는 것이다. 시시하게 시작되지만 그 결과적 필연성에 이르면 겸손해지지 않을 수 없는 것이다"(「완전한 그림」, p. 61). 하기야 그렇다. 결과에서 원인을 추론하면, 세계와 삶의 모든 사건들은 필연과 운명의 그늘을 벗어나기 어렵다. 그러나 역으로 원인에서 결과를 추론하고자 한다면, 삶은 언제나 우연과 자의의 소산일 뿐이다. 하나의 샘에서 솟아오른 물줄기가 어떤 계곡을 흘러 어느 바다에 닿을지는 그 누구도 알 수 없는 것이기 때문이다. "카오스에 내재된 질서는 참 알 수 없다. 알 수 없지만 그것은 아주 정교한 의미를 가지고 일을 한다"(「완전한 그림」, p. 61). 그렇기에 삶은 신비이자 또한 이 신비의 '질서'이기도 하다.

『마치 계시처럼』의 첫 자리를 차지하고 있는 「숨결」은 그런 의미에서 대단히 시사적이다. "수면은 뇌에서 이루어지는 것이기 때문에 뇌의 여러 가지 기능 장애로 인해 불면증이 생기는 수가 있습니다"로 시작되는 이 소설의 구조적 모티프는 '잠'이라고 할 수 있다. 인용된 소설의 첫 문장은 잠/불면이 '뇌'와 모종의 관련이 있음을 명시한다. 여기에서 뇌는 '의식'의 환유로 읽힌다. 그렇다면 잠과 의식은 어떤 관련을 맺고 있는 것일까? 다음 구절들을 살펴보기로 하자(이하 모든 강조는 필자에 의한 것임).

밤이 깊었다. 그러나 **잠**은 저 멀리에 있다. 그것은 아지랑이처럼 깊고 허전하다. 내가 가 닿을 수 없을 만큼 저만치서 감미로운 유혹으로만 존재한다. **의식**은 혼돈 속에서 그 유혹을 향해 허우적거리고, **숨**이 가빠온다. 이럴 때는 '**내가 살아 있음**'에 집착하게 된다. 놓치면 안 될 것 같은 강박이 짓누른다. 순간 **몸**이 깃털처럼 가벼워진다. 그것은 해방이 아니라 소멸의 전조다. 소멸이며 상상할 수 없었던 저주다. 숨이 더욱 가빠진다. 숨골이 경련을 일으킨다. (「숨결」, p. 10)

여기에서 '잠'은 곧 '숨', 다시 말해 '내가 살아 있음'이라는 '몸'의 문제와 직결되고 있다. 치과의사인 주인공이나 새벽 2시에 잘못 걸려 온 전화기 저편의 여자 또한 불면을 앓고 있다는 점에서 이 두 인물의 처지는 동일하다(또한 '치주염' 환자로서 주인공을 찾아오는 약사인 '그녀' 또한 불면증 환자라는 점에서는 다를 바 없다). 이 작품에서 불면은 상실과 외로움과 공포, 말하자면 '정적과 어둠의 틈'(p. 18)의 상징적 징후이다. 소설의 제목이기도 한 '숨(결)'은 이와 반대로 살아 있음/목숨의 가장 직접적인 징표이다. 그렇다면 이제 불면의 의미가 보다 분명해진다. 그것은 곧 (목)숨이 건강하게 활동하고 있지 못하다는 사실, 즉 영혼이 병들었다는 사실을 의미한다(희랍 신화에서 프시케는 '숨'이자 '영혼'이다). 이 영혼의 병이란 그렇다면 소설 속에서 구체적으로 무엇을 의미하는 것일까? 화자인 주인공이 신경정신과 상담을 통해 들었던 다음 이야기를 상기하기로 하자. "의사는 불면증보다 그것으로 인한 기억의 손상이 더 큰 문제라고 말했었다"(pp. 37~38). 다시 말해 불면이 인간 정신(의식)에 가하는 치명적인 영향은 바로 '기억의 손상'에 있다는 뜻이다. 결국 '불면—기억(의식)의 손상—존재의 상실(소멸)'로 이어지는 다음과 같은 메커니즘이 중요한 것이겠다.

내가 기억해내지 못한 만큼 무엇인가가 조금씩 내 몸에서 허물어져 나가고 있었다. 끝내는 모든 기억이 빠져나가버린 가죽 주머니로 남을 것이었다. 약속을 잊거나 물건을 찾지 못하는 것은 그것의 시작이었다. 언젠가 나는 나 자신에게 물을 것이다. 너는 누구인가. (「숨결」, p. 38)

그러니, 불면이야말로 모든 '사라지는 것들'의 원인인 셈이다. 결국에는 자신을 향해 '너는 누구인가'라고 묻게 될, 자신마저도 상실하게 될 그런 치명적인 원인 말이다. 그렇다면 이 '사라지는 것들—존재의 상실'에 대해 인간 정신이 취할 수 있는 최상의 방어기제는 기억의 보존과 복원일 수밖에 없다. 그리고 이 같은 기억의 질료들은 이 소설집에서 그리움이라든가 향수, 혹은 추억이라는 이름으로 우리의 정신 속에 뿌리내리고 있다. 그렇기에 다음의 사실이 특히 중요하다는 점을 분명히하기로 하자. 즉 『마치 계시처럼』에 실린 작품들이 기억의 보존과 복원이라는 점에 소설적 관심을 두고 있다면, '이야기/설화'야말로 바로 이러한 기억의 저장소 역할을 하게 된다는 사실 말이다. 왜냐하면 기억은 언제나 이야기로 구조화되며, 이야기는 또한 기억이 세월의 풍화에 의해 와해되거나 소멸되지 않도록 방부 처리하여 보존하는 장소이기 때문이다. 그러므로 모든 이야기는 또한 '사라지는 것들'에 맞선 존재의 지속과 갱신을 향한 욕망의 이야기라고 말해야 한다.

「완전한 그림」은 치밀하게 계획된 욕망의 이야기에 대한 소설이다. 작가는 아예 이 소설의 서두에 "이것은 이야기를 욕망하는 우리 안의 어떤 성질에 관한 이야기"(p. 45)라고 적시해두고 있는 터이다. '불발된 연인'이 될 수밖에 없었던 과거의 어떤 인연/관계를 소재로 하여 해명할 수 없는 삶의 신비를 탐색하고 있는 듯이 보이는 이 작품의 핵심적인 모티프는 다음과 같은 '홀로그램'의 이미지이다.

홀로그램은 완전한 그림이라는 뜻을 가졌다. 앞뒤 좌우 360도, 입체로서 완전하다는 의미겠지. 하지만 실제로는 다른 의미일지도 모른다. 홀로그램의 큰 특징은 홀로그램의 어느 작은 일부를 떼어낸다고 해도, 그 작은 일부가 완전한 전체의 정보를 모두 가지고 있는 것이다. 닐스 봄이라는 사람이 처음 발견했다. 사과를 찍은 홀로그래픽 필름을 수십 분의 1로 잘라 영사해도 영상은 사과 전체를 다 보여준다. (「완전한 그림」, p. 55)

이 같은 홀로그램의 이미지들은 소설 도처에서 출연한다. '불발된 연인' 형란과 사랑에 빠졌던 그 짧았던 어느 하루 저녁 무렵의 '그토록 아름다운 노을'(p. 56)이나, 형란이 문득 자신의 귀에서 뺀 이어폰 한쪽을 화자의 귀에 넣어주었을 때 울려 나오던 '한줄기 음악'(p. 57)이야말로 모두 이 같은 홀로그램의 이미지들이다. 이 홀로그램들은 그 자체로 완결된 삶의 한 순간을, 그러나 또한 삶의 모든 전체를 응축하고 있다는 점에서 소설 속의 가장 핵심적인 이미지, 즉 '하늘하늘 레이스가 달린 분홍 꽃무늬 양산'(p. 49)의 이미지 계열체에 속한다. 이 이미지는 화자인 주인공이 어렸을 때 죽은, 젊은 어머니의 환유이다. 환유란 부분으로 전체를 보여주는 수사이다. 홀로그램 역시 부분이 전체를 담고 있다. 그렇기에 홀로그램은 정확히 다음과 같은 환유 이미지의 의미를 온전히 획득하게 된다. "이 홀로그램은 내 의식의 저 깊은 곳에서 채취한 한 조각의 DNA처럼 완벽하다. 그것은 아주 작지만 필요한 정보를 모두 담고 있다는 점에서 완전하다. 내 의식의 깊은 곳이란, 중첩되고 또 중첩된 **이야기**의 지층이다"(p. 55).

그렇기에 홀로그램은 결국 부분이자 전체인 것, 즉 의식의 '중첩되고 또 중첩된' 지층의 한 단면이자 그 자체로 의식의 완전한 전체를 형성하는 '이야기'이기도 하다. 그렇기에 이명행의 작품에서 이야기는 바로 그 자체로 부분이자 전체의 상징인 하나의 홀로그램, 즉 '완전한 그림'의 상징이기도 하다. 그렇다면 대체 이야기가 무엇이기에 그 자체로 하나의 부분인 채로 전체를 모두 드러낸다는 것일까? 마침내 우리는 '욕망의 이야기'가 아니라 '이야기의 욕망'에 대해서도 말해야 할 자리에 당도한 듯싶다.

　어떤 이야기도 그저 단순히 심심풀이 이야기에 머무는 경우는 없다. 우리는 앞서 모든 이야기는 욕망의 이야기라는 사실을 확인한 바 있다. 그러나 저 욕망의 이야기는 이제 세포분열을 통해 자가 증식을 도모하기에 이른다. 욕망의 이야기를 넘어 이야기의 욕망에 대해서 말해야 하는 이유이다. "이야기가 십수 년을 두고 여전히 생명력을 가지고 반복될 수 있었던 것은 그 이야기에 끊임없이 재생산될 어떤 끈이 있기 때문"(p. 72)이라거나 "이제 네가 내 이야기 속에서 분홍 양산을 들거라. 그리하여 지금부터 너는 내 인생의 완전한 그림이며 새 이야기이다"(p. 78) 같은 작가의 언급을 참조하기로 하자. 단적으로 말해『마치 계시처럼』에서 자가 증식하는 이야기의 욕망, 그것은 존재의 상실과 결핍의 파편화된 현재적 조건을 넘어서 전체와의 통일성을 향한 욕망이라고 할 수 있다. 그리고 이 통일성을 향한 운동의 토대로 작용하는 것이 이명행의 작품들에서는 또한 '기억'의 모티프이다. 그렇기에 기억은 동시에 양면적 방향을 갖는다고 말하는 편이 옳다. 한편에서는 존재의 결핍과 상실을 알지 못했던 유토피아적 과거로 회귀하여 그것을 보존하려는 구심적 방향을 갖고, 다른 한편에서는 현재적 결핍과 상실로부터 새롭게 존재를 회복하고 갱신하려는 원심적 방향을 갖는다는 것이다.

『마치 계시처럼』의 세계에서 현재는 언제나 이미 '사라져버린 것들'의 흔적에 지나지 않는다. 여기에서 상실되었다는 것은 또한 망각되었다는 뜻이기도 하다. 그렇기에 이 상실과 망각으로부터 사라져버린 것들을 회복하거나 복원하기 위한 조건은 또한 마땅히 기억이어야만 한다. 소설집에 빈번하게 등장하는 '여행' 모티프들은 언제나 이러한 '기억의 복원'과 관련되어 있다고 할 수 있다. 여기에서 여행이란 일차적으로는 상실되었거나 망각된 일상과 현실로부터의 탈출을 의미한다. 그런 의미에서 그것은 삶의 통일성이 깨어진 바로 그 원초의 지점, 즉 존재와 삶의 시원(고향)으로의 회귀이며 우리의 무의식 속에 똬리 틀고 있는 트라우마와의 조우이다. 『마치 계시처럼』에 등장하는 많은 인물들의 여행이 언제나 고향의 이미지를 동반한다는 사실은 우연이 아니다. 삶과 존재의 시원을 향한 이 여행을 통해서 현재적 상실과 결핍된 존재로서의 '나'는 어떻게든 새롭게 회복되거나 (재)구축되어야 하기 때문이다. 이야기의 욕망은 바로 이러한 기억의 복원—존재의 갱신을 욕망하는 듯하다.

그런 의미에서 소설집의 표제작인 「마치 계시처럼」에 등장하는 '소복한 기차'의 이미지 역시 현재적 상실과 망각으로부터의 탈출에 대한 이야기의 욕망이 그려낸 것이라고 말해야 한다. 이 탈출 역시 화자의 고향인 '고막원'을 향한, 그러니까 심리학적으로는 원초적 트라우마를 향한 여행이란 점에서 작가의 소설적 지향점을 그대로 보여주고 있다. 작가는 다음과 같이 썼다.

문제는 가출을 하는 이유다. 이유는 허전했기 때문이다. 세상에 이렇게 무책임한 가출 이유가 또 있을까. 그러나 그 허전함의 깊은 바닥은 죽음에 닿아 있었다. 하지만 서른여덟 살의 감성이 죽음에 이르는 외로움의 덫에 걸려 있었다면 이 또한 이해해줄 사람이 있겠는가. 하지만 그것은 사실이었다. 허전했다. 가슴은 비어 있었고, 비어 있는 가슴에는 한 줄기 시린 바람이 휘돌고 있었다. (「마치 계시처럼」, p. 82)

여기서 우리는 이 여행이 단순한 외유가 아니라 '죽음에 닿아 있'는, 어떤 실존적 결단을 동반한 존재론적 외출임을 알게 된다. 저 인물의 가출이 실존적이라는 근거는 이 작품에 등장하는 또 다른 구절 "사실 나는 나에 관해 아는 것이 많지 않다"(p. 90)라는 진술과 결합해 본다면 좀더 분명해진다. 정확히 말하자면, 저 가출은 '나'를 향한, '나'를 찾기 위한 여행이었던 것이다. 그렇기에 '보물 상자'와 더불어 "25년 전 내 기억 속에서 지워버렸던 철민이의 죽음"(p. 110)의 비밀이 담겨 있는 이 여행의 의미 또한 '기억의 복원—존재의 갱신'이라는 작가의 소설적 화두로 수렴되는 것이다. 이명행의 작품들에서 이 같은 기억의 복원은 거시적으로 보자면 역사/이야기의 회복이며, 미시적으로 보자면 삶/존재의 갱신을 뜻한다. 다시 말해 기억의 복원이란 언제나 동시에 자기동일성의 회복이라는 존재론적 갱신을 의미한다는 것이다.

「마치 계시처럼」에는 이 같은 존재론적 갱신을 상징하는 참으로 따뜻한 풍경의 에피소드 하나가 들어 있다. 명절이나 조상 제사를 맞아 온 가족이 '목욕탕'을 다녀오는 기억 속의 풍경이 바로 그것인데, 소설 속의 화자는 이 풍경에 다음과 같이 덧붙여놓았다. "그러나 더러 그곳은 나를 부끄럽게 하는 곳이었다. 나를 들여다보게 하는 곳이었다. 언젠가 실제로 그곳에서 내 죄를 사함받는 세례식이 열린 적도 있었다"(p. 112). 이처럼 존재의 시원(고향)을 향한 여행은 기억의 복원—존재의 회복과 갱신이라는 상징적인 '세례식'의 의미를 갖게 된다. 고향집 부엌문 앞에 자라고 있는 '편백나무'의 이미지야말로 바로 이러한 영혼의 속죄와 세례의 상징이 될 터이다. 소설의 마지막 장면에서 늦가을의 샘물을 퍼 올려 뒤집어쓰는 주인공의 행위는 이러한 속죄와 세례 의식의 단적인 예가 될 것이다.

「통증」에 등장하는 '한 쌍의 금가락지'(p. 128) 이미지 역시 앞서 언급된 홀로그램의 의미를 갖는다고 할 수 있다. 그것은 소설의 주인공에게 있어서 삶에 대한 '최초의 기억'(p. 137), 즉 '까까머리 다섯 살 아이'(p. 139) 때 죽은 생모의 환유가 된다. 작가는 "손금처럼 선명한 물건, 그에게서는 **기억의 저편으로 사라져버린** 5년이 채 안 될 그 시간이 고스란히 흔적으로 남아 있는 물건이었다"(p. 146)고 썼다. 결국 「통증」은 상실된 고향—부재하는 어미에 대한 기억을 환기시키고 회복하려는 이야기의 욕망으로 읽힌다. 왜냐하면 여기에서 **기억**은 정신의 문지기"
(p. 134) 역할을 담당하고 있기 때문이다. 그 점에서는 결핍된
존재와 상실된 고향의 이미지가 부재하는 어미 대신 아비로 변
주되고 있는 「변신의 끼」도 예외는 아니다. 이 작품에서는 주인
공인 '현식'과 그 어미인 '경자' 모두 아비의 부재라는 '출생의
비극성'(p. 182)을 가진 인물들이기 때문이다. 다시 말해 이 인
물들은 작가가 '의미'라고 부르는 것이 결핍된 존재들인 셈이다.
아비 없는 현식의 처지에 대해 작가는 다음과 같이 언급했던 것
이다. "내게 아버지란 어떤 존재인가? 태어났을 때 이미 없었으
니 그를 알 도리가 없었다. 하지만 아버지라는 존재는 세상에 존
재하는 모든 것에게 **의미**가 있다. 그가 존재하든 이미 없든 그
것과 상관없는 의미가 있는 것이다"(pp. 169~70).

 어쨌든 「통증」이나 「변신의 끼」 모두 삶의 비극성과 존재/의
미의 결핍이라는 현재적 조건을 넘어 인간의 원초적 고향에 대
한 그리움과 존재의 갱신에 대한 이야기의 욕망을 드러내고 있
다는 점에서는 다를 바 없다 할 것이다. 「변신의 끼」에서 주인공
현식의 '알렉스' 연기 행위는 '내 속의 이야기'(p. 192)를 찾는
과정으로 이해되기 때문이다. 알렉스를 연기하는 현식은 스스로
에게 다음과 같이 말했던 것이다. "누구에게나 **이야기**가 있다.
그것이 그 자신을 삶 속에서 변조하는 것이다. 그러니 내가 하는
것은 연기가 아니다. 내 안의 알렉스를 찾는 것일 뿐"(p. 192).
『마치 계시처럼』에 실린 작품들에서 이야기란 모든 인간들 속에

편재해 있는 어떤 '존재의 역사'를 의미하는 것일지도 모르겠다.

존재의 갱신을 위한 역사―기억을 탐색하는 이야기의 욕망 속에는 어찌할 수 없는 존재의 결핍과 상실의 흔적이 여실히 드러나 있게 마련이다. "도대체 이 길들은 어디서 어떻게 만난 것인가?"(p. 223)라는 화두를 던지고 있는 「푸른 여로」는 지극히 서정적인 필치로 오래된 사랑의 흔적을 더듬고 있다. 이 이야기는 삶의 어떤 우연들로 인해 이루지 못한 사랑의 슬픔과 그리움의 정조를, 여자의 '눈물'로 날실을 삼고 남자의 '한탄'으로 씨실을 삼아 직조한 하나의 아름다운 설화적 풍경을 만들어낸다. '여름에 자색 꽃이 피는 여러해살이 풀'이라는 작가의 주석이 붙은 '푸른 여로'의 이미지는 소설 속에 다시 액자 형식으로 등장하는, 배롱나무의 꽃인 자미화에 관련된 설화와 중첩되면서, 중의적으로 '나그네 길(旅路)'을 의미하는 것으로 해독된다. 작품에 등장하는 '길'이나 '교차로'의 이미지 역시 중의적이긴 마찬가지이다. 그 '길'은 '푸른 여로'가 피어 있는 밀애의 장소를 의미하기도 하지만, 동시에 존재의 터전을 잃고 떠도는 모든 인간 삶의 상징이기도 하다. 소설의 화자는 자신의 현재적 상황을 다음과 같이 자문하고 있기 때문이다. "고향에 와서도 여전히 **나그네**일 수밖에 없다. 도무지 이 길부터가 익숙하지가 않으니, 도로가 새로 나고 옛길이 숲 속에 버려지면서 나 역시 이곳에서 버려진 느낌이었다. 도대체 어디쯤에서 길을 잃었으며 지금 나는 어디에 있는가?"(p. 223). '지금 나는 어디에 있는가?'를 자문하는 정신은, 「숨결」에서 불면을 앓고 있는 정신과 마찬가지로, 이미 결핍과 상실에 처해 있는 정신이다. 그렇다면 「푸른 여로」에서 '길'의 이미지는 어떤 운명에 의해 잘못 들어선 삶의 여정이자 동시에 상실된 원초적 사랑과 고향의 상징이기도 할 터이다.

이야기의 욕망은 이 존재의 결핍과 기억의 상실에 대한 복원이자 갱신의 드라마를 만들어낸다. 「푸른 여로」와 마찬가지로 슬픈 사랑의 이야기를 각인하고 있는 「국경, 취우령 이야기」는 아예 하나의 설화를 직접적(적극적)으로 차용한 소설이다. 여기에서 설화란 시대적—역사적 조건에 따라 언제나 새로운 모습으로 반복하여 변주되는 어떤 원형적 이야기의 구조로 이해되어야 한다. 이 설화의 원형적 이야기는 인간 욕망의 구조와 정확히 일치한다고 할 수 있다. 좀더 정확히 말하자면, 모든 설화적 이야기의 구조는 인간 욕망의 구조에 불과하다는 뜻이겠다. **"이야기를 쫓아다니는 일"**(p. 229)을 업으로 삼고 있는 이 소설의 화자인 '스토리텔러'는 바로 이러한 욕망 구조의 객관적 상관물로 이해된다. 삼중으로 중첩되는 이야기의 배경이 되는, 설화 속 '선화공주'가 죽은 곳으로 설정된 '취우령'은 이 모든 원형적 인물과 이야기 들을 통합하는 상징적 공간을 만들어낸다. '선화공주—무왕, 달래—술, 달래—나'의 욕망의 이야기들이 서로 중첩되면서 어우러지는 저 설화적 공간은 '이야기에 의한 이야기'의 난장을 형성한다. 이 난장에서 욕망의 이야기와 이야기의 욕망은 이제 더 이상 분리되지 않는 것처럼 보인다. 세상에 욕망이 존재하는 한 이야기는 결코 소멸되지 않을 것이며, 또한 이야기가 존재하는 한 욕망 역시 세월에 패하는 법은 없을 것이다. 작가는 "이 것이 이야기가 모든 것을 이기게 된 이유이며, 그것이 가진 힘이다"라고 말한다.

모든 이야기는 평면의 기억에서 오며 입체의 기억을 향해 나아간다. 세상에 기억만큼 이야기를 지켜줄 완강한 성채는 없다. 따라서 이야기는 결코 소멸하지 않는다. 작은 기회라도 그 생존 확률은 매우 높으며, 강한 활성화 능력을 가지고 있다. 이것이 이야기가 모든 것을 이기게 된 이유이며, 그것이 가진 힘이다. (「국경, 취우령 이야기」, p. 267)

소설이라는 장르, 더 나아가 문학 일반의 모태가 인류의 집단적, 원형적 기억을 담보하고 있는 신화 속에 똬리를 틀고 있음은 이미 언급한 바 있다. 신화는 뮤즈 여신들Muses의 어미를 '기억의 여신' 므네모시네Mnemosyne로 설정함으로써 이러한 사실을 정당화한다. 인류의 집단적 '기억의 장치'로서 신화와 전설과 설화의 성립 과정은 곧 무차별적 가치가 지배하는 물리적인 자연의 세계에 인류의 정신적 가치를 낙인찍어 인간의 세계로 전환시키는 과정이었다. 신화나 설화 속에서 인류는 무엇보다도 이 세계를 자연의 세계가 아닌 인간의 세계로 전유한다. 인류의 집단적 기억이 응축되어 있는 모든 설화적 이야기들은 바로 인간의 자기정체성 확보를 위한 유용한 도구가 되는 셈이다. 그런 의미에서 신화나 설화는 성스러운 신이나 영웅들의 이야기가 아니라 신성의 외피를 두른 인간적 욕망의 무대, 다시 말해 인간들 자신의 욕망의 이야기로 화한다. 그러나 『마치 계시처럼』은 이 욕망의 이야기가 또한 이야기의 욕망과 다른 것이 아님을 보여준다. 모든 욕망은 이야기로 구조되어 있고, 또 모든 이야기는 동시에 욕망의 구조를 보여준다는 뜻이리라. 그것은 결국 존재의 결핍과 상실에 맞선 존재 회복과 갱신의 드라마였던 것이다. 그리고 이 드라마의 화두가 바로 '나는 누구인가'라는 인간의 자기정체성에 대한 근원적인 질문이었던 셈이다.

참 오랜만입니다. 스스로에게 조차 알리지 않았으니 의지가 실린 절필은 아니었던 셈입니다. 이 공백 기간 동안, 얼마간 소설을 화두로 둔 고민들이 있었습니다. 헛된 시간은 아니었다고 생각합니다.

여덟 편의 장편소설을 발표한 다음에 펴내게 된 이 소설집이 짧은 소설들을 모은 것으로는 첫 책이 됩니다. 모두 일곱 편 중 두 편은 초기에 썼던 것이고, 나머지 다섯 편은 쉬는 동안 간간히 써두었던 것들 중에서 고른 것들입니다.

'관계'와 '이야기'에 관심을 가지고 썼습니다. 세상의 그 어떤 이야기도 '관계'에서 벗어날 수는 없겠습니다만, 그중에서도 제가 관심을 가졌던 것은 프랙탈이니, 엔트로피니, 엔텔레키 같은 것으로 설명될 '운명적 관계'입니다. 관계에서 시간은 '엔트로피적'이며, 이야기에서 혈연은 '엔텔레키적 신뢰' 속에 있다는 식의 관점이지요. 그러고 보니 이것들은 모두 '질서'에 관한 이야기가 되는군요.

어쨌든 찾기 쉬운 곳에 매달아 둔 어떤 것이 내밀한 미적 가치를 향해 스스로 성숙되게 하자는 것, 그것들의 자기 완성력을 믿는 것, 이것들이 다시 시작하는 제 소설 창작의 방법이고 태도일 것입니다.

김병익 선생님과 홍정선 선생님, 문학과지성사, 이 책을 위해 애써주신 분들께 감사드립니다.

2013년 겨울, 여전히 거창에서
이명행